韓牧文集

韓牧簡歷

　　韓牧，本名何思捣，另有筆名鄭展怡、向巽玲、衛紫湖等。1938年花朝節生於澳門戀愛巷。澳門大學文學碩士，「澳門新詩月會」創辦人，1957年夏移居香港。港、澳、新加坡多個文學團體之會員、理事。曾任港、澳兒童文學獎、工人文學獎、青年文學獎評判，青年雜誌主編。1984年春，率先提出「澳門文學」名詞及概念。1989年末移居加拿大，任「加拿大華裔作家協會」理事，同時是加拿大多個藝術家團體之會員。國際詩人協會會員。著有《韓牧文集　上下冊》《韓牧評論選》《剪虹集：韓牧藝評小品》《韓牧散文選》、電郵書信集《牧人看世界》《牧人聲聲惜》及詩集《韓牧詩選》（獲獎）《愛情元素》《梅嫁給楓》《新土與前塵》《待放的古蓮花》《伶仃洋》《裁風剪雨》《回魂夜》《分流角》《急水門》《鉛印的詩稿》及《草色入簾青：韓牧攝影、杜杜詩詞》、《Finn Slough芬蘭漁村：溫一沙攝影、韓牧新詩》（中英雙語，獲獎）、《她鄉，他鄉：葉靜欣、韓牧新詩攝影集》（中英雙語）等。在香港、台灣、中國、美國屢獲詩獎。短詩入選香港中學語文教材；寓言詩獲日本選入「中國語」課本中；詩作《一朵罌粟花的聯想》為加拿大國殤紀念日唯一中文朗誦詩。

　　主要論文有：〈杜甫鳥類詩初探〉〈建立「澳門文學」的形象〉〈澳門新詩的前路〉〈馮至詩分期研究〉〈論兒童詩的寫作〉〈舒巷城詩的本土性〉〈新文人畫的開創〉〈墨緣印象：論

中國、日本書法〉〈詩人寫生與畫家寫生〉〈寫我甲骨文〉〈用「國」「族」「文」分類海外華裔文學〉〈僑民。居民。公民：從加拿大華文新詩窺探加華詩人的自我身份定位〉〈論詩人汪國真〉〈從人類遷移史論移民作家的身份與立場〉〈加拿大華文詩中描寫的本國社會現實〉〈加拿大華文詩中描寫的外國社會現實〉〈港澳與南洋文友的情誼及「澳門文學」的覺醒〉。

何思摐（筆名韓牧）亦是書法家，早年師從書法大家謝熙先生，屢獲香港青年書法冠軍。擅長甲骨文、隸書、楷書、行草各體。現居加拿大。

作品曾個展於加、美、中、台、港、澳。其中，1997年獲加拿大卑詩大學（UBC）主辦，首展長篇甲骨文《心經》、《正氣歌》（後又有《大同篇》《國父遺囑》等），學術界譽為首創，加拿大國家電台作海外報導。1998年獲澳門政府主辦港澳巡迴個展，得學者饒宗頤、何叔惠、羅慷烈、馬國權諸教授讚賞，《亞洲周刊》及《美國之音》電台專訪。2001年應台北國立國父紀念館之邀作《緬懷國父》書法個展，《宏觀衛星電視》到場專訪，全球報導。旋應美國金山國父紀念館之邀，作同題個展。

書作屢獲博物館、美術館、基金會、文學館、紀念館、領事館、碑林等文化機構收藏。著有《何思摐書法集》（中日英三語）。論文《寫我甲骨文》獲選入《世界學術文庫·當代文化卷》。

《韓牧文集》自序

　　翻查一下，原來我在2008年6月，一個月內，出版過三本文選：《韓牧散文選》及一本小品文選、一本書信選。至今十三年，電腦上積存的文章實在太多，絕大部份是2008年以後所寫，早就應該整理了。

　　我曾出版的文集，除了上述三本，還有是2006年出版的《剪虹集：韓牧藝評小品》和《韓牧評論選》。可以說，散文、書信、藝評、文學評論，是分類獨立成書的。

　　文章我寫得雜。現在這本《韓牧文集》與以往不同，是把文章按性質分成九輯，總匯在一書中。這書著重藝文歷史記述，基本上沒有抒情散文，實際上，我也極少寫。也許一涉及「抒情」，我就會寫成詩了。

　　《韓牧文集》分上、下兩冊，上冊主要是「發言。評論。論文」，共四輯。

　　第一輯：〈發言。訪談〉。這一輯內容最豐富，共二十五篇。我小時不愛說話，小學時，成績表中班主任的評語，總有「沉默寡言，努力向學」一句。直髮長衫的女校長吳寄夢曾對家母說：「你的思搗，文靜得像個女生。」在那個時代，也許算是優點。初中時，自覺不與別人溝通會使人誤會，開始學習改進。高中時一反常態，學得風趣而善辯了，這作風維持到現在。過去十多年，我在藝文活動的公眾場合，常常即席發言，事後都補記。可分四類：第一類是外訪時的，有甘肅、北京、台灣、泰

國、新加坡、馬來西亞、韓國。還在韓國一次學術會議中，被推舉作為海外學者代表致詞。第二類，是在歡迎來訪客人的聚會的，多倫多、中國、香港。第三類，新書發佈會及書畫展開幕禮上的。第四類，獻歌或朗誦前的發言。此外，曾接受香港的文學雜誌的訪談。

第二輯：〈書序〉。除了應文友黃展斌為他的《聚緣集》寫的序文，其餘五篇都是自序：文集《牧人看世界》，詩集《愛情元素》、《梅嫁給楓》，《Finn Slough芬蘭漁村詩影集》、《她鄉，他鄉》詩影集，《草色入簾青》攝影詩詞集。

第三輯：〈藝文短評〉。不少比我年輕的詩友、文友、藝友，會傳來作品，想聽我的意見。或者是有書要出版，請我寫幾句推介的話，印在封底，或者報刊要出他們的專輯，請我寫幾百字「點評」，我都樂意為之。總是細心閱讀，細看作品，盡我所知，給予或長或短的鼓勵的評語。此輯選取短小的，共十八篇，計新詩十一人、舊詩詞二人、小說一人、書法二人。

第四輯：〈評論。學術論文〉。此輯文章都此較長，共十二篇。評論新詩的，有席慕蓉、汪國真、葉靜欣、金苗、鍾夏田。評論新詩、散文的，有勞美玉。《聲對。意聯》一篇，是春聯大賽評審手記，評論對聯的。評論書法家的，有謝琰。學術論文方面，主要是論移民作家的身份與立場、加華詩人的自我身份定位、加拿大華文詩中的社會現實、港澳與南洋文友的情誼及「澳門文學」的覺醒、與「加華文學」的比較。

下冊主要是「悼文。家書。書簡」，共六輯。

第五輯：〈長相憶〉。是悼念藝文師友的長文，共八篇。除了舒巷城、方寬烈兩位是香港的，其餘，羅鏘鳴、王潔心、郜大

琨、麥冬青、謝琰五位，都是在加拿大認識、交往的。最後一篇〈思摅回憶七家姐〉，是悼念堂姐何慕貞的。我自己覺得，我寫得最好的文類，就是悼文。自己重看時也會淚盈於睫，一些文友也這麼說。並不奇怪，人們對失去了的人和物，總會特別懷念。

第六輯：〈詩人作家之音〉。在與各地詩人、作家飯聚、交談、座談、聽演講、觀歌劇之後，我總愛作記錄，盡量追憶他們的言談舉止，從中吸收學習。此輯九篇，本地的是瘂弦、雷勤風兩位，其餘，龍應台、森道哈達、曹禪、王朝暉、劉俊五位，是來自中國、台灣、美國、蒙古的客人。

第七輯：〈一瞥流光〉。共十二篇，〈想像祖父〉、〈家母的娘家，鄭家〉、〈童年粵劇之憶〉、〈《國父遺囑》甲骨文本的因緣〉，寫個人的回憶。〈兩次歡宴私記〉、〈致兩位「春晚」主持人〉、〈感謝三位顧問〉、〈團結。獨立。交流〉，記述「加華作協」的活動。〈腦海撈獲的三條小魚〉，追憶在香港時的文學活動。〈五百年後，哪一位詩人的聲望最大呢？〉一篇，探討一個有趣的問題，同時懷念台灣前輩詩人周夢蝶。

第八輯：〈家書〉。我妻勞美玉外遊探親訪友，我寫信「請示、匯報」自己獨居的狀況，自覺很有生活趣味。從2009年4月1日，至5月28日，寫了二十九封，選出二十五封。

第九輯：〈靈異〉。此輯共六篇，較特別，記錄在加拿大發生的靈異離奇的事。主角有人、有鬼、有神、有貓。〈一個蝦仁〉是回覆馬森教授的一封信，述說我自己親身感受特異功能的事。

輯外輯（書簡）：本來想把一些難以歸入上述九輯的文章，收入這「輯外輯」，後來發覺我有不少有內容的書簡。我自2007年用電腦開始，幾乎天天用電腦寫信，信不短，少則幾百字，多

則兩千字以上，一般在一千字左右。十幾年積累下來，數以千計了。我準備有暇時選取談文論藝的，編成一本書，書名《韓牧藝文魚雁》。若再有條件，再選取談生活的，又成一本書。想是這麼想，就是不知道這兩本書信集何時才會出來。

不如利用這個「輯外輯」，先選收一些談文論藝的，作為樣板吧。我隨意選取了五十封，分屬五十位師友，依寫作先後為序（本書各輯也是如此）：小思、梁錫華、陳建功、王偉明、吳志良、王健、羅卡、鄧紹聖、羅錦堂、葛逸凡、汪文勤、森道哈達、曾慶瑜、羅燦坤、李錦濤、古遠清、邵燕祥、衍陽法師、杜杜、吳衛鳴、曾偉靈、瘂弦、王立、黃潘明珠、曹小莉、青洋、黎玉萍、程慧雲、朴南用、徐曉雯、金惠俊、陳政欣、汪卿孫、陳國球、圓圓、范軍、呂志鵬、李敏儀、歐陽鉅昌、葉承基、純老貓、駱輼琴、梁麗芳、陳夢青、陳麗芬、陶永強、孟川、黃珊、楊廣為、何婉慈、溫一沙。

文集算是編好了，看來這書很厚了（其實還有不少文章未收，也不知如何處理，將來再算吧）。誠心希望方家們指正。我今年八十三歲，客觀上是個老人，但主觀上我不是。現在我還是不斷寫詩作文，產量比中青年時期還要多，我還是希望能有進步的，誰不想進步呢？

這書封面書名，是我自己題籤，用古隸；封面照片亦是我攝。封底作者照片是攝影家溫一沙兄作品。

韓牧　2021年10月

加拿大烈治文，美思廬、三虎居。

目次
Contents

第一輯　發言。訪談

第二輯　書序

第三輯　藝文短評

第四輯　評論。學術論文

第一輯　發言。訪談

感謝甘肅

2009年9月17日，隨「加拿大華裔作家協會」代表團訪華，在蘭州，與「甘肅省作家協會」諸位作家、詩人座談。即席發言後補記。

我是第一次來甘肅，有機會向更多的甘肅人、甘肅的作家、詩人學習、交流，是高興而新鮮的事。

我出生於澳門，成長於香港，中年移居加拿大，對甘肅的認識，首先是歷史上的，主要從古典詩詞的陽關、玉門關、甘州、涼州、瓜州、隴右、祁連山等等認識的。雖然印象深刻，到底無論在時間上、空間上，都相隔得很遙遠。這次親歷現實的甘肅，好比七十年來的夢中人，突然出現眼前，疑夢疑幻，卻是真實不過的。其實，此前，現代的甘肅也曾給過我很大的感動。那是由於兩位海外的甘肅人。

第一位，我認為他是一千多年來第一人，堪稱「現代草聖」的于右任先生。他祖籍涇陽，而「涇渭分明」的涇水源自甘肅東南端，我心中早就把他作為甘肅人，甚至隴右人了。

我從小愛書法，中年以後尤其愛寫甲骨文。我喜歡創新，創出前人未有過的字形。許多人認為這等於自命「倉頡」，大逆而可笑。我們可以見到于老的《標準草書》，是遍覽古人草法之後總結而成的；但其中也有不少自創的字形。這就相當於為我的自創字形、寫出古來未有的字作辯護了。

另一位是長我十歲的亦師亦友，美國夏威夷大學東亞語文系教授羅錦堂先生，是位熱愛鄉土的甘肅隴西人。他是著名的散曲研究專家，同時是「夏威夷華人作家協會」名譽主席、新加坡教育部的佛學顧問。羅教授學問廣博精深，難得在極為謙厚、極為熱情。我在他那裡學到了不少東西。這些，都是我要感謝甘肅的。

三訪中國現代文學館

2009年9月18日，隨「加拿大華裔作家協會」代表團訪華。在北京「中國現代文學館」舉行加華作家手稿捐贈儀式後，與中國作家座談。以下是即席發言後補記。

陳建功館長、諸位同道：

我是韓牧。這是我第三次拜訪「中國現代文學館」了。第一次在二十一年前，1988年冬天，那時我還沒有移居加拿大，還在香港，當時為了研究馮至先生，就來找資料，「文學館」熱情的接待我，又幫助我到「北京圖書館」、「清華」、「北大」的圖書館去。在「文學館」裡住了半個月。住館期間，我還收穫了幾首詩。記得那時的「文學館」就附在郊區一座清幽的寺廟裡。聽說慈禧太后每年出宮避暑都經過這一個中途站，住一夜，再起程。

那次我還請「文學館」的職員帶我到朝陽門馮府，拜會、訪問了馮至先生和夫人。剛才聽到陳建功館長說，日前北京有一個話劇正是演馮至的。這樣說，馮至先生真的已經從人生舞台、「升上」歷史舞台了。

第二次拜訪「文學館」是在十年後，1998年春，隨「加拿大華裔作家協會」四人代表團，作我會的首次拜訪。贈「文學館」的禮物，是用我撰書的一副描寫加拿大寫作生活的甲骨文五言聯，《詠詩雲影夜；伐木海湄冬》，由舒乙館長接受。

那次我們本來就打算去敦煌一帶參觀的，因客觀上有困難，改訪山東，青島、嶗山、濟南、曲阜，作熱情坦率的座談。當時我對山東同行說：我們剛剛在北京拜訪了「文學館」，宏大的新館即將興建，館方表示，歡迎作家捐贈手稿。我又說：大家可以將自己的代表作捐去，實在的，自己留著也沒意思，這是手稿最好的歸宿了。

這次來，是第三次了，十一個人來，陣容鼎盛。見到新館確是宏大，還有即將完工的第二期工程。現在又與曾訪加拿大的老朋友陳駿濤教授、何振邦教授、牛玉秋教授久別重逢，意外高興。

我們剛去了甘肅，絲綢之路最精華的一段。二十多年前我還在香港的時候，已經走過全國的二十多省了，但這河西走廊，未曾涉足，所以我收穫不少，有一些詩稿了。敦煌，我少年時學習書法就知道的。漢隸一碑一面，其中《曹全碑》的書風，是唯一女性化的。碑文首句說：「君諱全，字景完，敦煌效穀人也。」其它如陽關、玉門關、甘州、涼州、祁連山等，都是在古典詩詞中早已認識的，這次親歷其地，像有幸見到夢中人一樣，疑幻疑真。真要感謝主人的帶領和接待了。謝謝各位。

回憶與「台灣文學」的情誼

　　2013年12月，「加拿大華裔作家協會」代表團訪問台灣。本文是12月9日，在文化部主辦的座談會上的發言記錄。座談會由「國立台灣文學館」館長李瑞騰主持。地點：台北華山文化創意園區。

諸位文化先進、文學同道：

　　今天我講的題目是〈回憶與「台灣文學」的情誼〉。有機會到台灣來和大家談這個，是我的緣份，我感到榮幸。

　　我居留過的地方有三處：澳門16年、香港35年、加拿大24年。如果我從事的算是文學，那只屬於「澳門文學」、「香港文學」和「加拿大文學」。不過，回憶起來，我一直和「台灣文學」有交往，從上世紀50年代初開始，60年代、70年代、80年代、90年代，以至21世紀這兩個年代。且讓我每個年代舉一、兩個例子。

　　我是1938年、即民國27年出生於澳門戀愛巷的，抗戰勝利的第二年，超齡入學，1951年小學畢業，升上初中，由於羅燦坤老師的引導，對新文學發生了興趣。中學的圖書館藏書不少，我專找文學書來看，印象最深的是上海文化生活出版社在三、四十年代出版的文學叢書。課餘，我喜歡到專賣舊物的地方（澳門那一區叫「爛鬼樓」）買舊書來看。

　　記得在初中二那一年，我買到兩本比較特別的書，一本是

魯迅與景宋的通信集《兩地書》，是毛邊本。另一本是《弱小民族小說選》，是上海文化生活出版社於1936年出版的。裡面選了世界上一些所謂「弱小民族」的小說，有印度、朝鮮、希臘、波蘭、阿拉伯等等。也選了兩篇台灣小說，可見編選者把日本殖民時代的台灣，也作為「弱小民族」。一篇是楊逵的〈送報伕〉，一篇是呂赫若的〈牛車〉，寫的是台灣人在日本統治時期的悲哀和反抗。原文是日本文，由胡風翻譯成漢文。後來我長大了才知道，像楊逵、呂赫若、賴和他們的這些小說，在當時的台灣一度成為禁書，而在光復以後，卻榮登中學課本的課文。這兩篇小說，正是最早被介紹到大陸去的台灣文學作品。我卻無意中、有幸的買到這本失去封面的舊書，那是60年前的事了。

　　60年代在香港。當時現代主義文學在香港、台灣和南洋很流行。台灣和香港在這方面是互相影響的。我們香港的文藝青年，大量接觸到台灣的雜誌和書籍，如《純文學》、《幼獅文藝》等，眾多名作家的作品，數不勝數，當然包括在座的洛夫先生的。我最愛詩，台灣的詩作、詩評、詩論，全部不放過。

　　70年代在香港。當年台灣興起了「鄉土文學」，其中我最愛讀吳晟的詩。雖然當時我尚未涉足台灣，卻寫了不少關於台灣的詩，如〈飛翔在台峽的上空〉、〈貫飛台灣海峽〉、〈掌紋〉、〈我們的鯪魚〉、〈台灣相思樹〉等。1977年秋，我寫了一首長詩，約260行，名為〈一封註定郵誤的家信〉，比較特別。地址是「東南海中那一片孤懸的鄉土」，收信人是「鄉土的兒女」。這詩涉及當時台灣文學界那一場「鄉土文學」的大論爭，詩中坦率寫出自己的看法。這長詩投到香港的文學月刊《海洋文藝》去，意外的，編者十分重視，把它刊在卷首。以詩這一體裁作為綜合性文學雜誌的「頭條」，是罕有的。我另一首長詩〈相

思〉，詩末說：「從今天起……／我相思的方向是指南針的方向／台灣　是最大的磁場」。

80年代，我在澳門率先提出「澳門文學」這一個新名詞及其概念，為「澳門文學」這個棄兒爭地位，呼籲〈建立「澳門文學」的形象〉。1988年春，我應台灣詩人林煥彰兄之約，編選了一個〈澳門新詩專輯〉，我選出澳門新詩人25家的代表作，共約3000行，還附了我的長文〈澳門新詩的前路〉，在台北《亞洲華文作家》雜誌披露。這是澳門的文學作品首次給介紹到澳門以外的地方去，那地方不是香港，不是大陸，不是南洋，更不是北美歐洲澳洲，而是台灣。

90年代，我已移居加拿大，我應台北《聯合報》編者之約，把稿件寄到台北，他們編好後在海外各地的《世界日報》文學副刊發表。在加拿大，我認識了不少從台灣移來的詩人、作家，他們天真誠懇，也可算是我與「台灣文學」的情誼吧。

21世紀第一年，我應台北「國立國父紀念館」之邀，作了一次「緬懷國父」書法個展，回加拿大後，寫了一篇關於台灣書法的長文外，還寫了一系列短文，給北美的讀者介紹台灣豐富多彩的文學和藝術。第一篇名為〈新的牽掛，台灣〉，這亦詩亦文的一篇，是我一氣呵成的得意之作，我這樣描畫台灣的中華文化：

「自由、豐富的中華文化氣氛，是我曾到過的地區所沒有的。有點亂，像她的頭髮，卻是自然的，不經電燙，不是假髮般整齊；有點雜，像她的口音，不是淹沒個性的廣播員標準音。帶著封建與迷信，因而帶著古典與原始，那植根深處的引動幽思的文化魔力。……有缺點比完美好，因為真，小家子氣比泱泱大度好，因為真。」

2001年，我寫了首長詩〈愛情元素〉，也許因為內容出格，

香港、澳門、南洋的詩刊都拒登，許多年來，它們一直歡迎我的去稿的。幾年後，前輩詩人瘂弦先生見到，卻大加讚賞，還介紹給台北的《乾坤》詩刊發表。

我最愛詩，得過中國大陸、香港和美國的詩獎，而我最引以為榮的一次，是獲得香港的「大拇指詩獎」，並非因為那次是與顧城雙雙獲同一個獎，而是詩獎的評審者不是單一地域的，除了中國大陸、香港，還包括台灣的學者、詩人。

不知何故，我的身份常被文化界、文學界誤會。在香港時期，常被誤為「南洋詩人」，其實我至今未曾涉足「星馬」。在加拿大，最近也被一位報刊的總編輯在文章中誤我為「台灣詩人」。我澄清後，說：「我很高興你美麗的誤會，因為一般人、包括我自己，都覺得台灣文學是比香港文學更純淨的。」

這一次是「加拿大華裔作家協會」首次到台灣拜訪，可說是加華作家與台灣文化、文學界的情誼的開始，必將成為「加華文學史」中的一頁。謝謝各位。

與「泰華文學」的情誼

　　2018年12月2日，夜，「泰國華文作家協會」歡迎「加拿大華裔作家協會」訪問團，此文為座談會上發言記錄。

各位泰國華文作家朋友：

　　我是韓牧。我出生於澳門，成長於香港，80年代末移居加拿大。年輕時在港澳接觸文學，最密切的不是中國大陸，不是台灣，而是南洋，就是新加坡、馬來亞、泰國、菲律賓、越南、印尼等等。我常常向南洋投稿，又與不少文友交往，香港文化界不少人，還誤會我是「南洋詩人」。知名的如武俠小說家梁羽生先生、《海洋文藝》主編吳其敏先生、《文學》主編曾敏之先生等等。由於認識了南洋華文文學的歷史，知道獨立性、本土性的重要，我聯想到沒有名份的澳門的文學，三十多年前，1984年春，我首先提出的「澳門文學」，它實在是被南洋的華文文學喚醒的。

　　到加拿大以後，與南洋交往變少了，很多年前，我就向我們「加華作協」提議組團訪問同文同種的南洋，可惜因種種原因未能成事，這次成行，我特別高興。

　　其實，我和勞美玉是先頭部隊。去年冬天，貴會主辦「東南亞華文文學研討會」，我倆得范軍教授推薦，來泰參加，重見了三十多年未見面的老朋友，嶺南人詩兄、司馬攻會長、夢莉會長，都是上世紀80年代他們到香港開會時認識的。可惜，方思若

先生是見不到了，他已經走了。一些去年認識的新文友，如曾心先生、林太深先生、張錫鎮教授、小草女士、楊玲女士，溫曉雲女士等等，現在可算是老朋友了。

去年來泰，我除了在「東南亞華文文學研討會」上，發表了論文〈港澳與南洋文友的情誼及「澳門文學」的覺醒〉，我和勞美玉都寫了詩，幸運的，能在楊玲女士主編的你們的《泰華文學》季刊發表。勞美玉比我更幸運，她的詩〈微笑之國〉，有加拿大漢學家王健的英譯，又有許秀雲老師的泰譯。或可算是「泰華文學」與「加華文學」的一段情誼吧。

這次我們「加華作協」來，雖然時間緊迫，但為「泰華」與「加華」的交往開了個頭。「泰華文學」實在有不少值得我們學習的地方，我去年來過就瞭解到，例如不論老中青，許多「八十後」都創作旺盛，在我們加拿大罕見。你們又注重文學評論，每星期都有文學專刊和會員聚會，出書比我們多得多，又常常舉辦文學獎、國際學術研討會等等，接待外國作家、學者也很頻繁。盼望以後多多交流，促使我們進步。謝謝大家。

感謝新馬華文文學

2018年12月3日，夜，「加拿大華裔作家協會」訪問團到達
新加坡，此文為在「新華文學館」的交流會上發言記錄。

各位新華文學作家朋友：

貝鈞奇榮譽團長要我講話，他說認識我五十幾年了。是的，
我們當年在香港，因為都愛「行山」而認識的。每個星期日都
去。當時我不到三十歲，他不到二十歲（眾笑聲），是個中學
生，很沉靜，不大講話，與現在相反。爬山越嶺艱辛危險，可說
是同甘共苦，甚至生死與共。

我30年代出生於澳門，成長於香港，80年代末移居加拿大。
年輕時在港澳接觸文學，最密切的不是中國大陸，不是台灣，而
是南洋，就是新加坡、馬來亞、泰國、菲律賓、越南、印尼等
等。我常常向南洋投稿，今晚一起歡迎我們的兩個文學團體：新
加坡文藝協會、新加坡作家協會，它們的《新加坡文藝》季刊、
《文學》半年刊、《新華文學》季刊，我在香港時期直至現在，
都投了不少稿，得到發表，謝謝你們。剛才「新加坡文協」的成
君會長對我說，我的幾萬字長文，〈港澳與南洋文友的情誼及
「澳門文學」的覺醒〉，剛在《新加坡文藝》季刊的冬季號全文
刊登出來了，我感謝。在港時，我又與不少新加坡文友交往，如
藍平昌、秦林、周粲、蔡欣、南子、石君、李向、駱明、杜誠等
等。當時香港文化界不少人，還誤會我是「南洋詩人」。知名的

如武俠小說家梁羽生先生、《海洋文藝》主編吳其敏先生、《文學》主編曾敏之先生等等。

到加拿大以後，與南洋交往變少了，很多年前，我就向我們「加華作協」提議組團訪問同文同種的南洋，可惜因種種原因未能成事，這次成行，最高興的應該是我了。

我要感謝南洋的華文文學，尤其是新馬。在港澳時，我接觸到不少南洋的文學創作、評論、理論、論爭。從南洋、尤其是新馬華文文學幾十年來的歷史，我認識到文學獨立性、本土性的重要。而在文學上，我出生地的澳門，一向是個沒有名份的棄兒，我因而萌生了「澳門文學」的概念，最先在1984年春，提出「澳門文學」這一個新名詞。

29年前到加拿大後，感到加拿大的英文文學，好像依附於美國，而華文文學，又好像屬於中國文學似的，於是我又參考新馬華文文學史的經驗、澳門文學的經驗，陸續的寫出論文，參與加拿大國內外的學術研討會，提倡本土書寫，爭取「加華文學」的獨立性，希望它成為「加拿大文學」中傑出的一環。加拿大是第一個以「多元文化」為國策的國家（照我所知至今仍是唯一的一個），我們有絕對的寫作自由。文學不獨立，要依附，純然是我們自己的問題。

感謝新馬華文文學，它的獨立性、本土性，早已促使了「澳門文學」覺醒，期望它如我所願，對「加華文學」的獨立性、本土性，同樣做出積極的影響。多謝大家。

感謝馬華文學

2018年12月6日，夜，「加拿大華裔作家協會」星馬泰訪問團到馬來西亞，在吉隆坡馬華大廈作交流會，此文為發言記錄。

各位馬華文學作家朋友：

剛才主持人柯金德先生向各位介紹我，只用一句話，說「老詩人韓牧與何乃健通信的。」是的，幾十年前開始，就斷續和乃健通信。可惜乃健三年前已經離開我們了。加拿大的來賓大多不知道乃健是誰，約40年前我就說過：人家說，周粲是新加坡的國寶，我說何乃健是馬來西亞的國寶。與國寶通信，當然榮幸。

今晚，很高興見到舊雨新知，秦林、陳政欣、戴小華是舊朋友，有舊到50多年前就認識的。新朋友有柯金德兄，一見到我就說藏有我的書，令我感動。金苗兄，幾十年前就互相知道，互相佩服，今晚是第一次見面，是我倆的緣份（眾掌聲）。我倆的認識很特別，當年他出版了一本詩集，評論家陳雪風寫了苛評，說「不是詩」，金苗寫長詩反駁，詩中引我詩句作辯，由此引起馬華文學史上一場大論爭，我是事後收到文友寄我的《是詩？非詩論爭輯》（陳雪風編）才知道此事。我全書翻了一下，有幾篇提到我，所幸，正反雙方都沒有說韓牧不對。其實我是站在金苗的一邊的。

我出生於澳門，成長於香港，80年代末移居加拿大。年輕時在港澳接觸文學，最密切的不是中國大陸，也不是台灣，而是

南洋，就是新加坡、馬來亞、泰國、菲律賓、越南、印尼等等。我常常向南洋投稿，例如你們的《南洋商報》、《星洲日報》、今晚大家都收到的《爛火》，又與不少文友交往，香港文化界不少人，還誤會我是「南洋詩人」。知名的如武俠小說家梁羽生先生、《海洋文藝》主編吳其敏先生、《文學》主編曾敏之先生等等。剛才吃飯時，柯金德先生還以為我是印尼的（眾笑）。

到加拿大以後，和南洋交往變少了，很多年前，我就向我們「加華作協」提議組團訪問同文同種的南洋，可惜因種種原因未能成事，這次成行，最高興的應該是我。

我要感謝南洋的華文文學，尤其是新馬。在港澳時，我接觸到不少南洋的文學創作、評論、理論和論爭。從南洋、尤其是新馬華文文學幾十年來的歷史，我認識到文學獨立性、本土性的重要。我的出生地澳門，在文學上，一向是個沒有名份的棄兒，我因而萌生了「澳門文學」的概念，最先在1984年春，提出「澳門文學」這一個新名詞。去年冬，我到泰國參加廈門大學等主辦的「東南亞華文文學研討會」，我宣讀的論文是〈港澳與南洋文友的情誼及「澳門文學」的覺醒〉。前天在新加坡，「新加坡文協」的成君會長對我說，我這長文，剛在《新加坡文藝》季刊的冬季號全文刊登出來了，我感謝他。拙文有幾萬字，馬華文學的部份，佔了很大的篇幅，請各位關注、指正。

29年前到加拿大後，感到加拿大的英文文學，好像依附於美國，而華文文學，又好像屬於中國文學似的，於是我又參考南洋華文文學史的經驗、澳門文學的經驗，陸續的寫出論文，參與加拿大國內外的學術研討會，提倡本土書寫，爭取「加華文學」的獨立，希望它成為「加拿大文學」中傑出的一環。加拿大是第一個以「多元文化」為國策的國家（照我所知至今仍是唯一的一

個），我們有絕對的寫作自由。文學不獨立，要依附，純然是我們自己的問題。

　　感謝南洋的華文文學，尤其是新馬華文文學，它的獨立性、本土性，早已促使了「澳門文學」覺醒，期望它如我所願，對「加華文學」的獨立性、本土性，同樣做出積極的影響。多謝大家。

「韓中文化論壇國際學術大會」海外學者代表致詞

　　第18屆「韓中文化論壇國際學術大會」2016年9月在韓國慶州東國大學校舉行。到會學者近70人，分屬40多家大學。「加拿大華裔作家協會」的韓牧、勞美玉應邀參加。

　　歡迎晚會上，代表到會學者致詞的有兩人：一位代表韓國本國學者，另一位代表海外學者，即韓國以外的：中國大陸、台灣、香港、馬來西亞、泰國、歐洲、加拿大。「加華作協」的韓牧獲大會選為代表，即席發言。

主人、各位同道：

　　我來自加拿大，是「加拿大華裔作家協會」的韓牧。剛才我們冒著大風大雨上車、來這個歡迎會的時候，金善雅教授臨時給我一個任務，在會上致詞。

　　我受寵若驚。我馬上想到「代表」一詞在韓語的意義。我住在加拿大溫哥華，華語電視台每晚播映韓國連續劇，我必看，許多年了。韓劇看得多，就知道所謂「代表」，是個地位崇高、人人敬畏的身份。在這裡六、七十位著作等身的學者前，我是學術最淺的一個，為甚麼選我為「代表」呢？

　　首先，我最老。韓國人比中國人敬老、孝順。原來1938年生的我，最老。我是屬文學組的，眾所周知，30年代，是中國新文

學、華文文學最燦爛輝煌的年代。我剛好抓到30年代的尾巴，算是個30年代的人，覺得幸運和自豪。

也許不是因為最老，而是最遠。記得孔子說過：「有朋自最遠方來，不亦最樂乎？」若試從我的母國中國來說，加拿大也是她的「海外」。我是雙重的「海外」。我早已入籍成為加拿大人了，我不是中國人了，不是我不要，是中華人民共和國不承認雙重國籍。海外移民作家的身份和立場，是個值得研究的課題，是很好的學術論文的題目，我自己也寫過幾篇。

另一個原因，是因為我姓韓。這次與會者姓韓的，除我之外，只有一位，是首爾大學的韓瑞英教授，我這個外國人的「家族的名」，正是貴國「國家的名」，所以特別優待給我當「代表」，是這樣嗎？

說正經的了。大會迄今為止，開得緊湊而有效率，一切都很順利。今天我參加過兩個分組討論，所見有兩點：一是所論極為深入專門；二是爭論得互不相讓。我以為這正是學術研討會最應該有的表現。

唯一我們對大會不滿意的，是會期，這兩天大雨滂沱，我們都成了落湯「鴨」。希望以後選會期時，聘請熟悉天文地理氣象的高人，把一年後的天氣準確預測，要天朗氣清，要惠風和暢。

不過，這次也有好處。中國有一句諺語：「貴人出門招風雨」。感謝慶州的天，感謝慶州的雨，讓我們這幾十個人，全都升了級，升為「貴人」了。

歡聚吳華、徐學清教授

　　加東兩作家來UBC搜集資料，想與理事會諸位見面。大前天，在金禾田午餐，我有參加，記錄一下，讓不克赴會者分享其中樂趣。

　　吳華，女，Huron University College，休倫大學學院、國際比較學系，副教授。（屬加拿大西安大略大學，在安省的London）。徐學清，女，York University、語言文學系。在多倫多。上海人。

　　洛夫太太會應酬，一見我就說：「你唱歌真好聽。」兩位來客是來找最早期的華人文學資料，說在UBC沒甚麼收穫，我說在唐人街的「溫哥華中文圖書館」保存的資料最舊，值得去一去。這館跟我們熟悉，縱然休館，也可能為你們這些學者開一次。館藏有口述歷史錄音帶。不過大部份講的是台山話。

　　來客提到馬國冠，我盡傾所知；我又說早期被賣來的「豬仔」們，曾有因滯留而在小屋牆上寫詩洩憤，這些應屬最早期的華人文學。我又說，維多利亞大學地理系教授黎全恩，是此地華僑史權威，應去請教。

　　吳華是80年代到加的，談到唐人街通用語言從台山話、廣東話、到普通話的演變，與我，是同樣的經歷。「普通話」一詞也出韓口？「見人講人話」而已。

　　『我少時的語文課本，小學稱「國語」，中學稱「國文」。專門學講話的一課，稱「國音」，這種話，稱「國語」。後來大

陸改稱「普通話」，據說因為稱「國語」不尊重少數民族。但為甚麼漢族的繪畫又可稱為「國畫」呢？普通話？這是個全無國家民族意味、也最乏個性的、劣極的名稱；聯合國承認，我不承認。』見《剪虹集》：〈所謂水墨畫及普通話〉。

好一句「聯合國承認，我不承認」，韓牧，這個「外星人」，居然膽敢與地球的「聯合國」為敵！大膽！

2007年7月8日，凌晨。

吳華愛吃蘿蔔糕，我也是。這糕，是廣東的，她這北方人愛吃，是「貪新」；我這南方人愛吃，是「念舊」。洛夫愛吃糯米飯，說它像台灣的「油飯」，也屬「念舊」。吳華問：這飯是「生炒」的嗎？我說：不會用這種古法了。就連「生炒」這兩個字，我幾乎也忘記了。大概因為她住在London，一個老土的地方，才可能知道有所謂「生炒」吧。

出我意外，大家的話題集中在廣東飲茶文化。用手指頭叩頭致謝別人斟茶，吳華是知道的；但大家都不知道的，我就講一講：晚清時，一旗人把死鳥放茶盅內，茶博士揭蓋沖水，旗人索賠。迄今，茶客打開蓋子，表示才可以沖水。徐學清問我：廣東的飲茶文化，是不是受英國人影響？我答：英國人喝的是下午茶，不同。歐洲人喝茶，反而是學我們的，Tea，就是閩南話「茶」的音譯。座中，陳浩泉、林婷婷是泉州人，洛夫太太是廈門人，可證。我記起，有一次出差到哈爾濱，主人問我：「你長期生活在香港，日常不吃飯，吃麵包吧？」

送給客人我會的書刊。洛夫、盧因、浩泉、我，也帶來自己的書。我帶了三本：《評論選》《剪虹集》《新土與前塵》，浩

泉說：「你的書都很厚！」我心裡想：我是學毛主席的。還有一本《韓牧散文選》，也是400頁。一評論、一藝評、一散文、一詩。忘了是誰的詞：「有鴻文四卷，為民立極！」

　　一同走到停車的橫街，吳華對我說，下次來，一定到維多利亞去。兩天後，徐來了電郵，說日程皆已安排，中文圖書館下次才能去，說已經會見了UBC亞洲圖書館的館長，獲得珍貴資料來源，也確認了還再來溫，云云。從電郵中得知，徐也是副教授；她名片沒寫。下次要問她：是住在徐家匯嗎？是徐光啟的後人嗎？

　　盧因傳來當天合照，餐桌正中位置，明顯的有一把剪刀。不刪去，大家的電腦，就永遠的保存我痛苦的回憶。

　　2007年7月9日

用「國」「族」「文」分類海外華裔文學

　　2007年8月11-12日，「加拿大華裔作家協會」主辦第8屆「華人文學研討會」，主題是「離而不散——跨世紀的加華文學」。本文是據會上的即興發言整理而成。

諸位：

　　剛才聽了陳公仲教授的發言，很詳盡，很有學術性，我獲益良多，基本上同意。陳教授談到中國國內辦的文學獎，由於海外參賽者的國籍、身份而造成困惑。例如：港澳台的作者，可否參加？有美國護照的華人、有美國「綠卡」的華人，可否獲獎？一旦獲獎，名次應否壓低一些？等等。

　　我自己是這樣想的：我們這些海外華人所寫的文學，可以精簡明確的分成三類：按照「國」「族」「文」來分。

　　首先是按「國」。最近從一些傳媒報導知道，他們說我們的「加華文學」，是「中國文學」的支流；是不可分割的一部份。不管是重要的部份還是不重要的部份，都是不可分割的、「中國文學」的一部份。是這樣嗎？剛才陳教授說，他們辦的中國文學獎，新加坡的作家不賣帳，說他們的是新加坡文學。這一點，我是同情的，同意的。

　　我移民前在香港，與新加坡、馬來（西）亞的文學界關係密切，那邊的詩人、作家、大學裡的教授、系主任，很多是我的老朋友、好朋友。我也獲他們邀請為他們國外的特別會員。新、

馬還沒分家的時候，他們自稱為「馬華文學」，分家以後，新加坡有時也仍然自稱為「馬華文學」，但一般都改稱「新華文學」了。他們常常寄給我的文學雜誌，就叫《新華文學》，到如今我也常常向他們投稿的。他們不賣帳，不承認是「中國文學」，因為新加坡是一個獨立國。但是，加拿大也是一個獨立國呀。

我們，絕大多數已經是加拿大公民了。我們，不是流離失所、無家可歸、漂泊無定的浮萍。我們是落地生根、活生生的、緊緊抓住加拿大這塊新土地的樹木了。

像我，我沒有中國護照，我有的是加拿大護照。移民前在香港澳門，我的身份不成問題，當然是中國人，當然是中國文學。二十三年前，我是第一個人提出「澳門文學」，那時，我就是這樣認為的。我們，父母是中國人，在中國出生、長大，是吃中國的奶長大的。

加拿大，我來了十八年了，一早就入了籍，是加拿大人了。我們已經從「娘家」嫁到「夫家」來了。不要稱「婆家」，這名稱又階級，又封建。說句中國成語，是不是應該「在家從父，出嫁從夫」呢？從，是跟從，不是服從。

如果我們的母國、「娘家」，把「加華文學」「歸寧」到「中國文學」裡，其它族裔也仿效，英國、法國，也把加拿大人用英文、法文寫的文學，「歸寧」到英國文學、法國文學去，那麼，加拿大還有文學嗎？還算有加拿大嗎？

其次，是按「族」來分。是華人寫的文學，「華人文學」。我們「加拿大華裔作家協會」的「加華文學」，就是這一類。是「華人」的文學，不管用的是甚麼文字。但既稱「加華」，就一定是加拿大國的華人；我會的會員中，有單用英文寫作的，也有一些用「華」「英」雙文寫作的，都是「加華文學」。

在菲律賓，我有一些詩友、文友。那邊我只去過兩次，我們會的林婷婷會長原居那邊，比我熟悉多了。據我所知，那邊有七、八個文學團體，華裔作家也有用英文、菲律賓文寫作的，不一定用華文。就像新、馬，華裔也會用英文、馬來文寫作的。

第三類是按「文」來分。「華文文學」，那是不論其國籍、族裔了。像這兩天大家所認識的王健教授，他用華文寫的文章，很不錯，他也搞翻譯。但他到底是加拿大人還是美國人呢？我也搞不清楚，雖然我和他認識，起碼有十六、七年了，也常常見面。

我們的母國辦文學獎的時候，同樣可以分三種：第一種是「中國文學獎」，嚴歌苓如果是美籍，就不應獲獎。我還想到，中國公民用朝鮮文、維吾爾文等少數民族文字寫的，以至用各種外文寫的，不也是「中國文學」嗎？評審者要看翻譯嗎？變成了好像「諾貝爾」了？第二種是「華人文學獎」，這種，這次的主題發言者陳澤桓可以參加。但這一種工作量更大，西班牙文來了，葡萄牙文也來了，可能，芬蘭文也來了，應付不了。第三種是「華文文學獎」，那是包含中國的國內、國外的。也可以辦「海外華文文學獎」，像王健、像我們，才有更大的獲獎機會。

以上，提供給遠道而來、我們母國的文學領導參考，有說錯的，請在座諸位糾正，先謝了。

歡迎天津電視台座談餐會上的發言

2011年夏，天津電視台國際頻道來溫哥華訪問葉嘉瑩教授。7月17日晚，我「加拿大華裔作家協會」邀副總監尹暢女士、總導演黎大煒先生、攝影師王松先生，假「富大酒樓」作座談。

我即興發言如下：

各位：大家知道，我擅閒談，不擅演說。陳浩泉兄要我也講幾句，我猶豫了一陣，心想：「有講的。」今天的主角是葉老師，剛才王健教授、洛夫、和葉老師的學生梁麗芳、施淑儀，都講了與葉老師的交往、向她求教和學習的點滴。現在讓我也回憶一下我與葉老師的緣分。

二十多三十年前，我還在港澳，就知道葉老師的大名和學問。那時我在大學研究院，曾研究過杜甫，讀了葉老師不少關於古典詩詞的著作，很是佩服。

二十一年前，移居到這裡不久，為了研究甲骨文書法，常常到卑詩大學的圖書館找資料，恰巧葉老師也是那裡的長客，因而有幸認識。我也常常聽她的演講。我懶，沒有記筆記，但勞美玉、我太太、有記筆記的習慣，我可以懶。

十四年前，即一九九七年，我在卑詩大學開首次書法個展，意外的，葉老師和王健教授，及他們的學生、朋友，在我的開幕禮上，作了個規模不小的朗誦會。葉老師帶頭親自吟唱我展品所寫的內容，用楷書寫的杜甫《客至》詩；王健教授也吟唱了我用

狂草寫的張旭詩。兩位有國際地位的學者降格支持我，我榮幸。

　　至於天津，我沒有去過，本來與它沒有甚麼關係。今晚我的鄰座是黎大煒總導演，交換名片時我感到名字很熟，這名字在香港很響。他是亞洲電視、嘉禾電影公司的名導演，想不到能邂逅在這裡。他表現出來的禮貌、風度，留給同席的我們深刻印象。

　　我會有二十五年的歷史，接待過中國大陸、港澳、台灣、澳洲、美國、加東數不盡的作家、學者，但從沒有一位嘉賓像他這樣的：剛才的填鴨上席時，他為同席每個人挾菜，一個不漏。他又有尊重女士的西方人的風度。還有，剛才席上有兩位朋友，請酒樓的侍應將剩菜打包，因為要求與平時不同，侍應不會意，黎總導演利落的補了一句話，就交待清楚，不愧為導演的效率。我知道，他在天津電視台五年，就訪問拍攝了全球一百位有成就的華人。

　　黎總導演是土生土長的香港人，我也來自香港，在座不少也來自香港：麥冬青、陶永強、梁珮、陳浩泉、梁麗芳、施淑儀、陳華英、勞美玉都是，我覺得這位「天津香港人」，或者說是「香港天津人」，表現出香港人有禮、有效率的一面，讓我們這些「前香港人」面子有光。

　　黎總導演與葉老師一樣，都是我在香港時就知其名，而在溫哥華得以認識的。世界真細小，我們真有緣。

　　2011年7月18日補記

在與劉俊教授座談會上發言

南京大學文學院教授、中國世界華文文學學會副會長、加拿大滑鐵盧大學孔子學院中方院長劉俊，2011年7月4日到訪加西，當晚「加拿大華裔作家協會」假「富大酒家」舉行座談餐會。

劉俊教授坦誠詳說自己轉而研究海外華文文學的經過。洛夫接著，說不滿意在中國大陸時，被介紹為「台灣詩人」，而非「中國詩人」。問：如何為作家身份定位？劉俊答：說你是台灣詩人，並非否定你是中國詩人，甚至可以是世界詩人。只是台灣是你的特殊經歷，假設一直留在大陸，寫的詩就一定大不相同，還可能是個右派份子了。

在劉、洛講話之後，我破例發言回應。我說：剛才劉俊教授的講話，坦誠而內涵豐富，很多是我們沒聽過的，我們得益。他不愧為教書的，滔滔不絕。正如在座的葉老師（嘉瑩教授），可以一口氣講三、四個小時。我也可以，但翻來覆去是那幾句話。他們內容層出不窮，而聽者又不是完全明白瞭解，使人有追尋的興趣。劉教授剛才說，那時中國大陸學術界流行著幾句話：一流人才，研究古典文學；二流人才，研究現代文學；三流人才，研究當代文學；四流，也不知算不算人才，研究海外文學。那是覺得台港、海外的文學，水平不高，沒有很大的研究價值。

其實，我認為，研究台港、海外文學的，是最聰明的人。像我們（右掌向劉俊、梁麗芳）寫學術論文、學位論文的都知道，

研究對象越沒有多少人研究過，就越容易有新發現。到未經開墾的處女地去開荒，才容易有收穫，有大成就。

至於作家身份定位，我深有感受。我以為有幾個層次，可以同時有幾個身份。我十九歲從澳門到香港，三十二年後移到加拿大來。我文學上的學習、磨練，主要是香港給我培養。八十年代，我常常回澳門，多到一個月幾次，辦文學活動。「澳門文學」這個名詞，第一個提出的人，應該是我，在一九八四年春。我在澳門也寫過一兩本詩集，還是澳門出版的第一本新詩集的作者。但我主要的成績還是在香港做出來的。我算是香港的還是澳門的呢？在澳門，我有一個家傳戶曉的稱號，被稱為「兩棲詩人」。（洛夫插話：「現在是『三棲』了，三妻四妾」）對！我正要講這個。

到了加拿大，不知為甚麼，有些人忽略我的香港經歷，在給我介紹時，都說我是「澳門詩人」。洛夫先生剛才也是這樣介紹我。我不介意，因為也沒有錯。我同時屬於香港、澳門的。港澳屬於中國，我也是中國詩人了。不過，我自己所重的，是我當下所在的這片土地。二十一年前離開了港澳，關係日漸疏遠，港澳、中國，都是過去式。出嫁了這麼多年，夫家不比娘家重要嗎？不是更值得關愛、盡忠嗎？如果我現在寫的算詩，別人稱我為「加拿大詩人」，我最高興，最受落。

有一點我想請教劉教授。剛才你說：有些問題，在中國不成問題，毫不重要，但到了海外，就變成重要了。相反亦然。可否舉個簡單的例子，讓我們更明白。【劉俊教授後來舉例說：「五四」時，打倒孔家店，認為理所當然；但海外仍如舊貫，被視為抱殘守缺。到了海外才知道：海外華人的舊風俗、舊習慣，起了維護中華文化，對抗西方文化侵略的作用。】

【當晚發言的，還有葉嘉瑩、王健、陳浩泉、梁麗芳、葛逸凡、曹小莉。談到的台灣作家有白先勇、陳映真、黃春明等。洛夫提到：台灣本土作家不認自己是中國人，要用台語寫作。詩人楊牧是本土人，現在被捧得很高；自己目前正被圍攻云。】

7月8日補記

歡迎馬輝洪、陳露明座談會上的發言

　　香港中文大學圖館主任馬輝洪、香港公共圖書館研究主任陳露明、多倫多大學利銘澤典宬（cheng，藏書室、圖書館也）梁恆達館長，應邀來UBC參加學術會議；他們的論文論述「加華文學」。2012年5月19日，我「加拿大華裔作家協會」同人，與馬、陳兩位於「富大酒家」座談。陳浩泉主持。

　　馬先生詳細介紹「香港文學資料庫」及「香港文學研究中心」等。陳小姐介紹其圖書館外，談到她的論文，說在閱讀我們的作品前，以為懷鄉是主調，其實所表現並不愁苦，而生活味很濃。兩位都用國語發言。

　　阿濃、盧因、梁麗芳、洪若豪、王健、麥冬青，先後發言；也是用國語。最後主持人說，有一個人，他有三妻四妾的，請他自己上來解釋。原來是要我講話。我主要用國語，偶然夾點廣東話。我說：

　　首先歡迎兩位香港鄉親。我用甚麼話發言好呢？從香港移此二十多年，除了英語，我講國語的機會，和講廣東話一樣多，都是百份之五十左右。在香港時，講國語機會約百份之五。現在國語進步了，沒想到，廣東話退步了。開始有些「破破爛爛」了（仿陳露明語）。其實，今天在座、來自中國大陸的同人，很了得，都會廣東話。像從上海來的施慧卿（用手指），長頭髮的那一位，能聽百份之一百，能講百份之九十五。白皮膚的「老內」王健教授更是語言天才。他的學士、碩士、博士論文，都是論中

國文學的。他的國語，讓我們華裔都要臉紅。你們兩位也許不知道，他的快板、數來寶等表演，國際有名。我的國、粵雙語都不大好，但也沒問題。

陳浩泉兄要我解釋三妻四妾。我在澳門出生、成長，中學畢業後移居香港。八十年代不斷到澳門作文學活動，首先提出「澳門文學」名詞。澳門人當我是澳門人，香港人當我是香港人，於是有了一個大眾周知的綽號：「兩棲詩人」。去年一次座談會，也是在這裡，歡迎一位中國大陸來的學者，我發言時也談到「兩棲」，說現在是加拿大人了。席上的洛夫先生馬上笑說：「現在你是『三妻』、『三妻四妾』了！」三棲是真的，四妾可沒有。

言歸正傳。今天與兩位是第一次見面，但文章以前就見過一些。像陳小姐的論文《成長的天空和記憶的天空》，很有深度。馬先生剛才說唸大學時就看我的詩集，《分流角》、《回魂夜》等。兩位給我的第一印象，鮮明深刻：馬先生的「儒雅」、大度，人如其文。陳小姐青春熱情、笑顏層出，我沒有見過這樣的學者。兩位的氣質，似乎分處兩極，我們眼福不淺。

我要感謝兩位。首先是陳露明小姐，剛才我對她說，「露明」這名字真好，是令尊取的嗎？她說是。我說，令尊對舊詩詞一定很有修養了，「露從今夜白，月是故鄉明」。我說，有一個與你同名的人很有名，你知道嗎，她說知道，姓白的。我說，香港六十年代的粵語片，最漂亮的女主角，就是「白露明」。我向席上的陳說：你看過她的電影嗎？沒有？你太年輕了，有空到羅卡的「香港電影資料館」借來看看吧。

我們這裡的文學創作很活躍，可是缺乏評論家，很少人會評論、研究我們的作品，而你在香港卻研究我們，我們感激。我還

要恭喜你，你是中國大陸和加、美之外，港、澳、台，日、韓以及南洋的星、馬、泰、菲、越、印各國中，第一個研究、宏觀研究「加華文學」的人，你是鼻祖，希望你能繼續。

今年「加華作協」銀禧，今秋與SFU合辦「加華文學研討會」。這些年我很少寫學術論文了，既然別人很少評論我們，我們就自己評論自己。我也參加這次研討會，論文在撰寫中，「從加華新詩窺探加華詩人的自我身分定位」，竟意外與兩位的論文重點相近，希望能盡早見到兩位的大作，藉以參考，希望能「抄襲」幾段，豐富我文。

要感謝馬輝洪先生。最能代表香港的香港作家是舒巷城，馬先生是舒的研究者，《回憶舒巷城》一書即將出版。去秋，他來電郵，隔洋訪問我，請我寫六、七千字，結果我寫了一萬字去。感謝他給我這向讀者傾訴的機會。

阿濃兄剛才說，櫻花剛落了，天氣暖了，請兩位把握機會，到Robson街欣賞滿街的美女，穿得很少的，她們也很喜歡被人看的。我想補充一下：阿濃兄說的應是指歐裔白人；或者包括中東裔、南美裔，大概不指華裔。其實溫哥華盛產華裔美女，UBC的、SFU的，埠仔來的。記得在世紀之交，連續五、六年的「香港小姐」冠軍：翁嘉穗、向海嵐、郭羨妮、劉慧蘊、廖碧兒、李亞男、鍾嘉欣，都是溫哥華回去參選的。我現在想，她們可稱為「溫港兩棲美女」。

我發言畢，梁兆元兄「質問式」追問：「那麼，你是甚麼地方人？」我從新拿起咪高峰：「澳門的人說我是澳門人，香港的人說我是香港人。來此二十多年了，與港澳關係日漸疏遠。血統上我是華『族』，法理上我不是中『國』人，別人說我是加拿大人，我最受落。」

【後記】匆匆一聚，不少話題未及提起。馬先生的發言中，接六連七的提到小思女士。上次回港與她歡聚，已是五、六年前的事了。記得我曾對她說，我每次回港澳，主要是探望年老的師友。她說：「我就是了。」我說：「你不算，比我老的才算，你1939，比我小一歲。」我曾「冊封」她為「香港文學史之母」，不知別人承認否？知道馬先生編過一本《萍之歌——丁平詩集》，記得我青年時曾在香港大學上過他的新詩課程。他在抗戰時寫出過一首極長的詩。

知道陳小姐兼任香港「嶺南大學文化研究@嶺南」網上雜誌編委，去秋也斯兄曾來溫作演講、朗誦，也和我會座談。應有不少共同話題。

知道梁恆達館長的「利銘澤典戚」，前身是楊國雄兄主理的「加港文獻館」，楊與我們關係密切，他退休前，我在溫著意為他收集文字資料，場刊、請柬、門票都不放過。他每年來溫一兩次，收貨。可惜梁行色極匆，未能細談。

2012年5月19夜記

《剪虹集》發佈會上的發言

諸位：

剛才幾位的發言和朗誦，都是坐著的。我覺得這桌，高了一點，這椅子，又矮了一點，坐得很不舒服。其實問題在我，是我，矮了一點。我還是站起來講吧。

我這本藝評小品《剪虹集》，收短文三百篇，是這些年在溫哥華兩個報紙的三個專欄中發表的。寫的是對藝術的印象、心得和評論。包括繪畫、書法、篆刻、雕塑、美術設計、攝影、音樂、歌曲、戲曲、舞蹈、舞劇、音樂劇、電影、電視劇、新文學、舊文學、朗誦、音韻、方言等。這本書談論到的藝術家、作家、文學家，接近一百人，大部份是溫哥華本地的。這三百篇短文，沒有引經據典，也沒有引用別人的話，都是我自己的心得。

《剪虹集》全書分四輯：第一輯是〈虹之輯〉，虹，是彩虹的虹。每篇五百多字；第二輯是〈霓之輯〉，霓，是霓虹的霓，每篇四百多字；霓，就是副虹，顏色比虹淡一些。霓虹同現，在本地常常見到。我的一個朋友，曾在本省內陸，見到過天空同時出現霓虹六條。這兩輯合共二百七十篇，是談藝術的。

第三輯是〈新詩論爭之輯〉。文學論爭，在我們「加拿大華裔文學」裡，是罕見的，我到此地十九年來，除此以外，沒見到過。這二十一篇，可以算是難得的文學史料。

第四輯是〈霓虹之外〉，與藝術無直接關係，有九篇。我自覺有社會責任，眼見不合情理的社會現象時，我會把藝術暫時放

在一邊，給予批評。

　　為了讓諸位對我寫這些文章、出版這本書的目的有所瞭解，讓我把這書的第一篇文章，叫〈剪虹集序〉的，這序文，朗讀一次。不要怕，很短的，五百字。我也請到我的好朋友凌秀，隨她挑選這書中的一篇，替我朗誦。凌秀女士畢業於上海戲劇學院，她的朗誦，一定不會令大家失望的。等一會兒葛逸凡女士的《金山華工滄桑歌》的七人選段朗誦，是她導演的。

　　《剪虹集》能夠參加這個、為四川地震災民義賣的新書發佈會，我感到有特殊的意義。

　　2008年6月8日，溫哥華，中華文化中心。

《Finn Slough芬蘭漁村詩影集》發佈會上發言

　　從不同角度，美都可分兩種：感官的和心靈的；感情的和理性的；現實的和藝術的。後者都比前者高級。就文學言，杜甫詩「朱門酒肉臭，路有凍死骨」無疑醜極，卻蘊涵深刻的詩意，那是另一種美。

　　像溫一沙兄所攝的殘破髒亂的漁村，客觀上，確實是「現實醜」，那些破屋，誰也不願意住進去。但經過藝術家的處理，那破屋就和我們沒有直接利害關係，而成了另一種成品，藝術品，那是將「現實醜」轉化成「藝術美」了。歐洲近代的雕塑大師、繪畫大師，也愛刻畫老朽醜陋的人物，中國羅中立的油畫絕作《父親》是個眾所周知的例子。那種藝術品不但能夠令人愉悅，有理性的滿足，還可引人作理性的思考，這美，是「藝術美」，是創造的，而「現實美」只是發現的，所以前者較為高級。

　　另一層次是：醜也可以引起人的愉悅，例如假山、太湖石，平滑整齊就沒看頭，越醜怪越美，清代美學家劉熙載說：「怪石以醜為美，醜到極處，便是美到極處。」書法中的「金石味」，就是銅器、石頭的破損而成的「滄桑美」。我在紐約大都會博物館中曾見一些商周銅器，銅綠經久，溫潤如玉，這是時間致之，商周人無此眼福。

　　糖果的本味是甜，但巧克力帶苦，香港人愛吃的「瑞士糖」

帶酸，這才更高級。兒童愛可樂，成人愛咖啡，老人愛茶，就因
咖啡苦，茶苦，才有成熟的深度，才更高級。

2018年11月17日，香港。

書畫展開幕禮上致詞

2018年6月2日，列治文中國藝術聯誼會、假座溫哥華中央圖書館作第二屆書畫展，開幕禮上即興發言，當晚追記。

各位：

我要講的話很多，但剛才兩位嘉賓：香港經貿處駐加西首席專員袁黃潔玲女士，及葉承基法官，都講了，又講得好。我只好盡量簡短，但也不會太短，因為我習慣長氣的。

列治文中國藝術聯誼會是成功的。去年才成立，幾個月內就在溫哥華中央圖書館辦了首次書畫展。現在，又在同地舉辦第二次。事物的成敗因素，不外天時、地利、人和。就這兩次展覽說，天時，在寒冷遠去、溫暖舒暢的初夏；地利，在中央圖書館。許多人說推廣中華文化，常常是「自己人」玩。而這裡，人流很旺，各族裔都有，都是愛看書的、愛文化的人。展場是開放式的，路過，向下一望，一定見到我們的書畫，就會走下來看。人和方面，大家都感覺到，我不用說。

我因為愛交朋友，幾十年來，參加了不少的文學藝術團體，澳門、香港、新加坡、溫哥華、多倫多、美國都有。我最大的感覺是：人和最重要、對成員的尊重最重要。我覺得，列治文中國藝術聯誼會，是罕有能夠做到的。所謂「尊重」，不單指對前輩、對有成就者尊重，還要對後學者、甚至初學者尊重。那就是無私的給予指導、扶持。我們的會除了定期有講座，還有個特

點，開辦了書法班、國畫班。學員越來越多。他們的習作，能夠每年在溫哥華中央圖書館展出，而且展期有一個月之久，是難得的、很大的鼓勵。

我會成立之初，俞子由兄說要請我當顧問，我問會的名稱，聽到是「聯誼會」，實在說，有點不是味道。為甚麼不是「藝術會」、「藝術家會」、「協會」、以至「學會」呢？現在覺得，這名稱是恰當的，不但恰如其份地謙虛，還強調「友誼」、「人和」。正如我剛才說：藝術家常有其脾氣，人和最重要。這「人和」，剛才我沒有說及，除了對內，還包括對外的。

《當代香港詩人系列》新書發佈會上發言

各位朋友：

　　我是韓牧，目前住在加拿大，相信是《當代香港詩人系列》十人中，離香港最遠的一個。其實我離開香港已經三十年了。讓我驚喜而感動的，是香港的文學界、新詩界、這《大系》，沒有忘記我。

　　同樣，我也沒有忘記我生活在香港的三十多年，這半年以來香港的突變，更使我好像已經回流香港生活，日夜在思念中、目擊中。

　　在香港的三十多年，正是我學詩最勤的整個青年期以至中年期。正如譚福基在《系列》的〈前言〉所說：「從這些作品，我們可以看到『昨天』近六十年新詩發展的履跡，華人社會的變遷以及個人的所思所感。」我也用詩詳細記錄了香港六十、七十、八十、整整三個年代、給我的觀感。

　　同樣讓我驚喜而感動的，是「又一山人」先生的美術設計。現代、新穎、深意，為每位詩人度身定造，而又統一在一個風格中，讓人大開眼界。使這《系列》在「可讀性」之外，增加了它的「可藏性」和「永恆性」。

　　每冊《詩選》書前，收錄了詩人們的手稿，藉此可以從另一角度窺見詩人間相異的性格。唯一未及收錄的，是羅少文。他不辭而別匆匆走遠了。幾年前我回港時曾與他有一面之緣，

他沉靜，交談不夠十句話，但他的容貌聲音，恐怕是我終生難忘的。

2019年12月8日

唱周璇的歌

2011年3月，「加拿大華裔作家協會」新春聯歡晚會中，我演唱前的說明。

記得去年的新春聯歡晚會，我唱了兩首周璇的歌。今年，大家又叫我唱，我還是準備唱周璇的歌。一來，這是我的偏愛；二來，這些三、四十年代的歌，對在座大部份的朋友來說，沒有聽過，一定有新鮮感。

周璇唱的是時代曲、流行曲，我聽過的一百多首中，藝術性高而同時內容深廣、愛國愛民的，其實不多。我去年唱的《花樣的年華》可算是愛國的，《星心相印》是情歌。

今年我準備唱的一首是《月下的祈禱》，它有這樣幾句：「流亡猶載道，兵氣何日消？但願烽煙靖，陰霾掃，承平的景象早來到。」不算愛「國」、而是愛「民」的歌。另一首《鳳凰于飛》是首情歌。這首《鳳凰于飛》分兩部份，前半部纏綿，後半部豪放，截然不同。我覺得前半部更可貴，但不知何故，卡拉OK只有後半部。現我只好全首清唱了。我知道在座有音樂界老前輩，也有專業歌唱家，我是「自學難精」，唱得不好，請包涵、指教。

周璇的歌，我童年入學前就聽慣了，當時不識字，她卻是我的第一位國語老師。她生於江蘇常州，母語應當是常州話，但幼年時就被吸鴉片的舅舅賣到上海，我相信她講得最流利的應當

是上海話。她的國語咬字，有時會帶上海口音的，甚至誤讀的也有。這是我長大後才發現的。但我也聽慣了，唱慣了，只好努力去改正了。

〈初戀女〉和〈彩虹之上〉

2012年2月18日，「加拿大華裔作家協會」的「新春聯歡晚會」演唱前的說明。次日補記。

各位嘉賓，各位朋友：

我很榮幸，今年是第三次上「春晚」了。過去兩年，我獻醜的是周璇原唱的、格調高尚、藝術性強、以至愛國憂民的時代曲：〈花樣的年華〉〈星心相印〉〈鳳凰于飛〉〈月下的祈禱〉。在我聽過的周璇的100多首裡，再要選出這個水平的，難了。今晚不唱周璇了，但還是唱老歌，三十年代的，中國和美國的電影主題曲。都是我童年時聽慣的。

第一首是現代中國大詩人戴望舒寫詞的〈初戀女〉。戴望舒是我最佩服的幾位中國詩人之一。今晚，我很高興認識了兩位新秀，一男一女，亞晟、筱倩，都是中學生，分別由母親、父親帶來的。前者已經出版過詩集，後者得過徵文獎的冠軍。他們都寫新詩，戴望舒，值得他們去瞭解、學習。

1936年，上海藝華影片公司拍攝一齣電影，名為《初戀》，請名作曲家陳歌辛作曲，戴望舒把自己的一首新詩改寫成為歌詞。陳歌辛，唱歌的歌，辛苦的辛，陳歌辛是誰呀？【停】是陳鋼的爸爸。陳鋼又是誰呀？【停】不是李剛，【這時我見到台下一些人失笑，反應最快的是音樂評論家洪若豪及其夫婿音樂家汪西三】不是李剛的爸爸。陳鋼是〈梁山伯與祝英台〉小提琴協奏

曲兩位作者之一【台下的林欣姐點頭】。這首〈初戀女〉由女主角王人美唱出，哀怨動人。王人美，沒聽過吧？是當時的大明星，名字很容易記，反來就是「美人王」，姓王的美人。這歌的旋律和歌詞都很美，希望我唱得不難聽就好了。

第二首叫〈彩虹之上〉，原本是1939年美國電影《Some where Over the Rainbow》的同名主題曲，由童星Judy Garland唱出。這齣電影的中文名叫《綠野仙蹤》，上了年紀的朋友一定有印象。

去年秋天，歌唱家駱輼琴要錄音這首英文歌，駱女士今晚有來，就是坐在那桌穿紅衫的那位【我用手指】。她要為這歌配一個中文名，和我商量，我們幾個朋友在電腦上多次來回討論，最後定名為〈彩虹之上〉。我把這次討論過程傳給王健教授，幾分鐘後就收到回郵，原來他已立刻把歌詞翻成中文，他用的腳韻比原文的還要好聽。正合一句成語：倚馬可待。王健教授，【我向台下的王說】你這歌，這幾個月有人唱過嗎？【王搖頭】好了，現在「世界首演」了。沒有音樂，只能清唱，唱得不好，請大家原諒。【後來真的唱錯了一句，即時自招「唱錯了！」那句重唱，大家原諒與否？不知道了。】

【再記】演唱時，我偶見台下，忙於拍攝的，有中華郵幣學會理事長陳伯仰，及任京生兄等；最注意台上動態的，有資深傳媒人林欣、《環球華報》社長張雁等；最注意屏幕字幕的，有黃河邊等。演唱後，散席時，瘂弦對我說：在台灣時，（大概是60年代中）他曾接待過戴望舒的女兒戴詠樹在家裡吃飯，他請在座的文友們合唱這首〈初戀女〉，紀念她的父親。詠樹當時是個小女孩，說，聽人家說過，這歌是父親作的詞，但一直不知是否。瘂弦對我說：「詠樹」之名，與歌詞中「望斷遙遠的雲和樹」是有關連的。

黑歌與藍歌

2013年3月16日「加華作協」新春聯歡晚會上，演唱前的說明。

各位嘉賓、同道、朋友們：

很榮幸，這次是我第四年在「加拿大華裔作家協會」的「春晚」上獻歌、獻醜了。因為每年的「春晚」總接近「元宵」，中國情人節，往年，我唱的絕大部份是國語的「粉紅歌」。今年我想改變一下。

我不唱「黃歌」，更不唱「紅歌」，唱甚麼好呢？今晚我同樣唱兩首：一首「黑歌」，一首「藍歌」。這首「黑歌」，是著名的〈Edelweiss〉（雪絨花），1965年美國電影〈The Sound of Music〉（中譯〈仙樂飄飄處處聞〉）的插曲之一，最後一句是「Edelweiss, Edelweiss, Bless my homeland forever」，大家應該很熟悉了。臨時找不到英文版的DVD，只好用中文版，但我用英文唱。

第二首是「藍歌」（杜撰）〈凱旋歌〉，1945年抗日戰爭勝利後，次年拍攝的中國電影〈長相思〉的插曲之一，原唱者是周璇，唱出了抗戰勝利時的興奮和對前景的信心。這首「藍歌」，60多年前我童年時就聽慣了。雖是「藍歌」，作曲者卻是「毛主席的好學生」，黎錦光，湖南人，少年時在家鄉讀書，班主任是毛澤東。後來到了上海，成為名作曲家，被稱「歌王」，與「歌

仙」陳歌辛齊名。作詞者范煙橋。去年我「加華作協」慶祝25周年銀禧的晚會上，我首次唱出，唱時繞場大踏步走，當時大家情緒高漲，興奮異常，尤其是來自外國的學者嘉賓。一些朋友要我在今晚再唱，我很樂意。唱得不好，請各位多多包涵、指教。

2013年3月16夜補記

【附記】我開始唱《凱旋歌》時，酒樓職員忘了滅去原唱者的聲音，我一怔，呆了一下，硬著頭皮照唱。唱時，我幾乎沒有聽到原唱者的聲音，是因為我聲音太響了吧。唱罷，我說：「剛才沒有滅聲，等於和周璇合唱，我太榮幸了！」

獻歌與朗誦的前言

各位嘉賓、朋友：

　　今天我特別高興，因為請到歌唱家、名歌星劉鳳屏小姐來。我是她的「粉絲」，上世紀60、70年代我在香港時，常常看到她在電視台的演唱，密到幾天就一次。

　　「作協」每年的春晚，我都獻唱獻醜，今年她來，我不敢唱了。後來一想，這是難得機會，唱我自以為唱得最好的兩首，唱給她聽，希望得到指教，能有改進。到底我連半個小時的聲樂都沒有學過。她是個好教師，溫哥華華裔小姐鍾嘉欣在香港，除了演戲，唱歌紅到不得了，就是她教出來的高足。

　　今晚我還是唱周璇的歌。電影《長相思》拍攝於1947年，也許因時局動盪，從上海移到香港拍廠景，又到台灣拍外景。六十八年前已有這種兩岸三地的合作，出我意外。片中周璇唱插曲七首，主要是陳歌辛曲，范煙橋詞。最著名的是〈夜上海〉。我現在唱的是〈花樣的年華〉和〈星心相印〉。你們可以發現，〈花樣的年華〉的前奏是生日歌的頭兩句，原來電影演到當時是女主角（周璇飾）過生日。唱〈星心相印〉，我是紀念幾年前病逝的老會員王潔心姐，多年前在洛夫先生的慶生會上，她當眾指定要我與她合唱這歌，才使大家知道我也愛唱歌，我才開始了公開獻醜的。

　　老友程樹人是著名壁畫家、雕塑家。除了在主流社會的成就，華裔最熟悉的是他在唐人街的作品。其中壁畫有〈百年風

雲〉、〈歷史瞬間〉。先僑紀念碑更是不朽巨構，就在這酒樓下面的廣場。華表式一個篆體「中」字，前後對聯是程兄親撰的。兩旁立兩個銅像：鐵路華工和華裔青年軍人，簡明顯示了華裔先僑對加拿大的貢獻：建國與衛國。認識程兄二十多年，原來他偶會寫詩，最近他發表了一首〈唐人街〉，可見他的深情。寫唐人街的詩，不能說這首最好，但它是最真實、最詳細的，雖然只有十來行。現在請程樹人兄親自朗誦。

2015年3月14日補記。

周璇的〈鳳凰于飛〉

2017年3月11日,「加拿大華裔作家協會」新春聯歡晚會中,獻唱前言,當晚補記。

各位嘉賓、各位朋友:

司儀青洋小姐說我是兩岸三地著名的詩人,不敢當。我還要更正,應說兩岸四地,我就是在澳門出生的。今晚我唱的這首歌,與兩位名作家有點關係,也都是我們「加華作協」接待過的。第一位是龍應台。去年,她在香港大學的一次演講中,說童年時,常常聽到母親唱周璇的歌,其中有一首《鳳凰于飛》,她問台下有沒有人聽過,全場沒有人舉手。相信今晚在座中,一定有人聽過,但不會多(見台下黃展斌兄舉手)。畢竟,這是70多年前的歌,1945年的。

記得另一位名作家白先勇,有一篇散文〈上海童年〉,說「那時上海灘頭都在播放周璇的歌。家家〈月圓花好〉,戶戶〈鳳凰于飛〉」。白先勇有大成就,我一點成就也沒有,但有一項我與他差不多,是年齡。我比他,只年輕幾個月。童年時,雖在澳門,同樣常常聽到這些歌。〈鳳凰于飛〉我熟悉,今晚就獻醜了。

這歌,是1945年同名電影插曲之一。陳歌辛曲,陳蝶衣(1906-2007)詞。蝶老中年後移居香港,以99歲高齡逝世,香港很多文化人認識他。

當時的電影插曲，都是先有劇本，然後寫歌詞，最後才依詞配曲的。當電影導演方沛霖拿了劇本請陳蝶衣寫歌詞時，陳見到劇本名字《傾國傾城》，說：「現在是甚麼時候，既不能傾國，也不能傾城啊！」過了幾天，方導演把名稱改為《鳳凰于飛》，他才願意寫詞。當時上海還是日佔區，歌詞中有「像鳳凰于飛在雲霄，一樣的逍遙，一樣的輕飄」，寓意身雖在淪陷區，心卻高飛遠引、與祖國親人相會。

　　這歌分兩部份，前半部纏綿輕柔，後半部豪放高昂，截然不同。我覺得前半部更為可貴，可惜沒有卡拉OK，只好清唱了。後半部也沒有周璇原唱版本，只好選用台灣費玉清的版本了。

　　蝶老，新、舊詩詞都擅長，稱「詞聖」。此歌歌詞如下：「在家的時候，愛相棲；出外的時候，愛相攜。當年的深情，當年的蜜意，沒有一刻曾忘記。鳳凰于飛，比不上我們的甜蜜；鴛鴦比翼，比不上我們的親暱。到如今這段美麗的事蹟，只剩了一片追憶，只剩了一片追憶。」

　　「柳媚花妍，鶯聲兒嬌，春色又向人間報到。山眉水眼，盈盈的笑，我又投入愛的懷抱。像鳳凰于飛在雲霄，一樣的逍遙，像鳳凰于飛在雲霄，一樣的輕飄。分離不如雙棲的好，珍重這花月良宵，分離不如雙棲的好，且珍惜這青春年少。莫把流光辜負了，莫把流光辜負了，要學那鳳凰于飛，鳳凰于飛在雲霄，鳳凰于飛在雲霄。」

「歌聖」鄧麗君

2018年3月16晚，「加拿大華裔作家協會」在「富大酒家」舉行「新春聯歡晚會」。筵開八桌。我依慣例唱歌獻醜「贈興」。先作前言。次晨補記。

各位嘉賓、各位同道：

參加過「加華作協」的「春晚」的朋友一定知道，每年「春晚」我一定唱歌，唱的是上世紀三、四十年代的，童年時聽慣的老歌，幾乎都是唱周璇的。今晚不唱周璇了，唱鄧麗君。為甚麼呢？

去年十二月，我與勞美玉到泰國曼谷開會，是廈門大學與「泰華作協」等舉辦的「東南亞華文文學研討會」，當地朋友很熱情，知道我愛唱歌，款待我倆飛到泰北，入住清邁美平酒店，那是鄧麗君最後的居住地，她就是暈倒在她的1502號房門口的走廊上，離開人間。

我由此深一層瞭解到她，她不但天賦高，還極為努力學習。秀外慧中性格好，外圓內方。有原則，有正義感。謙讓、慷慨、關心弱小。在我看來完全沒有缺點。我即時寫了一組詩，共十六首，總題《那土黃色的蝴蝶》，緬懷她的一生。其實以前我的詩也涉及過她。

1979年春至1980年冬之間，我旅行中國，寫成組詩《追尋杜甫》共六章：〈在香港〉〈在湘江〉〈在草堂〉〈在長安〉〈在

洛陽〉〈在鞏縣〉。寫〈在湘江〉時身在湖南長沙，想到杜甫在那裡寫過一首名作〈江南逢李龜年〉，最後兩句是：「正是江南好風景，落花時節又逢君」，當時正是「晚上聽小鄧」的時代，我的〈在湘江〉的最後兩句是「落花時節／不是李龜年／是鄧麗君」。杜甫在大家的口裡，是「詩聖」，鄧麗君在我的心中，是「歌聖」。

今晚我準備唱她的〈但願人長久〉。詞是誰都會唸的蘇東坡的〈水調歌頭〉：「明月幾時有（這句全同廣東話），把酒問青天……」，曲是台灣多才的藝術家（擅長作曲、填詞、歌唱、寫作、繪畫、書法）梁弘志代表作。歌者與作曲者，都是「五十後」，都是天妒的英才，四十多歲就離開我們了。今年2018，小鄧六十五歲，榮升長者了。她初春出生，現在同時為她慶生。我唱慣周璇，第一次唱鄧麗君，一定唱得不好，請諒。

（唱完了，我向觀眾一鞠躬。轉身向屏幕上的鄧麗君，一鞠躬：同時說：「我心中的歌聖。」）

朗誦洛夫〈杭州紙扇〉前言

諸位同道：

　　這首〈杭州紙扇〉，現在由我和勞美玉朗誦。我用國語，她用粵語。為甚麼要用廣東話呢？這首詩一共三節：第一節寫西施，第二節寫蘇隄，第三節寫柳浪聞鶯。總的氣氛是古雅。

　　在全國的方言中，粵語保留了最多的古音，跟唐代人的發音最接近。也許在座一些朋友對粵語認識不深，我可以舉一個例子，藉此知道國、粵的差異。

　　我舉的例子，是這首〈杭州紙扇〉的第一個字：「唰」，是個擬聲字，模仿急速開摺扇的聲音。「唰」，聲音相同於「刷牙」的「刷」，陰平聲。這個「刷」，粵音怎麼讀呢？【示意身旁的勞美玉讀，勞：「Tsat」（近Chaat），我隨即開扇發出聲音】那是最短促的入聲。

　　現代的「國語」、北方方言，已完全沒有了「入聲」。但400年前的北京人講的北京話，還保留了不少「入聲」。此外，當時的北京話、北方話，還沒有捲舌音，那是受北方少數民族統治者的影響而來的。

　　好了，現在開始朗誦〈杭州紙扇〉。

2015年6月

〈鷹巢〉的唐音

2021年9月4日，夜，「加拿大華裔作家協會」舉辦了視像朗誦會，我朗誦了〈鷹巢〉一詩，以下是朗誦前的發言記錄，並附上該詩。

各位文學同道：

這裡有幾位我是不熟悉的。我是韓牧。今天晚上這個以秋天為主題的朗誦會，讓我想起同樣以秋天為主題的另一個詩朗誦會。八十年代末的一個秋天，香港中文大學舉辦了一個「香港文學國際研討會」，各地來的學者很多，記得有余光中。會議期間的一個晚上，主人辦了個詩朗誦會。當晚我朗誦了我的一首詩，名為〈高原秋夜〉，是用國語、粵語雙語朗誦的。

有一句話大家都聽過的：「天不怕，地不怕，最怕廣東人說官話。」那是因為廣東話和國語差異很大，廣東人學國語，特別困難。

我有一位好朋友，是澳門大學中文系教授，對語言很有研究。他對我說：唐朝的李白、杜甫他們，假如今天到了北京，他們講的話，北京人聽不懂。但是如果他們南下廣州，他們的話，廣州人起碼聽得懂百份之七十到八十。就是說，廣東話與唐人的話比較接近，可以溝通。

今天晚上我準備朗誦的一首詩，名叫〈鷹巢〉，老鷹的巢，是我的組詩《秋到至深處》其中一首，這首詩不長，我知道很多

人怕聽長詩，不要怕，它只有二十幾行。我先用國語唸，然後用
廣東話。對廣東話不熟悉的朋友，一定覺得新鮮。因為它的發音
接近古語。北方人笑廣東話是「鳥語」，〈鷹巢〉這詩是鷹的自
述，正合。「鳥語花香」也不錯呀。說句笑話，如果請我崇敬的
大詩人、詩聖杜甫來唸，大概和我也差不多吧。我愛說笑，不必
當真。

鷹巢　韓牧

巨樹
突出在眾樹之間
秋盡　葉落盡
你才驚見
高枝上卡住了
太陽的影

你不知道這巨樹是甚麼樹
也許是楓　也許是椴
巨幹繁枝掩蔽了一大片天空
卡住的不是太陽的影
是我的巢

我不是雪雁
居無定所
我不是麻雀
隱藏在常綠樹的濃陰

我不是燕子
寄居在人家的屋簷下
我不是海鷗
避開人世
築巢在無人知曉的地方

這高枝
獸攀不上　鳥飛不到
秋盡　葉落盡
我坦露在你視程之內
射程之內

我一眼就總覽了太平洋
我站起　如雕像
我目擊著太平洋的彼岸

2001年12月，加拿大西岸，太平洋畔。

回憶舒巷城（香港《城市文藝》沈舒訪問）

受訪者：韓牧先生（沈舒訪問）
香港《城市文藝》2012年2月號。

1. 請韓牧先生分享年青時學習寫作的情況，以及在澳門、香港和加拿大三地走過的文學道路。

感謝你給我機會，與讀者分享我的「回憶舒巷城」，但這個問題，是要我回憶我自己了。是讓讀者先瞭解我的背景吧。

我在澳門出生、長大、受教育。初中時，國文課本裡有冰心的新詩，但鄧展雄老師一翻就過，不教。他酷愛舊詩詞，每堂都要教一兩首，他最喜歡的是陸放翁、蘇東坡。我卻偷偷寫了些新詩，還把哥哥的高中國文課本拿來，專找新詩看，記得有聞一多的〈洗衣歌〉、朱湘的〈採蓮曲〉、劉半農的〈一個小農家的暮〉等。

學校裡各班定期出版「壁報」，掛在走廊爭妍鬥麗。一次，負責編輯的兩位同學都沒有來，我只好一人包辦，缺稿，就把自己的一首過百行的長詩抄了貼上去，題目好像是〈沙漠行軍〉，當然是純想像的了。

雖然愛寫作，但發表欲不強，澳門也沒有可供發表的報刊。除了學校的年刊外，我第一次公開發表的是一篇散文，名〈翠亨村遊記〉，登在名為《澳門學生》的學生團體的刊物上。

1957年高中畢業，到香港覓食，考進一家很具規模的紡織

廠，不久當上了實驗室的主管。我深切體驗到貧富懸殊、官商勾結以及勞資矛盾。矛盾激化起來，是互相用拳頭以至榔頭來解決的。或者用恐嚇，說：「『政治部』要來調查你！」此外，當時我有「少年維特之煩惱」。我要記錄這些血淋淋的，淚斑斑的、令我感動的事實，就寫了一些新詩。當年馬壩人的出土，南韓暴烈的學生運動，都成了我詩的題材。第一次在報刊上發表的是一首愛情詩，名〈寒風〉。

閱讀了幾本寫詩的入門書。大量閱讀詩集，把公立圖書館裡能借到的全部借來，連妹妹就讀的學校的圖書館的也全部借來，一本接一本的看。最初幾年工廠還是兩班制，每天工作十一小時半，我哪有那麼多的時間看書呢？有，因為我會「偷」。

我把詩集攤放在我的寫字檯半開的抽屜裡。實驗室的同事明知我在偷偷看書，但都不敢走近，因為他們都是我的下屬。工廠裡階級分明，例如，職員（管理人員）與女工（被管理者），是不能談戀愛的。一旦廠長在門外經過，我就把抽屜一推。我要走開時，就把抽屜鎖上。工廠裡的職員廁所、出廠公幹時路過的小公園的角落，都是我看書的場所。不過，我的工作成績，上司是很滿意的。友廠也來向我學習。

除了中國和外國的新詩，古典詩我也學習，偶然也寫一兩首。硬性規定自己一天要背熟一首，沒有背熟，明天就要背兩首了。不敢積壓。後來又進修香港大學的校外課程，與新詩有關的，如詩文朗誦、廣東民歌，以至哲學。

23歲初戀失敗，女友離開，我找到了「書法」這個代替物，沉迷其中，詩不寫了。幾年之後覺得，書法是擅於「陶冶性情」而拙於「抒發感情」，於是全副精神重回新詩。那時29歲。

那年代，香港的文藝青年組織「文社」之風極盛，我雖努

力寫詩，著意投稿，廣交左、中、右的詩友文友，但卻游離於團體之外。這一點，與後來認識的舒巷城相似。他也不參加任何團體。到了八十年代後期，作家團體競相成立，有擅把他的名字寫入創會者名單內，他厚道，只向我訴苦，沒有公開澄清，不了了之。這方面，我與他有同有異，同的是：被動。異的是：後來，凡是邀請我的，我都加入。因此，我可以同時是兩個對立的團體的成員。我可以藉此維持我的「平衡」。

我在香港、這一個開放的國際城市，學得最多。六十年代初，我看到以色列的舞蹈團，女兵持槍上舞台跳，比《紅色娘子軍》早得多；幾內亞歌舞團的男女舞者，一律光著上身跳，不損藝術。

八十年代開始，我關心到我的出生地澳門，我認為澳門人應該醒覺了。「澳門文學」這一名詞和概念，不知何故，一直沒有人提出過。包括廣大的大陸、貼近的香港、若即若離的台灣、和澳門自己。我趁一次以香港作家身份到澳門參加「港澳作家座談會」的機會，呼籲「建立『澳門文學』的形象」，接著以在香港參加詩人聚會的經驗，創立了「澳門新詩月會」。其後又有一系列「建立形象」的舉措，如大型的澳門文學研討會、澳門青年文學獎、全澳學生朗誦比賽等等。

1989年冬我移居加拿大，立刻參加了「加拿大華裔作家協會」的活動，被推舉為理事會成員。這二十多年來，我所走過的，在我詩集《新土與前塵》的自跋中，已有較細的敘述，不贅了。

總括而言，在加拿大這些年，我除了寫出幾本詩集、幾本散文集，還把在港澳學得的經驗，引進加拿大來。例如強調「加拿大文學」和「加拿大華裔文學」的獨立性，不應依附「美國文

學」和「中國文學」。正如「澳門文學」，沒有依附「香港文學」的理由。

你問我「三地走過的文學道路」，我可以總的說一說，歸納為四個字：斷續，崎嶇。斷續，是時間的，都是我自己主觀的選擇；崎嶇，是空間的，全是客觀、也就是別人給我的困難。

先說澳門。少年時代，文學只是我愛好之一。當時也愛音樂，唱歌、奏琴、作曲、作詞，還喜歡舞蹈、繪畫、書法。當時在文學的學習上，只有「斷續」，沒有「崎嶇」。八十年代我不斷回澳門作文學活動，沒有「斷續」，卻有「崎嶇」。最初我大聲疾呼「澳門文學」時，竟然聽到反對聲音，遇到阻力。有人妒忌，也有人以為我搞「澳獨」。後來我們聲勢實在太大，才把對方壓住。

再說香港。我的青年、中年，是在香港度過。「斷續」，是先寫新詩，轉而寫書法，再重歸新詩。三個時期都是截然的，沒有交叉，也沒有兼顧。「崎嶇」，是鋒芒太耀時，幾乎掩蓋了前輩頭上的光環，遭到壓制、打擊，以至靈感不來，心灰意冷。可幸恩師吳其敏老保護、勸導，才得以重生。

最後說加拿大。51歲直到如今，在這裡。為了向加拿大各族裔人士推廣中華文化，同時也可藉此謀生，大致上，頭十年我專心書法，尤其是一如圖畫的甲骨文書法的創作和展覽，十年沒有寫一首新詩。踏入21世紀，我重歸新文學，新詩、散文、評論，源源不絕，寫出了幾本書來。「斷」了之後又「續」了。在加拿大也有「崎嶇」嗎？有。我們出身「港澳」的，一個時期，曾經遭遇到文學界個別來自「中土」的同胞的排擠、要清除出局。

她們把「加華作協」的創會會長、創會副會長先後架空，竟然連兩人的參選權都剝奪去，也就是清除出理事會。舊移民太天

真老實，未警覺嚴重性。因為我最熱情坦率，又洞察其奸，於是成為她們要處理掉的第三人，用我年齡大做藉口，其實她自己還大我幾年。感謝香港教得我精明，我及時連續發二十幾封電郵給理事會同人，詳盡地揭穿對方長期部署徹底奪權的陰謀，最後，她們只好夾尾而逃。否則，「加華作協」一定失去獨立性，走的路與目前的大不相同，理事會的成員一定大異。這段瀕危歷史，是2007年的事，「加華作協」新的成員完全不知道。這次是最大的「崎嶇」。其實，大家都來自中國，都離開了中國，都成了加拿大人了，幹嗎還要內鬥？

2. 韓牧先生在上世紀六十年代開始讀舒巷城先生的詩作。請韓牧先生憶述與舒巷城先生認識的經過和日後的交往。

　　我最早讀舒巷城的詩，是他的中、英文詩集《我的抒情詩》，然後是在《伴侶》半月刊上的（後來又有在《七十年代》月刊、《海洋文藝》月刊上的），他長期有詩在《伴侶》，想來關係是密切的。踏入七十年代，我應《伴侶》之邀寫一個專欄，名《旅行小札》，也就成為它長期的作者了。那時聽說，雜誌社會辦一些作者與讀者聚會的活動，但我沒有參加過，連社址也沒有上去過，只是每半個月把稿件交給約稿的人。以舒巷城內向的性格、低調的作風，我想他同樣不會參加這類公開的活動。否則，我與他的結交會早一些。

　　到底第一次見面在何時？在何處？經誰介紹？忘記了。只記得七十年代初大家已經很熟落，無所不談，無所忌憚。年齡上他大我半代，正正是我的「亦師亦友」，這是一種比較特殊的關係，我從他的作品上、言談上、身上，應該學到一些東西。他平等待我如好友，我的話、甚至我的詩，也有啟發他的可能。當

時，我已離開青年時期，與他同屬中年人了。

也不一定「亦師亦友」就可以無所不談；那時我的詩友、文友，大多是小我半代的。常常覺得他們不夠成熟，甚至幼稚無知。我與他們相待如友，他們對我，都完全沒有「亦師亦友」「亦師亦生」的感覺。一方面，不是因為我特別成熟，就可以和「師」（舒）對等；另一方面，他們只二十歲上下，實在是青嫩的年齡。他們視舒巷城為師（雖未謀面），畢恭畢敬，只有向他學習的份兒。

至於我與舒巷城交往的具體內容，我在《亦師亦友，再續情誼》一文中已經寫了不少。

3. 1978年，韓牧先生與太太沈惠治女士出席了美國駐港領事館邀請與聶華苓、保羅・安格爾的晚宴。當晚宴會的目的是甚麼？談了些甚麼話題？

那次我聽從舒巷城的勸告，與內子沈惠治應邀出席美國駐港領事館的約會，其實不是甚麼隆重的晚宴，地點是在半山的官邸，記得總領事夫人是華裔。

我倆到達時，見到老詩人何達。舒巷城在我耳邊輕輕一句：「他想不到你也獲邀請的。」我問為甚麼，他只輕輕一笑。

聶華苓後來多次訪華。1978年那次是首次，與丈夫保羅・安格爾（Paul Engle）及兩個女兒，薇薇、藍藍一起去。從美國來，路經香港，就安排了這次與香港詩人的聚會。應該沒有甚麼特殊目的，因為邀請的五位除了我之外，何達、舒巷城、戴天、古兆申（古蒼梧），都曾參加過愛荷華的「國際寫作計劃」，記得當時戴天任職於美國領事館，身兼主、客兩重身份。從他們談話的內容，那是一次聚舊。他們談愛荷華的事、一些外國作家的

事，我是不瞭解的。聶是湖北人，她談到家鄉時，我才勉強可以插嘴。

印象不能磨滅的是藍藍的一段大膽、直率的話。她是現代舞舞蹈家，這次到香港後，剛剛看了本地一位著名現代舞舞蹈家的一台表演，她極度不滿，說：「她、這個人不懂跳舞的！」

我與沈惠治坐在一旁，只聽不講。聶華苓夫婦走過來，聶有意無意的詢問我倆的職業、生活近況等，Paul Engle問我是在哪裡、如何學得寫詩。我說我主要是自學，盡量多讀別人的詩，盡量注意生活細節。聶知道我出身於澳門，問我讀的是哪一間學校，我答話剛完，旁邊一位老詩人急不及待冷冷的一句：「這學校，我沒有聽過。」他與澳門沒有淵源，也不認識，沒有聽過是理所當然的。他這句話，當時我沒有在意。

還是沈惠治旁觀者清，後來她分析：獲邀的幾位，都是「愛荷華」的老朋友，邀請我，應是注意到我當時在《海洋文藝》月刊發表的詩，鋒頭勁、數量多，每期不缺席，海外名氣越來越響。事先，舒巷城就說，對我可能是一次重要的約會，一定要去。聶華苓夫婦又對我倆問得那麼細微，種種看來，那實在是一次「面試」。其後，舒巷城又問我倆具體的生活情況，又要了我的英文地址，更可證實。再後來，舒巷城才對我說明：「愛荷華」本來打算邀請我，但遭那老詩人極力反對，他是贊成的，也沒有用。

那時期，老詩人甚至在大學公開演講時，也暗指我「自命愛國」，其實是「假愛國」。導致有兩位與我同齡的、極要好的大陸新移民詩友，懾於其威勢、影響力，立刻與我畫清界線，疏遠、斷交。這兩位，我曾經在他們在香港的文學道路上以至生活上，給過很大的無私的幫助。

沈惠治說：這種朋友，不要也不足惜。老詩人那冷冷的一句，就露出「搞破壞」的馬腳來。總的說：當晚的氣氛是融洽的、自然的。

4. 韓牧先生曾經在《新晚報・星海》（1982年1月17日）撰文〈對詩評者的寄望──《談舒巷城的詩》讀後〉回應行健〈談舒巷城的詩〉一文，並表示「從來不寫評論」，但「這次不得不開禁了」。韓牧先生可否說說這次「動氣」的前因後果。今天回望這次辯論，會否維持當時的觀點？

「行健」先生我至今還不知道他是誰。現在我把他的文章和我的回應，找出來逐字細看，相信他就是那次的《舒巷城專輯》的編者。因為他文中引用了舒的一段話，那段話就是在該專輯的一篇訪問記中。編者才有機會預先看到吧。訪問記沒有署名，可能也就是編者。

他這篇談舒詩的文章和我的回應，同樣有教訓人的口吻。我的還有「動氣」的表現。我文寫於1981年除夕，三十年過去了，句句雄辯滔滔、咄咄逼人，連諷帶刺。不過我認為，全是有憑有據的講道理，因此我完全「維持當時的觀點」。現在看來，他下筆草率，而我下筆前思考周密，下筆時字句嚴謹一如寫詩，對方是極難回應的。除非認錯。

你問「前因後果」。「前因」，是我一向對不少詩評者缺乏親身體驗，常常「捉錯用神」，謬讚亂彈，很是不滿。偶然見到該文，舒詩又正好是我熟悉的，於是趁機開刀，不惜大加鞭撻。「後果」是促使我立刻寫了該五千字、對方或他人都沒有回應。對我來說，我破了不寫評論的戒。

我不甘心人家胡亂評說，我也要加入評說、加一把口，爭

鳴。但評論不是創作，不能單靠靈感和經驗。沒有學術基礎、沒有學歷、學位，大眾也不信你。後來引致我放棄職業，重新進大學學習文學理論、文學批評，作學術研究。對我，這是一次冒險，因為我最愛、最習慣、最擅長的，只是創作；轉而埋頭搞理論、作研究，極可能弄到創作靈感之泉枯竭，一舉兩「不得」。

5. 韓牧先生在〈出發，從我從都市從鄉土——探索舒巷城詩的特點〉認為，「舒巷城在香港文藝界，甚至文學史裏，應有一個特殊的位置，因為難以找到與他同類的作家。」除了是香港和中國的「重要的詩人」，韓牧先生可否進一步說明「特殊的位置」的意思？

我說「舒巷城在香港文藝界，甚至文學史裏，應有一個特殊的位置」，就正「因為難以找到與他同類的作家。」自成一類，就是「特殊的位置」了。

首先，他土生土長卻有抗戰經歷。其次：他全面，小說、新詩、散文、報告文學、評論、翻譯、英文詩、舊體詩詞，件件皆能。

再其次，我覺得他能達到別人難以達到的「三化」：他熟悉並刻劃小市民、低下階層，但詩中卻沒有直接用入方言，但本土性甚強。那是食「土」而化之。有些香港詩人愛用入香港的方言俗話，本土氣氛反而不及。那些沒有提煉過的方言俗話，不但不懂粵語的外省人茫然，看不下去，錯失了極大量的讀者；甚至連懂粵語的香港人如我，亦不明白。

他能翻譯、寫英文詩，中文詩裡卻不見洋式語句，那是食「洋」而化之。一些不懂外語的詩人，中文詩卻像洋詩直譯。他的舊體詩詞極好，新詩中卻沒有夾用入文言（已經融入白話的文

言，如「其實」「似乎」「並非」「否則」「總之」「諸如此類」「原來如此」之類除外），那是食「古」而化之。至於他的不群不黨，那是餘事了。

6. 1988年，韓牧先生以〈舒巷城詩的本土性〉為題參加「香港文學國際研討會」。韓牧先生為甚麼提出以「本土性」的角度分析舒巷城的詩？

我素來重視文學藝術的本土性。恰巧舒巷城是個本土性強的作家，大眾公認，他自己也同意。

以本地為本位，刻劃本地的普羅大眾，寄予同情，以至、奏本地的地方音樂、廣東音樂，唱本地的地方戲曲、粵曲，是我們的共同愛好。

當然，如果要分析、評論另一個詩人，我就會用另一個角度。依據作家、作品特具的、獨具的、最鮮明的特點來定角度了。例如擅寫山水詩的，我會用「山水」的角度；擅寫諷刺詩的，就用「諷刺」的角度。說深一層，舒巷城擅寫都市詩，也可以用「都市」的角度，不過，這「都市」，也正是他的「本土」。他所寫涉及大自然的詩，都是泛指，並非香港本土的大自然。

上世紀五、六十年代，我如飢似渴大量閱讀文學書籍時，也大量閱讀了南洋的。大概因為討厭身處環境的污濁，而嚮往南洋的純樸。久而久之，竟然意外形成了我的「星馬面貌」。香港不少文學界的師友，往往以為我是「南洋人」。知名的如《海洋文藝》主編吳其敏先生、《文藝》主編曾敏之先生、前輩詩人柳木下先生、武俠小說家梁羽生先生等，對我的身份都有過這美麗的誤會。其實迄今，我還未曾踏足過「星馬」。

當年香港大會堂圖書館的書架上，整整齊齊排列了一套星馬出版的文學叢書。有詩、散文、小說，也有理論和評論，我全看了。我因而知道，他們曾有過「僑民文學」與「馬華文學」的論爭。由此我感到本土性、獨立性的重要。後來我強調「澳門文學」的獨立，這也許是根源。

7. 請韓牧先生分享創作〈亡友的筆名——舒巷城早年有筆名「秦西寧」〉一詩的經過。這次是否韓牧先生第一次到太寧街？

此前我從未到過太寧街，那次是第一次。

2006年11月，我回香港探師訪友。那天天雨，我憑地圖，渡海找到了「香港電影資料館」，目的是找館長羅卡，順便送他一冊新出版的《剪虹集：韓牧藝評小品》。幾年前他曾應邀作為「2001年中國大陸、香港、台灣電影節」的嘉賓，首次來到溫哥華，有過一些交往。他又是我澳門同鄉。我書中有一篇〈羅卡勾起的回憶〉，就記下這一段緣。

原來他已退休，那天沒有到館。沒見到，很失望，「悵然的秋雨的午後」，就如詩中所寫，我尋找歸路時，無意中蘇醒了「一個地名一個筆名：西灣河太寧街——秦西寧」，轉轉接接找到了因舒巷城而久聞其名但從未到過的太寧街。

我寫詩重客觀描述。一如畫家的現場寫生，我習慣當場握筆速記，包括現場的環境、氣氛，人事，及當時自己的心理活動。常常，只需稍稍修飾一些字眼，調動一下句子的次序，就是成品了。這一首也是如此。詩末，我註了日期及地點，表明是當場完成的。實際上，若不當場速記，許多細節事後都會遺忘，那些細節，往往是詩意所寓。

忽然想到一句話，舒巷城常常說的，他愛用來總結、平衡某

一件事：「得一失一」。現在我反過來說：「失一得一」。如果當天羅卡在館內，我見到他，我不熟路，他一定會指示我正確的歸路，那麼，我就不會見到太寧街，不會有這首詩了。

8. 韓牧先生在〈亦師亦友，再續情誼〉提到「港澳以至南洋的青年」受到舒巷城先生的都市詩影響，「有意的或無心的，學習他的寫法、或不自覺的被潛移默化。」請韓牧先生列舉一些例子。

據我當時所見所知，港澳以至南洋，有不少文藝青年，學習舒巷城寫都市詩，甚至模仿。大概一般人的想法守舊，認為風花雪月、青山綠水、鳥語花香，或者個人內心「不像人言」的話，才算是詩。繁囂污濁的都市，沒有詩意。舒巷城不避寫，專門寫，他自然、平白、精煉、富音樂性的語言，傳遞出他對都市百態的細膩觀察、獨到瞭解，對所在都市的愛，對市民大眾的同情。得到大多數都市居民的共鳴，讓不少文藝青年佩服，成為他們學習的對象。讓他們知道，自己熟悉的、耳目隨時可及的現實，縱然不美、醜陋、可憎，卻原來可以提供源源不絕的詩材。這樣寫的，也是詩。（其實，老杜的「朱門酒肉臭，路有凍死骨」不醜嗎？）

舒巷城為他們開闢了一條新路。現在是四十年之後，當年許許多多文藝青年的名字，我印象模糊了。他們大部份沒有繼續寫作，或者沒有出版詩集。

不過：我可以舉出幾位我的詩友，星、馬、港、澳各一，及其都市詩兩首，與舒詩近似的。他們四人的共同點有四：

一、是當地著名詩人。又是文學團體的領袖或文藝刊物的
　　編輯。

二、都出版過一些詩集。

三、至今四十年了，仍未停寫作。

四、都自認受到舒巷城都市詩的影響。或在其詩集的序跋中，或在給我的信件中。

新加坡的秦林：〈上班時間〉〈社會新聞〉

馬來西亞的孟沙：〈賽馬日〉〈一個小職員的夢〉

香港的陳浩泉：〈病〉〈哀電車〉

澳門的江思揚：〈蟬〉〈白天與黑夜〉

江思揚有詩集《向晚的感覺》，上兩首就是從該詩集選出。對於受舒的影響，他說得最多，節錄如下：

「在我讀詩寫詩的過程當中，舒巷城的詩對我影響至深。原因是，當年我十分欣賞舒先生的價值觀：同情和讚美勞苦大眾；批判剝削階級；對為富不仁者的鞭撻不遺餘力；對草根階層有深厚的感情；追求平等和公義。……而事實上他的表現手法不俗，文字有魅力。我由欣賞以至到刻意摹仿。……影響我最深的是《都市詩鈔》。……雖然我與舒巷城先生素未謀面，但對他非常敬仰和崇拜。我曾有一個筆名叫「秦西行」（寫評論、雜文用的），是因為太崇拜「秦西寧」了，所以取了一個接近的筆名，以資紀念，並希望學到其文采之萬一。……」

9. 韓牧先生的創作有哪些方面受過舒巷城先生的影響？

要談「受過的影響」可以分兩方面來談：一是其人，二是其作品。其人，看來我沒有受過甚麼影響。他與我有許多共同點，如輕視虛名、認真、要做足一百分、熱情待友等。但也有許多不同點，他的厚道、謙讓、平和，絲毫沒有影響我的嚴苛、好勝、衝動。當然我也影響不了他。我們在保持自己天性的前提下交

往。我們都愛現代的和古典的文學、詩、音樂、戲曲、繪畫。我也剛好趕上了一點抗戰經歷。因而，電話也好，見面也好，每次都談不完。

文學上我主要是寫詩，他的作品若對我有影響，就是詩方面。但我自己不覺得。

氣質上，我與他不同。記得他曾問我，我希望在哪一個地方終老。我說不知道，我反問他，他說「上海」，因為繁雜豐富。我想，選擇在何處終老，可以窺見其人心底的最愛。可知他最愛的是都市，而我最愛的是大自然，攀山涉水。不客氣說，憑我對大自然的認識，我感到他詩中的彩虹、山林、河流、鳥兒、野花、曠野、水之涯、山之巔、瀑布、銀色的月光等等，都不是耳聞目睹的，只是從書本來，從想像來，既不真實，更無地方特色。讀者也是如此，就不會發覺。這點，八十年代我在評論舒詩的文章中也提到過。我不為賢者諱，雖然是好朋友。

細細思量，我雖在讀到舒巷城都市詩之前，也有寫都市詩。但在七十、八十年代我大量寫都市詩，無可懷疑是受到他的啟示。不過我覺得，我與比我年輕半代的詩友不同（包括上一問題所提到的四位），他們比舒巷城年輕一代，多是主動學習他的寫法。而我，也許是被潛移默化。在與舒巷城這麼多年的交往中，他當面只讚過我一次：「韓牧，你悟性很高。」其實我也不清楚他何出此言，具體指甚麼。

我把他的《都市詩鈔》重看了一遍，我找出、我有兩首：〈工廠區偶拾·午飯〉和〈住所〉，可能是最似他的，現列下，供比較：

〈白領的夏季之二〉　舒巷城

午飯時間在中環
人潮混濁
像週末的海灘
好容易才在餐廳裡找到
一個不夠伸懶腰的空位
吃一個不易消化的「常餐」
或者匆匆忙忙
咽下一碟牛腩飯

〈工廠區偶拾‧午飯〉　韓牧

一群群疲乏加上飢渴加上胃病
湧向街道上擁塞的熟食檔
六月　驕陽盛怒在頭頂

每一把太陽傘遮住十幾個
枯黃臉映著傘的紅光在流汗
地上蒸發著乾不掉的腐臭
病菌　在繁殖子孫

飯桌是手掌　座椅是兩腳站
你來一碗鴨血韭菜麵
我來一碗「魚翅」白粥的價錢
還有雞腳　牛筋　豬皮　豬肺

總之來自動物
卻找不到一根動物纖維

找到了　有一隻雞就握在你左掌
全隻的　畫在你的八角缽邊

　　我有一首〈住所〉，現在看來，好像是用舒巷城的四首都市詩綜合而成，實際上不可能如此。現把這五首詩列下，讓你和讀者去比較、分析好了：

〈住所〉　韓牧

都市的樹　生長在盤上
都市的鳥　飛翔在籠裡

加鎖　加鏈　加鐵門
我們把住所改裝成監獄
自己作囚犯

都市的魚
安全在海鮮酒家的水族箱

〈白鴿籠之一〉　舒巷城

人住的「白鴿籠」
比白鴿住的白鴿籠擠

幸運的偶然看見
一點點變了色的陽光
有人一輩子對著牆壁不見窗
而且僅有的一點空氣
也越來越漲價了，一吋一吋

〈鎖〉　舒巷城

這裡有太多的鎖
門患了麻痺症
而上了鎖的心
也難得開心見誠

〈鑰匙〉　舒巷城

那一串串的鑰匙
纏住我們
像牆內牆外的爬藤
纏住磚石欄杆和別的植物

而我們，在生活的搏鬥裡
已成了配帶鑰匙的動物

〈水族館〉　舒巷城

水族館
是魚的七彩繽紛的都市
那裡面
有爭食於玻璃缸內的
變種的金魚

第二輯　書序

《「牧人」看世界》自序

　　《「牧人」看世界》這本書，是怎樣形成的呢？

　　多年來，我一直拒絕學用電腦。不是懶，不是蠢，是我寫信、寫詩、寫文、寫書法，「四寫」忙得不可開交。覺得電腦只能找資料，無助於我的創作。

　　報章、雜誌，不再接受手寫稿了，我被逼學用，發稿、發電郵。

　　誰知，用了不久就覺得，握「鼠」寫信寫詩寫文，比握筆更有靈感，思緒交相迭起。也許因為「入字」的方式、速度不同；也許因為同時向許多人說話，又可以CC，可以BCC，傳達範圍是全個地球，又快如閃電。

　　漸漸又覺得，電腦竟然像是我的「測謊兼X光機」，面對屏幕，右手握「鼠」，我就自自然然受催眠似的，知無不言，言無不盡，身心都被透視而變得透明了。

　　我學用電腦，至今不足一年。十一個多月以來，除了寫詩寫文，我每天給親友發電郵，每天一千多字，滔滔不絕，長氣喃喃。文風變得風趣幽默，東拉西扯；人，也變得樂觀開朗起來了。

　　我又覺得，任何人都可以利用電腦、在任何地方、任何時間，各抒己見，轉瞬之間就可以傳給全世界，像在人頭湧湧的廣場上演講，有千千萬萬的聽眾在聆聽，在作證人。自由，平等，坦白的人有福了，瞞騙的人有禍了，一切都公開了，民主

有望了！

　　C書系列的總編輯是我舊文友，十八年前我從香港移居加拿大，幾乎與所有的文友不再聯絡，用電腦後，我一一追尋，以期再續前緣。偶然在香港《明報》的專欄看到他的文章，文末附有郵址，於是發郵聯絡，十八年了，仿如隔世。

　　他見到我的一些坦率的電郵，認為有內容，可以成書。去年冬，香港的小思女士的回郵也說：「……這些生活詩話情意，只在網上流傳，可惜，應設想作長久計。……」

　　這書叫《「牧人」看世界》，首先當然是「牧人」看了客觀世界，但重點應該是在看了以後，面對「測謊兼X光機」，右手握「鼠」，傾吐自己的內心世界。我曾自喻為「跳脫衣舞」，此喻不雅。何況脫衣只是暴露肌膚，應該喻為「跳脫皮舞」「跳拆肉露骨舞」，此喻恐怖。不如喻為「跳開心舞」。我跳舞時，是挺開心的。另有一解：「開心」，是把心肝脾肺腎，一齊開給全世界看。因而，《「牧人」看世界》這書名，就有了一個別名：《看「牧人」世界》，全世界在看，「牧人」的內心世界也。

　　韓牧　二千零八年三月十三日，加拿大西岸、大溫哥華、烈治文、環保多元角、美思廬、三虎居、燈下、測謊兼X光機前。

十年詩：孿生詩集《愛情元素》、
《梅嫁給楓》自序

　　1989年末自香港移居加拿大至今，逾二十年了。前十年，我把精力、時間投放在書法、尤其是甲骨文書法的研究、創作和展覽上，停了寫新詩；直到2001年才重執詩筆。到今年2011年，又整整十個年頭了，發覺詩稿已經積存不少，許多還不曾發表，於是立意整理，出版詩集，以免湮沒。

　　自青年時期至今，幾十年來，我學習的重心從書法轉到新詩、又從新詩轉回書法、再從書法轉回新詩的過程，在我詩集《新土與前塵》的長跋〈新土高瞻遠，前塵舊夢濃〉中已詳予述說。

　　記得1978年秋，我曾將過去五年內（1974－1978）所寫詩作，編成兩本詩集：《分流角》和《急水門》。這一對孿生姐妹，後來分別在香港和新加坡出生。現在，相似的，我將過去十年內（2001－2011）所寫詩作，編成《愛情元素》和《梅嫁給楓》，希望這對孿生姐妹，分別在台灣和加拿大出生。

　　姐姐《愛情元素》這個書名，是瘂弦先生建議的。我在2001年秋寫了長詩〈愛情元素〉，先後投寄給香港、澳門和新加坡的詩刊，都沒有回音。許多年來，它們一直歡迎我的詩。相信並非由於篇幅過長，而是內容破格。在與瘂弦先生的一次通信中，我偶然提到了這首詩，並附上請他指正。他讀後寫信大加讚許，又

介紹給台灣的《乾坤》詩刊發表。

這讓我回憶起一件相似的往事：「1972年末，突然崛起了一本不定期但水平高的《海洋文藝》，漸漸變成季刊、雙月刊、月刊。1973年末，我把遭兩個報紙文藝版退回的一組詩寄去，竟然得到主編吳其敏老先生的重視，還請我每月供詩稿，一直寫到1980年停刊。」（《新土與前塵》自跋，2003年12月）

這本《愛情元素》我按內容分成五輯，每輯之中，詩作依寫作先後為序。

第一輯名「情緣」，共十六首。〈愛情元素〉、〈我倆的第五睛〉、〈雙渦的梨〉、〈紅月流星之願〉四首，寫的是與配偶的愛情。〈千羽鶴〉、〈短袖圓領黑底碎花的短衣〉、〈那一條金頭髮〉、〈初戀永恆〉四首，是青年時期愛情的追憶。〈這一片葉脈〉、〈無形的交流〉、〈不可方物的少女〉也是寫愛情的。〈母親的名字〉寫親情，〈同台之緣〉寫師生之緣，〈亡友的筆名〉、〈一群詩友的名字〉寫的是友情。〈自由自在的心〉是我得意之作，寫的是與加拿大的情緣。

第二輯名「宇外」，是相對於「宇內」而言的。《新土與前塵》自跋中，有一節〈我未來的詩〉說：「能夠清靜才能夠沉思。抽身出來，從一個新觀點回視紅塵，同時又靜觀自然，甚至可以進入哲學的、靈性的境界。如果我一直在香港，我寫不出像〈四季融合〉、〈極目那一灘浮閃的陽光水〉、〈愛情元素〉、〈蜻蜓之上煙花之後的遠星〉這些似乎與時間、天地融和的詩。」此輯共二十首，是我試圖超越國族、社會，探向宇外的足跡。〈四季融合〉說：「不必留住／任何一段特定的時光／春夏秋冬／不能融合在一株黃玫瑰／卻能融合在你一念之間」。〈楓樹鳥巢〉說：「忽生忽死忽死忽生的輪變／我全程目擊／原來生

與死是*毋需*分辨的」。

第三輯名「藝感」。藝術是我至愛，這些詩記錄了欣賞藝術品時的感受。有歌曲、琴曲、交響樂、戲曲、舞蹈、木雕、牙雕、石雕、銅塑、陶塑、油畫、中國畫、數碼繪畫、裝置藝術等。三十多首，大部份寫加拿大藝術家的作品。

第四輯名「浮游」，這十幾首主要是外遊時所見所感：本國、外國、香港、澳門，以至於夢境。十多年來，我踏足美國起碼有十次，現在才發覺，紀遊詩只寫出過一首，就是已編入「宇外」輯中的〈大峽谷〉。為甚麼到了美國靈感就不來、詩興就不發呢？還是主題太大、內容龐雜以至於難產呢？

第五輯名「貓悼」，這幾首是對家貓Scott的悼念。

妹妹《梅嫁給楓》分上、下兩篇，每篇之中，詩作也是依寫作先後為序。

上篇名「嫁接」。植物學上的「嫁接」，在人事上就是「出嫁」。我覺得，我們這些移民，相當於從娘家中國出嫁到夫家加拿大。一旦宣誓入籍，就成了「華裔加拿大人」。民族變不了；國籍卻改變了，身份特殊，心態也是特殊的。既然自願出嫁，不是「搶婚」，就應一心一意以夫家為家，忠於加拿大。當然不應做「臥底」了。

華裔帶來原有的、特有的中華文化。中華文化因其深厚，多糟粕，我們必須努力廢棄；中華文化因其深厚，也多精粹，我們必須盡量發揚，使之融入加拿大，成為年輕的「加拿大文化」的一部份。好在，加拿大是以多元文化為國策的國家；迄今，獨步於世界上。

我曾說：「許多華裔同胞擁護多元文化政策，目的只在於使自己的中華文化得以生存和延續。這種被動的、作客的立場，與

中國『娘家』的同胞沒有兩樣。我以為，既然身為加拿大公民，身居此地，就應該反客為主，站到『夫家』加拿大的立場來。除了吸收其它文化的精粹外，應盡力使我們所來自的、熟悉的中華文化的精粹，融入整個加拿大，成為加拿大文化的一個組成部份。從而使年輕的、成型中的加拿大文化，更加豐厚和優美。」（摘自〈何思撝甲骨文書法展前言〉，1997年3月）

由於身份特殊，我們這些「華裔加拿大人」的思想感情也是複雜的、多樣的。上篇「嫁接」的內容也特別豐富，共一百二十多首，主調是「嫁給楓的梅」的眼所見、耳所聞、心所感、腦所思。有對先僑的緬懷、風土人情的描繪、歷史回顧、南鄰的侵略、對華裔帶來的糟粕的批評、歌頌國鳥、為運動員打氣、歡呼其勝利、欣賞其體育精神、反省中華文化、對比經歷與現況、對所在地的熱愛、自發的愛國感情、嫁接的感受、對第一民族（原住民、印第安人）的同情和友誼，等等。

此篇中有兩首值得一提：寫於2009年春的〈自由自在的心〉，比較清晰地自述作為一個華裔加拿大人的心境：「臨老我從新獲得／童年時誰都有過的／自由自在的心」。另一首是朗誦詩〈一朵罌粟花的聯想〉，2010年秋應加拿大華裔退伍軍人協會之請、蒙李錦濤先生推薦而寫，以供國殤日紀念會上朗誦。每年國殤日，全國無數大大小小的城鎮的紀念會上，有詩朗誦的傳統，一向都是英文詩。2010年溫哥華開始朗誦這首中文詩，是破天荒之舉，我感到榮幸。寫這首詩，我遇到從未遇到過的限制和困難，總算及時完成，還自覺寫得不壞。

下篇名「最痛」，共三十六首。我在《新土與前塵》的〈自序〉中曾說：「國族、愛情、藝術，是最痛我心、最傷我心、最苦我心的事。」可知所謂「最痛」，寫的是「國族」。我又在該

詩集的〈自跋〉中說：「國族、愛情和藝術，仍是終生纏身的三隻冤鬼，不請自來，揮之不去。其中『國族』更為複雜，重心由娘家的中國、華族，轉到夫家的加拿大、各族裔來了。」

　　加拿大早已是個民主、自由、人權、法治的國家，縱有令我痛心的事，也不至於「最痛」。我以「外嫁女」的角度回看娘家，與出嫁前大不相同，在主觀感情之上，加上客觀的理智。往往不自覺的採取普世的宏觀視野，而不會是狹隘的「國家至上、民族至上」，更不會是愚昧的「政府至上，政黨至上」了。表現在詩作上，有愛之深責之切的激動，也有恨鐵不成鋼的悲憤。到底自己原本就是出生、成長在那裏，五十一年恩義，有無法割斷、也不應割斷的千絲萬縷。即使是諷刺，中國傳統詩學就分「美」「刺」兩種。自問每一首都出自真心和善意。如何證明是真心善意呢？一言難盡？一言可盡。就因為「最痛」。打在娘身，痛在兒心。

　　要感謝下列書刊的編者，讓我的詩有發表機會，憑記憶，大致依發表先後為序：

　　加拿大：加華作家季刊。白雪紅楓詩文集。星島日報·加華文學。星島日報·新天地。松鶴天地月刊。星島日報·剪虹集。筆薈文學雜誌。世界日報。環球華報·加華文學。環球華報·楓林筆薈。加拿大國殤日紀念場刊。

　　香港：詩網絡詩刊。香港文學月刊。呼吸詩刊。文學世紀月刊。城市文藝月刊。「創造未來」世界巡迴展。牧人看世界。牧人聲聲惜。圓桌詩刊。

　　澳門：湖畔季刊。中西詩歌季刊。

　　新加坡：五月詩刊。新華文學季刊。

　　馬來西亞：燼火文學季刊。

菲律賓：世界日報・文藝。

中國大陸：詩林詩刊。

台灣：乾坤詩刊。

還要感謝漢學家王健教授和黃聖暉女士，為我的三首詩作英譯。

我以往的書，序文都是自己寫，從來沒有麻煩別人。這次我提議把瘂弦先生寄我的兩封有關的信合併，名之為〈兩封信〉，置諸自序〈十年詩〉之前，作為代序，蒙俯允，感到榮寵。

這兩本詩集，可視為我在二十一世紀第一個十年詩創作的成績。與上個世紀所作相比，除了內容相異，自覺風格也有不同，自己也不知是進步了還是退了步，還望高明指點，能在下一個十年寫得好些。

韓牧　2011年7月，加拿大烈治文，美思廬，環保多元角。

〈Finn Slough芬蘭漁村詩影集〉後記

　　世紀之交的某一天，我駕車與美玉到烈治文市郊遊逛，在菲沙河畔，發現有一些古舊的高腳木屋，那是芬蘭泥沼的歷史漁村。使我回憶起香港大嶼山大澳漁村的高腳木屋，感到很親切。原來同是向大海討生活的漁民，不論亞洲、美洲，因實際生活所需，會不約而同建造出相似的、有特色的居所。

　　2001年我寫了《芬蘭泥沼》一詩，記錄所見所感，惋惜它的破落，擔心它的毀滅。它位於偏僻的出海口處，即使本市居民，也大都不知道其存在。外地的藝術家、詩人、作家到來，我喜歡帶他們去看看，介紹這個加西地區僅存的百年漁村遺址。

　　眼看它日漸頹敗，我沒有停止對它的記錄。2002年，寫了組詩《泥與水之上》，含〈木板橋上〉〈高樹成排〉〈餐盤島學校〉〈老櫻樹〉〈側舟〉，共五首。2006年，又寫了組詩《漁農古跡遊》，其中有〈牆上的蛙群〉〈懸掛著的靴子〉〈貧窮。富有〉三首。2015年，又寫了組詩《烈日下的泥沼》，含〈漂木的留戀〉〈樹的犧牲〉〈木雕藝術家〉〈鐵鏈與樹根〉〈同情心〉〈白天鵝〉〈祖籍與國籍〉〈多彩的夏季〉〈死與生〉〈自由的國土和天空〉，共十首。

　　今年夏天，偶然在烈治文市政廳見到一個主題攝影展，是溫一沙的《歲月流過》，拍攝的就是這個歷史漁村。觀展後，寫了《多彩的虛像》一詩，抒發對歷史的慨嘆。首節說：「攝影家運用先進的技術／運用創新的後處理／用黑白極盡細緻的表現／百

年漁村的百年歲月」。末節說：「黑白分明的歷史真相永遠看不
到／歷史總夾雜著現在和未來多彩的虛像／我勉強舉機向展品拍
攝／卻拍到我自己在流動的水紋中」。

這些攝影作品有兩個特點：一是只用黑白不用彩色，以表現
原始古樸的韻致，有很強的滄桑感和歷史感。二是它極度細緻，
引導觀者深入觀察肉眼難以觀察到的細節。這讓我聯想到歐洲的
古典畫種：銅版畫，同樣是黑白和細緻。所不同者，銅版畫用的
是傳統的蝕刻技術，難有大幅，而這類攝影是利用現代科技，尺
幅可以很大，能顯示許多精微之處。觀者可能從中發現一些客觀
存在的特殊的形態，從而產生特殊的感受、和新鮮的詩意。

詩，當然有形象，但形象到底比較空泛，總不及攝影的逼
真。詩所重者為詩意。攝影所重者為形象，當然也有其詩意在，
但到底不及詩作的豐足。如果二者能夠互補，那就最理想了。

上面談到：利用現代科技，可以引致觀者發現特殊形態而產
生詩意。科技肯定是不斷進步的，這一方面，我們比前人優勝，
後人也一定勝過我們。說到底，藝術終歸是藝術，提升藝術品的
藝術性、詩情畫意，是根本，應該是所有古今以及後世藝術家無
盡的追求。

此生沉醉於文學和藝術，盡心竭力，寫詩、研究書藝，再有
是喜歡對別人的作品說長說短、講是講非，此外無感無知，懶漢
一名。也可說是在文學與藝術接壤的邊界上徘徊遊蕩。感謝上天
安排，遇上溫一沙兄，感謝他的美意，費心加努力，完成這一本
「影詩合冊」，讓我得以沾光，沾沾自喜。

2015年9月12日，加拿大烈治文，環保多元角燈下。

葉靜欣、韓牧詩影集《她鄉，他鄉》自序

　　詩與攝影，似乎特別投緣。這兩年，我的詩、我的攝影，都與影友、詩友有結緣的機會。

　　首先是與溫哥華攝影家朋友溫一沙兄。他要出版一冊攝影集，關於烈治文市郊的歷史漁村「芬蘭泥沼」的，作品20幅。他知道我為那個歷史漁村寫過不少詩，邀我提供詩作20首，合成一冊。我的詩，他的攝影，是在不同的時間獨立產生的，不是配詩或配攝影。相同處只是都以「芬蘭泥沼」為題材。

　　再一個是與加東地區的詩友杜杜兄。她看到我歷年在電視台「新聞及天氣攝影」的入選作品，很感興趣，一一配上舊體詩詞，共有200首之多。其實我的那些照片，只是隨處隨意攝得的生活記錄，完全沒有像攝影家的特意拍攝。我拍攝的目的，是記錄詩意的生活，以幫助我寫詩時的記憶，相當於畫家的速寫稿，是為回到畫室創作做的準備。感謝杜杜兄，讓我這些稱不上攝影作品的相片，有機會成書，永久保存。

　　我最愛藝術，我最愛寫新詩。幾十年來，見到藝術品、參觀藝術展演，繪畫、雕塑、攝影、書法、音樂、歌曲、舞蹈、戲劇等等，常會引發我的詩興。

　　單就因攝影而成詩言，可分兩種情況。第一種是自然生出感興的有感而發。例如看了美國攝影大師安素‧阿當斯（Ansel Adams）的攝影展，寫了組詩《安素‧阿當斯的第三隻眼睛》，看了香港青年攝影家曾志成的攝影展，寫了組詩《鄉野小品》，

看了加拿大攝影家溫一沙的攝影展《龜吼》，寫了組詩《幻域與默靜》。此外，也曾見到郎靜山、李群力等攝影家的作品而寫了詩。

第二種是應刊物所需，為攝影作品配以新詩。中國第一本大型綜合性攝影畫報《良友》，1926年在上海創刊，影響遍及全國，它是我童年時見到的第一本雜誌，是在同學家中借來、三十年代出版的。記得有嶺南畫派大師高奇峰逝世的報導及其畫作，又有裸女模特兒的攝影作品。《良友》曾屢次停刊，於1984年在香港復刊時，我有幸蒙編者辜健兄賞識，讓我預先翻看攝影稿件，選出能感動我的，配上新詩。印象中有香港攝影名家的，鄧君瑜的蓮花，配以組詩《蓮池七步》，陳迹的香港霧景，配以《海市蜃樓》。還有林孫杏的梯田，配以《我們是盤古的第二代》，陳作基的《尼泊爾的魚尾峰》，配以同名的新詩。

現在的這本詩影集，是與詩友葉靜欣兄的合作，與上述情況不同。她愛攝影和寫新詩。在澳門大學畢業時，製作了一本攝影集《澳門風情畫》，題材是她眼中的澳門。這本只為紀念不以示人的攝影集，我偶然見到，覺得其中一些很有詩味，產生為之配詩之意。她移居溫哥華後，繼續攝影，描劃這裡的景致。今春，她提出合作出版詩影集的念頭，正合我意。她大方的把她所有的作品給我從中挑選，能引發我的詩興的，我就配了。然後把選剩的還給她，讓她選配。我把含詩意的，都先選了，我覺得還給她「籮底橙」，實在對她很不公平。出乎意料，原來我所選的，都不是她要選的。這可見她的藝術觀、詩觀、品味，可能與我大不相同。這樣太好了，因為讀者可以欣賞到風格不同的配詩。

此集有攝影作品40幅，澳門、溫哥華各佔一半。本來預算她與我各配20幅，也許我腦筋遲鈍，只能配出16幅。寫詩不能勉

強，沒有感到足夠的詩意，就不能寫，我也不願意降低自己的要求去湊夠，就少寫幾首吧。

想來，詩意主要來源有二：一來自大自然，一來自現實社會。一些作家，尤其是只寫小說的，對現實社會有興趣、熟悉，但對大自然不感興趣，甚至無知。詩人往往比其它作家愛大自然，愛藝術。詩，是文學中最藝術的，也是最接近大自然的。

靜欣兄與我，都是酷愛大自然以及藝術的詩作者以及攝影者。雪霽、虹現、霧夜、星天、花開、葉落、鳥飛、蟲鳴，都會觸動我們的神經。因而，在她的攝影中，常帶詩意，在她的詩中，常帶畫意。說到底，詩是要追求形象的。

常常覺得，藝術與文學是兩回事。藝術家不一定懂文學，作家也不一定懂藝術。而詩，是最接近藝術的文學、是最藝術的文學。我與靜欣兄相同之點，是大家都愛藝術，包括攝影、繪畫、音樂；並且也都愛寫新詩。都是在藝術與文學的邊界上徘徊的雙重國籍人。

在選擇配詩的攝影作品時，我與她曾有過不同的意見。她認為應該選擇美的形象給人看，而破落的貧民窟、寂寥的墳場，是不必去配詩的。而我覺得，社會低下層、不愉快的場所，縱然不美，卻往往蘊含另一種詩意。畢竟，她是80後而我是30後，我比她多了半個世紀的閱歷，對現實社會想得深刻一些。單是強調光明面或單是強調陰暗面，都不完整。到底我們的詩是文學品而非消遣品，更非商品、宣傳品。

在配詩的過程中，我有了新的感悟：一些畫面甚美，但難以入詩，一些畫面不美，卻富含詩意。由此又可見到藝術與文學是兩回事。當然，如果畫面既美，又有詩意，是最可貴的。那正如美貌智慧俱備的秀外慧中。

我常常感到：有一些景物，如一截帶鐵釘的枯木，一片孤葉，一地殘花，兩隻瘦弱的貓兒，一隻蝴蝶的屍體，一面破牆，一隻側舟，一個未知能否捱得過寒冷繼續開放的花蕾，有詩意卻無畫意。相反，有一些景物甚為悅目，卻是有畫意而無詩意。

　　最近，我把這點意思寫成了《畫意與詩情》一詩，首兩節說：「湖光山色　紅花翠鳥／也許只是愉悅感官的／膚淺的畫意／／朱門酒肉　路邊死骨／醜陋的景象不堪入目／卻蘊涵深刻的詩情」。

　　這樣，似乎強調了詩高於攝影，文學高於藝術。其實二者各有其責，不可偏廢。最好的詩，有鮮明的形象，最好的攝影，有詩的內涵，同樣有震撼人心的、或者提升情操的力量。分別在於前者比較直接，比較響亮，後者比較間接，比較沉靜而已。

　　感謝詩友兼影友的靜欣兄，給我這一個機會，意外的，使我對攝影與詩的異同，畫意與詩情的關係，有深入一層的思考。

　　2016年11月，加拿大，烈治文，環保多元角。

斌斌之士，文武兼備 —— 序黃展斌《聚緣集》

編者作者之緣

　　蒙展斌兄不棄，送來書稿，囑我寫序。與展斌兄相識二十多年了，他任《星島日報》編輯、我是專欄作者的時期，交往開始密切。2000年春，《明報》人事變動，改版，許多專欄取消，我的《三慧篇》是其中之一。麥冬青前輩乃向《星島日報》建議，趁機吸納部份專欄作者。當時總編輯是曾錦銳先生，副刊編輯是黃展斌兄，我於是得在《星島》開一個專欄《剪虹集》，專談藝術。當時溫哥華《星島日報》的專欄文章，同時為加、美各大城市的《星島日報》所轉載，影響較大。

　　曾、黃兩位，給我充份的言論自由，我能暢所欲言。雖然我自定專談藝術，但遇到社會上一些看不過眼的現象：有藝壇歪風的，有涉及當時加國政治的、社會的，我都會暫時把藝術放下，給予揭露、批評。不管所批評的對象是大官、法官、律師、名流、愚昧者，或頂頭老闆。自覺身為專欄作者，有社會責任、有為弱者申訴的責任，先不說甚麼風骨，「講真話」應當是知識份子的身份證。其實，讓作者放言，編者是冒風險的，一旦惹起官司，編者難辭其責。

　　新詩，是我所鍾愛，卻是小眾的，感謝曾、黃兩位，容許我和一些文友，以《星島日報》為主要戰場，展開一場持久的筆

戰，關於新詩的論爭。它罕有而激烈，探討嚴肅文學與流行文化的關係，必將成為加拿大華人文學史的一頁，這一頁，是編者有愛護文學之心、又有海納百川的胸懷才得以產生。

我「加拿大華裔作家協會」當時有〈加華文學〉月刊，附在《星島》的，也是由於展斌兄的一手設法促成的。這可算是加華文學史的逸事了。

析「斌」字

翻開《聚緣集》書稿的目錄，可知內容十分豐富，雖然我所見的文稿只是其中一小部份，由於具代表性，也足夠讓我寫成這一篇序文了。

展斌兄近年的一些文章，喜歡先作「題解」，引經據典的。我也從中學得此道，現在讓我先析「斌」字。《論語・雍也》有名句：「質勝文則野，文勝質則史，文質彬彬，然後君子。」漢蔡邕有詩句曰：「斌斌碩人，貽我以文」。「斌」字與「彬」字通，「斌」就是「彬」，文采與實質兼備之謂也。

「斌」字，甲骨文、金文未見，戰國文字、秦漢簡帛亦未見，《說文》未載，那應屬後起字，而造字本意不明。若簡單的以其「文」「武」合體看，就是文武全才之意。粵諺有云：「有生壞命，無改壞名」，展斌兄在香港時任職校長，是教育界，在加拿大任職報刊編輯，是傳媒界，都屬「文」方面。他酷愛體育，是足球健將，又與武林中人多所聯絡，屬「武」方面。

詩詞‧對聯‧祭文

書中的〈詠緣篇〉，是詩詞與對聯之輯。有一闋〈遙祭許博士穗林醫生〉調寄〈醉花陰〉：「朝雨淒淒仙鶴唳，道左陰雲翳。市虎噬英才，扁鵲往生，博士惶然逝。猶思護神彰真諦，幹胞匡濟世。聲美尚縈維，杏壘惆忡，悱愴遙天祭。」

近年報刊常見今人所作舊體詩詞，如恆河沙數，但絕大部份是模仿古人詞句，無病呻吟，毫無己意的文字遊戲、假古董，脫離現實、躲避現實。而展斌兄此作，可見故友的成就及遽逝原因，惆雲淒雨中飽含感情。

對聯數十副，除紀念孫中山先生誕辰等作以外，都是代僑團而撰，如代中華文化中心、影視人協會、劉勁鏵少林功夫學院、沙堆僑刊、鐵城崇義、全加洪門民治黨、白雲區懇親、世界番禺懇親、洪英體育會、康樂武館、潮洲會館、台灣國際武術文化節、中華會館等等。這些既是文學創作，也是溫哥華的僑社的史料。

同樣有史料價值的，如〈惜緣篇〉中的〈祭先賢僑哲文〉。其序言大意是：華裔人頭稅，歷經年抗議、爭取，終獲平反。有司道歉、賠償之餘，且定於丙申年（2016年）二月廿七日清明節，省長簡慧芝、廳長屈潔冰連同全僑代表，假溫哥華「山景墓園」致祭。中華文化中心主席朗讀祭文。

祭文中有句：「赴百加鎮尋金兮，傲霜踐顛。豈苗藏已盡涸兮，夢若雲煙。……睦鄰融匯主流兮，緬懷鄉泉。修貫全加鐵道兮，大任比肩。參軍為國捐軀兮，丹心貞堅。遭遇抑仍歧視兮，年復年年。欣幸有司平反兮，昭明大千。……」這祭文精要的敘

述了這一百多年加國華人的歷史，它依循傳統古祭文的形制，是難得的佳作。我想：前輩文人日漸凋謝，能寫如此古雅祭文的已如麟角，後繼乏人。展斌兄能擔此任，難能可貴。

記得兩年半前，《心聲》周刊創刊號中，有幾十個團體和個人的賀詞，看來全由展斌兄代撰。難得在全是兩句四言韻語，又都以「心」「聲」二字為鶴頂。例如「心慶得宜，聲曉共知」。記得代區澤光議員撰的是「心繫民生，聲悅持衡」，代某君撰的竟是「心懷若谷，聲猶韓牧」，據說，古代有良臣名韓牧。

人情・國族情

從〈憶誼兄梁石峰〉一篇，可見相互的情誼及性格。梁曾贈黃對聯有句：「發不盡古今牢騷」，正寫出黃常自評的「牛脾氣」，黃有〈如夢令〉詞描述梁，說「傲俗皆橫眉」，也正寫出梁的風骨。猶記1997年，卑詩大學為我舉辦個人書法展，事先，我親自送請束、場刊及書法集到梁老師家拜見，見到梁家簡樸得可以。梁老師熱情接待，他見到書法集及場刊封面，都是饒宗頤師題簽，就憶述早年在香港時，與饒公交往、唱酬之樂。又對那題簽書法中跳動的點劃，十分欣賞。我當時就想到，這些靈動的用筆與他自己的書風是一致的。

〈結緣篇〉中，有〈甲午〉一文，精要寫出甲午戰爭的來龍去脈，其中一些史實是一般人忽略的。對當今青年來說，更是陌生的。文末說：「觀乎今之日本，擴張軍武，又結連外力，際此甲午之年，華夏民族豈可不警醒哉！」國族感情於此可見。

評史．新章法．緣

書中有些文章，是對歷史的評述、考究。例如〈負才陵物〉一文中，多方證實曹植並非如《晉書》所載「負才陵物」。〈魏武文采〉一文中，對曹操的文采的研究，詳盡深入，都是具學術價值的。

從書中許多詩文可見，展斌兄對古籍涉獵甚廣。一些文章，有他自創的新章法。先引經據典的作題解，然後發揮，再以經典名句作結。例如〈友情〉一文，先解釋何謂「友」，引《論語》《詩經》《說文》《廣雅》，然後敘述一友情事，最後引《文選》及《漢書》作結。〈無辜〉一文，先引《書經》，然後述英超聯賽冠軍會曼城之阿根廷猛將泰維斯無辜事，文末引《詩經》《荀子》作結。這種寫法有一個好處，間接讓讀者親近古籍。

展斌兄早前出版的幾本著作，書名都有「緣」字，這本《聚緣集》也不例外。他為人、為文，所重為一個「緣」字。他曾說：「緣者，可遇難求，時、地、人三者，缺一不可。求緣，本身必須爭取；否則，天地之大，人海飄泊，如何可以達到『道左相逢亦是緣』哉？更何況，『有緣千里能相會，無緣見面不相逢』，理也。」

這讓我想起，許多年以來，每次在公眾場合遇到他，不論是開幕禮、酒會、演展會、宴會，甚至在茶樓餐廳不期而遇，他一定熱情的把身邊的朋友介紹給我，互相認識。介紹時，他的話語特別緩慢而清晰，說出雙方的姓名、職位、特長、成就。我的朋友數以千百計，這種作風的，只有他一個。

依佛家解釋，緣，是前生修來的。又有所謂「百年修得同船

渡，千年修得共枕眠」。我以為，有些緣，是可以爭取的。但即使有緣結識，也要有共同語言，共同興趣，才可以維持、繼續下去。我與展斌兄的緣，也是如此。

2016年12月15日，雪霽，加拿大，烈治文，美思盧。

《草色入簾青》攝影詩詞集自序

詩與攝影，似乎特別投緣。這兩年，我的詩、我的攝影，都與影友、詩友有結緣的機會。

遠在加東地區的詩友杜杜兄，她看到我歷年在電視台「新聞及天氣攝影」的入選作品，很感興趣，一一配上舊體詩詞，共有200首之多。其實我的那些照片，只是隨處隨意攝得的生活記錄，完全沒有像攝影家的特意拍攝。我拍攝的目的，是記錄詩意的生活，以幫助我寫詩時的記憶，相當於畫家的速寫稿，是為回到畫室創作做的準備。也許因為這些相片都是為寫詩而拍攝的，有點詩意，讓杜杜兄動了配詩的念頭。

雖說藝術與文學是兩回事，但詩，是最接近藝術的文學、是最藝術的文學。攝影，是現代藝術，配以古典的詩詞，是一個新嘗試。想來文學和藝術，都是可以打破時代的隔閡的。

感謝杜杜兄的美意，讓我這些稱不上攝影作品的相片，有機會成書，永久保存。

韓牧　2019年8月，加拿大烈治文。

第三輯　藝文短評

王祥麟的《詩瓣》

　　你的處男詩集《詩瓣》，我本想寫文評介，你的詩，我是喜歡、甚至佩服的，因為我沒能力寫得這麼精煉，你的用字、用詞，比我精準。你人又平實謙謹。我對詩，也不會沒話講。雖然，有一小部份還沒能會意，那些是你從湛深的佛學而來的禪意、詩意；但總能寫出一篇兩三千字的評介。到如今沒寫，因為忙，加懶。你沒要求，甚至一聲不響，我現在主動開一張支票給你，日期沒填，但你不能填。

　　2007年9月

劉書隸書（劉權皜）

　　你隸書聯，《日月兩輪天地眼；幽明一體顯心燈》，寫得很好，可見你曾下過工夫，不知你曾跟誰學過隸書，是在香港嗎？你是香港移來的嗎？還是自學？第一印像我覺得它像《乙瑛》，得其豐腴。學《乙瑛》要慎防過份，以免滑入唐隸。我以為唐隸可分肥、瘦兩派，格調都卑俗。你的當然不是。

　　（2010年10月）

隸書的左參、右參，前參。（覆劉權鎬）

　　為甚麼一定要「用禮器的寫法」呢？照你所說，辛苦到最後，最多成了個「禮器專家」（是否真得其神韻，有懷疑），你這「責任」是無謂的，徒勞無功的。我以為你的「方向」錯誤。除了「禮器」，還要做「張遷」「曹全」等等的「專家」嗎？即使成功，就像做假古董。還不及寄人籬下、有一點點自己的好。

　　志氣要大。起碼與「禮器」「張遷」「曹全」他們平起平坐，做得到否？不管，盡力就是。志氣不能少，也不能小。

　　寫甲骨若參以小篆，就不合理，即如秦始皇戴勞力士。但西太后戴漢玉鐲，就合情理。你說的「寫禮器」不應摻入張遷，是對的。但「寫隸書」，除非自己天生就有一格，否則要創新，即不是「臨禮器」「臨張遷」之類，若不左參右參，請思考一下，我們還有別的創新的途徑嗎？「禮器」「張遷」何來？除非天賦、不用摹仿學習，否則，他們若不左參右參，前參（可以參篆）、沒有後參（不可能有王羲之、顏真卿來參），他們是否有可能用別的甚麼方法創出來呢？請思考一下。

　　（2011年11月25日）

青洋的詩

　　青洋的詩是多姿采的，很難用幾句話概括。首先是典雅，隱隱洩露了她是中文系科班出身。她常常用典，甚至以古人詩句為詩題、融入或引伸古人的詩句：「無語凝噎」「欲說還休」「如泣如訴」「秦始皇陰冷的嚎叫」「孟姜女絲絲縷縷的哭聲」「望穿的秋水」「那秋水已是覆水難收了嗎？」也有用新詩的，如戴望舒的「雨巷」「傘」「丁香」，而「少年維特」是洋典。這樣能讓讀者聯想，增加詩句的深度。她有一首較長的〈聽施加彈古箏〉，依我自己寫詩的經驗，以文字來描寫抽象的樂音，是相當困難的，白居易的〈琵琶行〉是難得的典範。她這首，看來就是受〈琵琶行〉影響寫成，寫樂音的多變，可算是成功的。

　　我見過她有一首〈眸〉，十五行，行行押韻，砌成菱形，首行一字，「眸」，中行十五字，「讀萬卷行萬里面壁三十年依然懷舊」，末行一字，「瘦」。這樣近於文字遊戲，五、六十年代港、台曾流行過，可幸她只偶一為之。形式主義是沒有前途的。

　　除了古典，青洋有她現代的一面，如〈歲月碎片〉：「腳步無聲如玉蘭花飄落／如四月呼吸／輕叩／回眸，微笑蕩漾起／一層層漣漪／心湖中迷失的小舟」此詩有意無意的押了韻，現代中又隱含了古意。

　　她又有寫實的一面。〈無題〉只五行，甚精妙：「佇立／唐人街的十字路口／男男女女，嘈嘈雜雜，熙熙攘攘，匆匆忙忙／／人們看我，我看人們／互贈一道萬里長城」前四行似乎平淡，末

行突兀，能使人終生不忘。它的形象來自絕妙的想象，真確寫出一些華裔同胞之間的冷漠、互相防範的心態。

熱情，是詩人的本色；憂國憂民，是傳統中國知識分子的身份證。屈原、杜甫、黃遵憲等，是我們的榜樣。青洋近年來寫了不少詩，讓人感到，移居此地已幾十年的她，對「娘家」熱情未減，反而增加了殷切的期盼，縱使期盼的表現為無奈、憤慨，那是一顆沉重鬱結的中國心。〈醉在中國〉：「醉了／終於能說話了／終於能口齒清楚／說一聲／No!」。接著是「終於能笑了」「敢哭了」「敢愛了」「敢氣憤」「敢仇恨」，「醉的感覺變小了……做夢的時候……又有了希望」。這詩寫出了人們受環境所限不能自主，醉了才得以吐真心。而希望，做夢時才有。《竹筷子》是藉著最常見的物件，傾訴人們的不由自主、被利用、被啃咬、失去獨立人格和思想、失去抱負。最後以「如何安心當一雙普通的筷子」作結，這深刻的「無可奈何」，引起讀者的共鳴，餘韻不絕。

2012年7月17日

《突圍》的「五感」（黎玉萍）

　　黎玉萍首部長篇小說《突圍》寫的是人類歷史上人性被摧殘得最厲害的那一個十年中、一個典型的故事。切實而細膩的描繪，讓人感到真有其事，具「真實感」。此外，還有層出不窮的「詩感」、「電影感」、「幽默感」和「地方感」。

　　先說詩感。「一行行飛鳥浮在藍天下，串成了一組組的省略號。……空出了前頭，省去了結尾，只剩下一個個無意義的點點在空中浮著，浮著。就像我，找不到過去，也看不見將來。」又如「一株高大的鳳凰樹斜立湖邊。……宛如一隻浴火披金，背湖挺立的火鳳凰。」比喻女主角。這些，都與情節緊密連繫著。作者喜歡借人物之口，對社會現實作強烈批評，但其間常夾了對大自然詩意的描述，好讓讀者聽她說大道理時，不覺到枯燥，這是她聰明處。

　　作者對光和影的觀察，有超人的敏銳和細膩。如「光線剛好經過鼻樑，把他的臉分成陰陽兩半，一隻眼珠熠熠生輝，另一隻眼珠卻深不見底。」；囚室圓窗的光影移動，聯想到靶心；新房的紅燭的光也隱含喻意；油燈把人影投射在牆上和屋頂，「像幾條扁頭蛇」；汽燈的白光，使身影成詭異的圖案，「一屋子的鬼蜮」。這些都助長了情節的推移，仿如電影。《突圍》是適合改編成電影劇本的。

　　幽默感不少。男女主角初次約會，男的說：「你不知道，我等的這個世紀，是一秒一秒數過來的。」女的問：「那一共多少

秒？」

　　書中用入不少廣東方言、俗語，或直接用入，或提煉改寫。如「老貓燒鬚」、「頂心杉」、「落雨收柴」、「有鬼用」、「餓鬼投胎」、「三扒兩撥」、「扮豬食老虎」、「船頭驚鬼船尾驚賊」等，十分「生鬼」（生動），不但增強了地方色彩，還豐富了漢語。

　　2012年10月

王立詩初步印象

　　你傳來的幾首詩草草看了。初步印象：想象豐；輕；文字清朗；易上口；句短情長；愛情越代；有席（慕蓉）詩味；迷入古典；疏離家國；……你得獎的〈打馬下江南〉最大眾化（寫離別，棄柳取蓮，是翻舊為新），最易討好。你與寫〈茶〉得獎的青洋同是中文系出身，妳倆都是舊詩詞的風韻。見你的〈櫻花劫〉，想起我以前寫的〈第一櫻〉，不知是否有共通處？現傳上。胡適有詩句，大意：我不能做你的詩，你不能做我的夢。

　　（2013年5月）

談溫一沙〈詩人〉一詩

　　此詩甚佳，我寫不出來。當然也因為詩風不相同。詩風不同，也可作比較的。

　　這詩形象多，故引人興趣。也寫出我和我詩的特點。你的用字簡潔而精確。你說「班門弄斧，請勿見怪，更望指正」。更望指正？找不出有甚麼「不正」可「指」。

　　你熟練，雖說我是你此生中第一次相識的詩人，但你此生中，一定已經多次寫詩，是嗎？

　　我已出詩集多種，《新土與前塵》當然不能代表我的全部，若你有意發表此詩，加副題、或在後記中，說明是讀《新》後所得的印象之類，就較完美。是嗎？

　　「見到你

　　就看見了詩」

　　細味這兩行，有味道。一般人只是與前兩行相對：「見到詩／就想起了你」「見到你／就想起了詩」。而你這樣寫，等於說，我是詩的化身，多謝抬舉。

　　（相似的，關於書法，我立志要做到：見到甲骨文，就想起了我。做到了之後，又要做到：別人見到我，就想起甲骨文。似乎也做到了。）

　　2015年7月19日

附：溫一沙的詩：〈詩人〉

見到詩／就想起了你／見到你／就看見了詩

詩中／隱現著你的性格／詩中／淺藏著你的俏皮／
詩中／燃燒著你的熱情／詩中／抑壓著你的不滿

詩中／小橋泥沼烏鴉白鷺／一隻藍螞蟻／
一條彩色的魚／
引出了一行又一行／跨世紀的／慨嘆

詩中／天空海洋荒島殘陽／那一疊／厚厚的紙／寫不完的
加國／憶不盡的故園

筆尖下／白雲聚散歲月如梭／筆觸裡／流水潺潺冰雪消
融／是聲音也是影像／有欣喜更有哀傷／每一句浪漫／
都是詩人的脈動／每一行抱怨／都是詩人的孤寂

（送給此生中第一次相識的詩人，讀韓牧詩集《新土與前
塵》有感。）

以臻個人風格（致慧俊）

　　我書法未完善處尚多，不必客氣、過譽。傳來素描甚悅目。八個大字甚佳，有筆意，有性格，有特點（尤其在用筆，如豎字之橫、際字之撇捺、遍字之橫捺、十字之豎、方字之撇），提頓異於常筆，但又不涉狂怪，佩服！此作，勝過該小幅太多。我私意是：小幅不乏敗筆，如：剛之鉤、作之點、影之末筆。另：切字，從七，不從土。若如所見，你大字勝小字，可從大棄小，專心用功於大字，以臻個人風格。我說未必正確，供你思考而已。

　　2015年9月9日

短評青洋詩集《水墨橫流》

　　青洋近年詩作大豐收。其詩，意象繁雜，粗看立意晦昧不明，有點像六十年代台灣的現代詩。實在也有受影響的痕跡。所不同者，她的文字清朗爽快而古雅，細味之後，可見文字背後渴求自由民主的熱情和深意，隱隱透出一股正義之氣。

　　（2016年10月）

李卓然的三首詩

　　〈天門思〉〈廟〉及〈卡米洛‧托雷斯‧雷斯特雷波
（Camilo Torres Restrepo）〉三詩已讀，謝謝！你年輕，可幸，
好在，你寫的詩，不是我看不明白的那種。而我，80年代寫的，
有些是讓讀者看不明白的，讀者，包括現在的我。

　　對醜惡現實的批評，對大自然的關心、對動植物的愛護，是
你詩的題材，也常是我詩的題材。見你的〈朱鸝〉，我傳給你一
首近作，〈鷺之魂〉。

　　2017年8月12日

舊詩詞應寫當代（許國挺）

　　舊詩詞我不會寫，沒能提甚麼改進的意見。我只能說，古來的詩，最好的，從《詩經》開始，《楚辭》以來……似乎都是寫當代人的感情、事件，還常用當代的文字、話語。現在寫舊體詩詞不大能用「當代的文字、話語。」（不然，變成新詩了！）但應該寫「當代人的感情、事件」。否則，與古人何異呢？

　　（2018年5月11日）

談中衡的詩〈山的情愫〉

　　不必客氣。你詩〈山的情愫〉看了，首先覺得，你的文字很不錯，清晰、流暢。其次是內容，比較特別，與一般的、我們常見的新詩不同。它不是一般的抒情，而是議論。當今許多新詩人，以為詩一定要抒情才算。其實，若多看舊體詩、外國詩，就知道：敘事、說理、議論，也可以成詩。

　　你這首〈山的情愫〉有自己的看法。姑勿論讀者中有多少同意、有多少不同意，這到底是你自己的觀點，別人所沒有的，起碼此前沒有人提出過。這很重要、寶貴。

　　2019年1月24日

典型的加拿大華裔文學（曹小莉）

　　曹小莉《秋天的感想》與《生命的詠嘆》兩詩，都大氣，有我們的體驗、有加拿大人的觀點立場才寫得出來；切合我們的身份。兩岸四地的「純」中國人的華人是寫不出來的，這才是典型的「加拿大華裔文學」。兩詩，前者細緻的對比，後者可見作者與來自世界各國、各地的移民有廣泛的交往，融和在多元文化之中。

評〈清蒸海王大肉蟹〉（何沛堂）

你上一首〈醉人的夢幻〉，已經OK。這首〈清蒸海王大肉蟹〉同樣不錯，幽默，形象活靈活現。這種詩，是寫實，應該不只是說「蟹」，而是喻人，才見深意。寫的時候，一面想著「蟹」，同時想著「人」。最好，最理想，是每一句都「兩面都通」。日前我傳給你的新作〈加中搶食大戰〉，寫自助餐廳，同時寫戰場。這詩寫得不是很好，因為有些部份，沒有「兩面都通」。還可以改好些。

你這詩若是我寫，第二行、四行、九行、十二行的「大哥」，我寫「大王」，這樣更威，何況，你的詩題也稱「海王」。最後的「還是羞得滿面通紅」，「是」字不能要。「還是」表示以前如此，「還」表示現在（蒸熟了）才如此，或者，索性就寫「羞得滿面通紅」，「還是」兩字刪去。也可以，「底頭」是「低頭」之誤吧？

此詩是比喻一個專橫的「大王」，所以「三五成群」可以刪去，集中說他是獨夫，才更覺其專橫。是嗎？

2019年5月

韓牧短評杜杜詩

　　若要全面評論杜杜的作品，肯定是個艱巨的工程。因為她閱歷豐富多采，思路縱橫廣闊。小說、散文、詩，件件皆能。並且全都多產。

　　單就詩而言，她偶有感觸，即可成詩。新詩、古典詩詞、英文詩，都有一定成就，這麼全面是一般詩人罕有的（香港前輩詩人舒巷城屬此類）。新詩方面，題材多樣，意象紛呈。抒情的，會上升到哲理的高度，社會性的，會深入到現實的核心。在現代，文體混雜是常態，她的新詩也有小說化及散文化的。

　　古典詩詞，她似乎沒有完全按照古聲古韻，有時會以今聲今韻來寫，故能放鬆，有現代味，與當今絕大多數作者盡力模仿唐宋不同。西洋的十四行詩，東洋的俳句，原本都有嚴謹的格律，傳入中國後，打破了部份規限，成功產生出馮至《十四行集》絕作，以及不少優秀的小詩來。打破規限的程度，要拿捏得當。當然不可以全無限制，否則就成了自由體了。她的實驗不失為一個新方向。她說自己「用典不足」，我倒認為這是一個優點，與讀者不會「隔」。

　　她的英文詩，不像中詩英譯，可見思維是另外一套。但英語不是她的母語，在詞彙等方面自有其限制，不過，杜杜的新詩許多都意象繁複，篇幅較大，英文詩就清簡得多，這讓一般讀者更易接受。

2019年10月16日

陳麗芬詩印象

　　這不算點評，我更不算甚麼大詩人，讓我略略說一說我對你詩的印象。

　　有的人的詩，看來看去不知要說甚麼；另一些，一看就明，明朗，也是好處。但弊在其中內容，早就知道，那就如白開水，沒有味道，更沒有咀嚼的趣味。而你的詩，像深山的溪澗，自自然然，不經意、像不經你意也不經人意的，緩緩流出。人們看著，會引起聯想。你常押腳韻，好在讀著讀著，有一些，除非故意尋找，常常不覺得你在押，那證明你押得自然。當然，不押就更自然了。

　　2020年3月23日

花詩三個版本（盧堅明）

　　來詩三個版本，我以為第三個最好：

　　　　無懼花有刺，貪戀花嬌艷；
　　　　眼看花漸殘，心愛花不變。

　　理由一：「艷」與「變」押韻。其他版本不押韻。而且全首讀來順口、爽口。（用美艷或用嬌艷都可以。再看後兩句，似乎用嬌字更好，比較凸出少艾。到年老色衰，不再嬌嫩了，而愛不變）這首詩用仄聲韻，不同於大路貨用平聲韻，因而又添了古意。

　　理由二：最重要的，是「心愛花不變」，這意思是其他版本沒有的，一往情深，難得。堪稱佳作。這好詩，實在說，我寫不出，絕對不打油。恭喜！

　　2020年1月

談〈小鳥〉詩（盧堅明）

　　此詩表達作者頑強地追求理想，有想像，還不著意的押了韻，是首好詩。「雨中的太陽」一語，尤其新鮮。如果能表現「石塊」是壞人、反派、石堅，就更好了。

　　2020年1月

第四輯　評論。學術論文

性格・感情・真藝術——謝琰書風來源探討

　　許多人初次見到謝琰的書法，都覺得「面生」，常常發出這樣的疑問：「他學的哪一家？他近於哪一家？」

　　1995年《翰墨因緣》中、日書法聯展時，主辦者請我寫一篇總評，我寫了5,000字的長文發表。在評到謝琰的行書時，我對他獨特書風的來源，作了探討：

　　「行書是最最普通的書體，雖說易於表現性格，但若要悅目怡神又堪咀嚼又自成一家，比任何書體都難。想來，易於洩露性格正是原因。「書為心畫」一句就涉及人品。……五年前初見他的作品，說他是學米芾，但又不像。米字獨特，本易於看出，如宋代吳琚學米，形神兼備，備受讚賞，其實也埋沒了自己性情。……米芾側筆刷字，跳蕩佻達，自得之狀躍然紙上。謝琰學米，重骨格又重姿采，竟然學到清和靜穆、渾厚沉著，這導源於個性。藝術家多好名，謝琰是例外的一個，三十年來，只默默研究書藝，提高品德修養，無意與人同又無意與人異，更不會阿世所好。一俟筆法足以表達內心，獨特風格就自然形成。學米，是藉米芾高超的筆法抒寫自己個性而已。這就是他的書風在古人乃至今人中，難以找到近似的原因。」

　　當年我是從「性格」來探討他的書風的來源，十二年後的今天，我對他的書法以至他的過去和現狀，了解得更多，因而又有另一個發現：原來除了「性格」的因素，還有「感情」。雖然這些年他用功於歐陽詢行書諸名帖，以至李北海、王羲之的行書、

草書，但我認為那還是屬於技法方面的修養。

醉心書法，立志當書法家的誘因，人人不同。我自己是因為廿三歲時「失」去了初「戀」，找到了書法作為代用品，甚至曾打算為書法而獨身。謝琰廿九歲時母親逝世，「悲痛的情緒久久不能平復」，他的叔父勸他習字，以「減輕我的悲愴」。我們兩人的開始，都是「感情」受創，用書法來療傷。

這些年，謝琰常常提到他的家姐，姐弟感情深厚。最近才知道，他能夠有緣認識恩師林千石先生，是由於家姐的一句話，請「文聯莊」店主人李昆祥先生介紹良師給弟弟。去年家姐患重病入院，他感到非常無奈，在醫院探訪，陪伴的時候，構思書法作品，回到家裡，「只有伸紙濡墨寫字以撥抑鬱之氣」。

謝琰歷次舉辦書法展，除了與國外交流的《翰墨因緣》（兩屆）、《聖言書藝展》外，一般都是義賣。如1978年的個展，為興建中華文化中心籌款。1998年的《尺素寸衷》個展和2007年的《墨韻心聲》個展，都是為加拿大宋慶齡兒童基金會籌款而舉辦的。這也都是重「感情」的表現。

謝琰除了應人所需寫寫楷書外，我們所見到的，都是行書。也許有人認為他沒有當大書法家的志氣，若想深一層，大書法家也不一定是各體皆精的。二王擅行書草書，但篆、隸未見。歐陽詢擅楷書，米芾擅行書，但他們的隸書，惡俗難看，卻沒有動搖他們大書法家的地位。

謝琰專攻行書，是他配合自己理想目標的聰明處，因為行書易於表達「性格」和「感情」。他是在一定的書法技術基礎上，以自己的「性格」和「感情」為主導，造就自己獨特的書風。

每個人的「性格」和「感情」都不會完美的，造詣湛深的專家、方家，不難從謝琰的書法作品中，找出章法、結字、用筆上

的瑕疵來，但這樣反而可以證明，這些書法，接近真「性格」和真「感情」。如果看來全無缺點，那必然有做作甚至做假的成份。

我自己除了愛寫書法，也愛寫新詩，幾十年來，寫過十本詩集，但為大眾稱道、記住的，只有一首1,500行的長詩《回魂夜》，是悼念亡妻時一字不改一氣呵成的。論結構、論修辭、論含蓄，論餘味，缺點太多了。詩中還毫無隱瞞的寫出自己性格上、感情上的缺點。也許因為感情實在太真了，讀者對那些缺點都不去計較，還可能是，一直被真摯的詩情引領著，沒有發覺出來。我可以說：凡是真的東西，都不是完美的。

由此可見：真的藝術，受人歡迎的藝術，都不是靠技術，而是以藝術家的「性格」和「感情」為主導造就出來的。謝琰的書法藝術，就屬於這一類。

何思揚　2007年8月，寫於謝琰《墨韻心聲》書法個展前夕，烈治文美思廬。

附註：

《墨緣印象》，原載於1995年3月25日北美《星島周刊》及1995年4月8-9日北美《明報》，後收入《韓牧評論選》頁337，香港，紅出版社，2006。

《墨韻心聲》書法展〈前言〉，載於展覽目錄，頁16, 18。

論席慕蓉的詩

　　為了想看對台、港、澳及海外華文文學的評論文章，上網搜尋自己，意外見到青黛的散文〈蔭蔽情感的三棵樹〉，知道了席慕蓉。她是個影響甚大的詩人，但我卻從未見過她的詩，完全不認識她。我要補補課。簡單，電腦搜尋一下。簡單？「席慕蓉」，七十多萬條！隨意抽看吧，有些失婚人自稱為「席慕蓉的樹」，列出自己的、要求別人的條件，徵婚。北京有「席慕蓉的鏡」出售，每個人民幣九元。

　　太多的人回憶讀席詩的感受，席詩對她們的影響。此外，文學評論也不少。一九八一年，第一本詩集《七里香》出版，一年內再版七次，產生「席慕蓉現象」；一九八九年秋，席首次回大陸，引起「席慕蓉旋風」，自此，每年都到大陸一次到三、四次。海峽兩岸的大學、中學女生，人手一本席的詩集。

　　我這人求全，但七十多萬條如何看？她正職是專業畫家，散文集起碼有十幾本，我不是要研究她，都不看，只匆匆一看她最初、相信也是最好、最重要、最有價值的那三本詩集；《七里香》外，是《無怨的青春》（1982）及《時光九篇》（1987），及其簡歷。

　　她一九四三年生於重慶，蒙古族；隨家到過上海、南京，四九年到香港，入小學，直到上初中，遷台灣。台北師範學院學畫，轉比利時深造，成績優異。回台任教，為專業畫家。

　　照我印象，《七里香》與《無怨的青春》，溫婉柔美之至，

「淡淡的哀愁」，回憶舊情真切。單戀、暗戀、初戀、失戀，都是難以忘懷的，青少年都有體驗，但因文學技巧不夠，寫不出來。她是過來人、中年人，體驗豐富，技巧足夠，寫出了青少年的心裡話。細膩、情真、純、深、專，還有不切實際的「癡」，尤其得到女生的共鳴。

我聯想到香港的前輩詩人何達。我們這一輩六十年代的文學青年，很多受他的詩的吸引，甚至接受到他的影響、教導。他對青少年的心態很清楚，我也買過他寫的一本書，《日常心理漫談》，這書，後來我陸續買過幾本，作為禮物送朋友。未見其人只見其詩的時候，以為他是個中青年人，一見，原來是個老人，這出我們意外。妙在他能保持青少年的心態，所以能寫出好像由青年人寫的詩。

不過，這類詩人有時又會以過來人的口吻，忠告讀者。像席的《無怨的青春》的「序（散文）詩」：「在年青的時候，如果你愛上了一個人，請你一定要溫柔地對待她，不管你們相愛的時間有多長或多短，……若不得不分離，也要好好地說一聲再見，……長大了之後，你才會知道，……才會了無遺憾，如山崗上那靜靜的晚月。」想想這些說法，眾多的「她」讀到，哪有不感動、感謝？

席的文字，有論者說是「華麗」，我的意見相反，她，因為內容的純潔，配上的是「清淺」的文字，何達也是主張「明白如話」的。這樣，才不會與讀者有「隔」。我的《環保多元角五言聯五十副》的文言文小序，用的是最顯淺的文言，否則，現代的讀者，有幾個人能讀懂？現在還有一些以賣弄為榮的作者，那是最笨的人。

「文革」是反人性、反個人感情、反溫柔的。突然開放，

「解放」，矯枉過正，溫柔過了頭，突然出現了很多我說的「柔媚如無物」的「散文詩」，當年我就三番四次為文批評。我不是要說席詩「過了頭」，我是說，席詩的溫柔，正正適合當時中國大陸的心態。

席詩，我在〈席慕蓉的樹〉一文中，說「可能不算病態」。現在看了她的三本詩集，可說是健康的。（比第一、二本晚出了五、六年的第三本，已不夠頭兩本「真、純」，後來的《在那遙遠的地方》等集，失去此特色）。

不過，席詩一般只沉湎男女私情，不要說國家民族了，連泛泛的「大愛」好像也未涉及。當然，我們不應該用這些去要求愛情詩。但這也是遇到任何政府都通行無阻的原因。放心，沉溺愛情、不理社會、政治的群眾，一定不會作反。一般人說甚麼「糖衣毒藥」，大哲學家說甚麼「精神鴉片」，我說，沒這麼嚴重。

我與席慕蓉有關係嗎？不知道。我剛才看她的「年表」說，她在一九八九年秋首次回大陸之前，「八月，與女芳慈赴歐洲遊覽。」「芳慈」？幾年前我應台北的「國立國父紀念館」之邀，作書法個展，在展場，一位年青的女士看完臨走時找我，說，她最喜歡的是我撰書的一副對聯：「芳草思暉照；慈烏學母飛。」我問其故，她答：「我的名字就叫『芳慈』。」現在想，她會是席慕蓉的女兒嗎？

青黛的文章裡談到的三棵樹，第一棵是舒婷的〈致橡樹〉；第三棵是韓牧的〈連理樹〉，第二棵是席慕蓉的〈一棵開花的樹〉。席的樹，相信迷盡了數以百萬、千萬計的青少年，我覺得還應算是她的代表作中最頂的一首。中老年的朋友未必見過，讓我抄在下面：

如何讓你遇見我／在我最美麗的時刻／／為這／我已在佛
前求了五百年／求佛讓我們結一段塵緣／／佛於是把我化
做一棵樹／長在你必經的路旁／陽光下／慎重地開滿了花
／朵朵都是我前世的盼望／／當你走近／請你細聽／那顫
抖的葉／是我等待的熱情／／而當你終於無視地走過／在
你身後落了一地的／／朋友啊／那不是花瓣／那是我凋零
的心

韓牧　2008年11月7日

聲對・意聯—— 春聯大賽評審手記

前言

　　加拿大《環球華報》主辦「2015喜羊羊首屆環球春聯大賽：我為祖籍國親人送春聯」，要求是「體現移民陽光、正能量和積極向上的精神生活和當代人文精神，體現楓葉國多元共存的文化價值觀，心繫祖籍國的情懷，標舉仁、義、禮、智、信、溫、良、恭、儉、讓的至善標準，倡導陽光開朗，創新自強的原則，合符傳統春聯規範。」

　　組委會收到來自全球1300多篇投稿，我忝為五位評委之一，詳細閱讀來稿之際，隨手作記，這是我的習慣。以往在香港、澳門、溫哥華作各項文學獎、書法獎的評判時（港澳稱「評判」，台灣稱「評審」，中國大陸稱「評委」），都愛把讀稿筆記整理發表，總結自己的心得，與方家交流，這次也不例外。

　　在賽果揭曉前，我們當評委的，完全不知道有誰參賽，也不知道其餘的四位評委是誰，只是依作品的質量打分數。現在整理這篇筆記，無法估計哪一副會得獎，誰會得獎。我只關心到我心所屬的、所欣賞的對聯，是否如我所願。

對聯的平仄、四聲九聲

我們這一代人，從小就學習到對聯。小學時，家父母就授以平仄、詩韻。現代國語只有陰平、陽平、上聲、去聲，共四聲。粵語的平、上、去、入，各有陰陽，入聲還有個「中入」，共九聲，聲近唐口語，韻也近唐。這對母語為粵語的我們，學習寫作古典詩詞（舊體），極具先天之利。南方的吳語、閩語和客家語，想也如此。要學古聲古韻，只懂國語及北方方言的，就困難得多。不過清末民初以前的知識份子，不論南方北方，文科理科，誰都會吟詩作對的。那因為童年時都讀過聲韻的啟蒙書籍。只是北方的，因先天之缺，即使如啟功教授那一層次，在我們看來，也偶會失誤。況且，唐音或者粵語，入聲字很多，例如八、直、鴨、鴿、輯、壓、約、結、察、竹、菊、獨，在國語都是平聲。

家父母授我聲韻、對聯，我記得其中有一本叫《對類引端》，又有一本《聲律啟蒙》：「雲對雨，雪對風，晚照對晴空，來鴻對去燕，宿鳥對鳴蟲，三尺劍，六鈞弓，嶺北對江東。……」細察之下，每一個字除了字義相對，聲調也是平仄相對的。

唐口語，唐音的入聲，粵語保留下來。現代國語、北方方言沒有，入聲演變，一一融入到「陰平」、「陽平」、「上」、「去」中。例如入聲的「祿」，在國語演變為「去聲」，吟詩作對時，也是仄聲，還可以。但如入聲的「福」，在國語演變為陽平，吟詩作對時以為是平聲，就錯誤了。相似的，廣東人講國語有先天之缺，廣東話入聲字很多，入聲字轉成國語，就不知要轉

到哪裡去，往往讀錯聲調，連帶字音也錯。

　　從上述可知，平仄聲調可分「古平仄四聲」及「今平仄四聲」兩種。韻也分古今兩種。當今寫傳統舊詩詞的，用的是「古平仄」，也有人提出要改用「今平仄」，學術界迄無共識。我一己之見是，用古用今，隨人所好，可以並行，讓歷史取決。不過，如果改用今平仄，我們應如何對待自古迄今用古聲古韻來寫作的詩詞對聯呢？這應該是一個問題。

　　這次比賽，要求「合符傳統春聯規範」，所以我評審時，還是以「古平仄」為準。對聯不必押韻，沒有古韻今韻的問題。

回憶對聯事

　　記得童年、少年時，人出「雲耳」，我對以「電心」（小電池）。人出「煙鎖池塘柳」（偏旁五行），我對以「浪槌鐵塔燈」。人出「五行金木水火土」，我對以「六腑胃膽焦肝腸」（腸含大小兩種）。人出「一行征雁天邊過」，我戲對曰：「半隻燒鵝地上行」。家父常常給我們講清末民初廣東諧聯聖手何淡如的故事，何常以廣東方言作聯，記得有「三星白蘭地（酒名）；五月黃梅天」，「一拳打出眼火；對面睇見牙煙（危險）」，「有酒何妨邀月飲；無錢哪得食雲吞（餛飩）」，另有「公門桃李爭榮日；法國荷蘭比利時」。家父說何淡如曾被其妾出對難倒：「公仔」，記得我曾對以「婆媽」。從小愛對聯，對漢字又特別有興趣，許多妙聯，六十多年後的今天言猶在耳，例如「孫行者；胡適之」，「人過大佛寺；寺佛大過人」，一二三四五六七；孝悌忠信禮義廉（忘八、無恥）」，春聯如「昨夜一頭霧水，今朝滿面春風。」

五十年代後期，我從澳門移居香港，香港《文匯報》辦首屆對聯比賽，出上聯「金水河邊金線柳，金線柳穿金魚口」，這原是一對經典的頂針聯，原下聯是「玉欄杆外玉簪花，玉簪花插玉人頭」。我寫信應徵：「玉門關外玉簫聲，玉簫聲動玉人情」，僥倖獲得冠軍。筆名「韓牧」就是那一次開始用的。現在想：「玉門關」、「玉簫」、「玉人」、「動」之類的名詞、動詞，我在幼童時期甚至入學前就熟悉了，那是拜粵劇、粵曲所賜。後來，六十年代時，《新晚報》有一個專欄，每日一聯，用時事與一句古詩詞為對，記得曾用「山中悍匪今猶匿」對唐代崔曙的「河上仙翁去不回」。七十年代，《成報》有一個專欄，每天一篇短文寫時事，是駢體，全篇都是對句。六十年代初，家母病逝，家父撰了輓聯，命我書寫，當時我是書法學生。文字極淺白：「你捱苦，不嫌我窮，我一生，對得你住；我心傷，記得你好，你留步，等候我來」。七九年秋，我妻沈惠治因胰腺癌辭世，年三十三。我倆是七一年秋在緬甸飛香港的航機上邂逅的，當時她穿沙籠，長髮，我還以為她是緬甸人。我用隸書自書輓聯掛在靈堂：「憶雲裡相逢，你裙髮輕飄，真疑仙子；豈命中注定，我胰腸亦裂，拆散夫妻。」

　　八十年代末，移居加拿大後，醉心書法，因創作書法作品所需，寫了幾十副描寫此地現實生活的對聯，是謂《環保多元角五言聯》《美思廬聯語》。「如白樺思舊友；黃柳立新鄉」、「春燕逐微雨；秋林幻彩虹」、「癡心留一角；野草亦多元」、「仁義沙丘鶴；羞慚木石人」、「當求萬眾利；不屑一時名」、「燕安新大陸；夢斷古長城」、「柳樹黃花盈古道；角弓彤矢射夕陽」等。又作了不少碑帖集字聯。前年，老作家麥冬青（樹榮）老先生百歲大壽，我據其經歷、性情，寫嵌字壽聯為

賀：「戰士情懷，越冬長青一世紀；仁者壽考，壯樹更榮兩百年」。葉嘉瑩教授九十大壽，我也寫嵌字壽聯為賀：「嘉勵時賢求義理；瑩拂舊學現新奇」。去年，加拿大華裔作家協會代表團應邀訪台，我寫贈台灣文化部的對聯是：「加國多元融合；中華文化綿長。」

我的評審依據

對聯是語言藝術，對語言的要求至高，尤其是短聯。語言包括「義」與「聲」，若達不到語言及形式的基本要求，就不能算對聯。算不算對聯，首先從其語言及形式鑑定。若應徵者投來一篇散文、小說，甚或一首詩，即使內容優秀，又怎能入評呢？

對聯的基本要求，是上下聯字數相同，合起來能表達一個內容（文字遊戲的「無情對」除外），上下聯字字相對，詞詞相對。這裡所謂的「相對」，含兩個內容：一是聲調相協調，二是意義相對應。

首先說「聲調相協調」，往往就是平協仄，仄協平，不撞聲。古典詩詞（舊體詩詞）中的近體詩，即律詩、絕詩，有嚴格的詩律，對平仄有高要求，對聯卻沒有「聯律」。為甚麼一定要平仄相協呢？是為了讀起來順口，聽起來悅耳。除非是特殊的內容、有特別的原因。詩律中的平仄規定，是經過古代無數詩人的實踐，在歷史上漸漸形成的。成熟以後，定了形，也證明了：若依此格式，一定順口悅耳。於是就千多年的依循至今。但我認為：順口悅耳才是最高原則，也是詩律形成的本意，因此，不表示不依詩律就一定難讀難聽。應該對作品逐一試讀試聽，才作判定。

對平仄要求，歷來有一句經典語：「一三五不論，二四六分明」。這常是正確的。我認為，這因為漢語一般是兩字一頓。細緻來說，所謂二四六，應說是音步停頓處（節奏點）要平仄分明、相對。依此，最重要的停頓處是上下聯的末字，為了和諧，必須一仄一平。下聯末字更是全聯結尾，應有舒長，餘音不盡之感，故須用平聲。如此一來，上聯末字就非仄不可了。有極少數對聯因內容特殊，必須平起仄收，是例外，非正格。長聯都是由分句組成的，分句末字，是次一級的停頓處，也是重要的，也必須平仄相協，在此，「一三五不論」的規定往往無效了。

曾見一些對聯比賽，強調重內容輕形式，不顧平仄四聲，那是因為參賽者、評審者，對此不熟悉，從得獎作品的表現就可以證明這一點。即使是散文，也不能無視其音樂性，節奏、聲調也是需要的。對聯，除了字、詞內容相對應，聲調也必須相對應的。這是對聯的命脈，捨此，只有走向難聽一途，也不成為對聯了。二十世紀一十、二十年代新詩崛起，廢去舊體詩的格律，不是因為草創者不懂舊體詩的格律，他們誰都會寫舊體詩，不少人寫得不錯。現時的人，很多對醜陋難看的書法、國畫，對難聽的節奏、聲調無動於中，那是可怖可悲的「藝盲」。我們必須努力保護祖先留給我們的悅耳的音調。

鑑於迄今學術界對應該用「古平仄四聲」還是「今平仄四聲」沒有定論，我審稿時較寬鬆，雖以「古」為本，但對「今」亦不排斥，除非是依古依今，都同時違反的。

其次說「意義相對應」。字、詞應同類而相對應，所謂同類，是名詞對名詞，動詞對動詞等。舊時，即使名詞，也要分成許多個小類別，如天文、器物、人倫等等，同小類相對者最工。再其次是名詞、形容詞、動詞、副詞等各自相對，鑑於時人的古

典文學修養不及舊時，我評審時採取較寬的做法：字、詞只分虛、實兩種，只要是虛對虛，實對實，就算合格。也就是名詞必須對名詞，非名詞必須對非名詞。

以上從形式上評定它是否合格的對聯，接著要評審對聯表達的內容，「春聯」要有新春意味才是。如今是從馬年過渡到羊年，有馬、羊，午、未的，就更切題。有些來稿缺乏這些，像家居的格言聯，但寫得好的，也給了高分數。其次，這次主要是海外尤其是加拿大的移民向祖籍國親人拜年，聯中能見贈聯者及受聯者的身份更佳，也就是可見到加拿大和中國。再其次是體現了移民心繫祖籍國及向上精神、加拿大多元共存價值觀、加中友誼、全球意識，以至地方特點、時代現實，我都給了高分數。而活用典、新意念、含詩意、有特殊技巧的（如回文聯），也都加分。

這次來稿水平相當高，我覺得，比起有十三億人口的祖籍國的比賽，是無愧的。以下我將稿件分成十幾類，每類選取若干副為例，記下我讀稿時的感想，這幾天來，閱讀、評審這麼豐盛的作品，實在是一次難得的享受。

1. 意義一般的春聯

公開徵聯，任何人都可參賽，來稿一定良莠不齊，像這次，全球性的，參加者有一千三百多人，優秀的作品與不合格的同樣不少。春聯，其實來來去去是一些依據當年生肖的吉祥語，常會過熟、空泛，易寫難精。這次來稿也有不少屬這一類：「萬馬迎春至；三羊送泰來」，「三陽開泰風光好；五福盈門歲月新」，「駿馬乘風追夢去；靈羊獻瑞報春來」，「快馬揚鞭功成日；靈羊獻瑞慶豐年」，「萬馬奔騰追浮雲，普天祥瑞；三羊開泰沐甘

雨，大地逢春」，「日暖風和，店鋪家家張燈結綵迎新歲；花嬌鳥艷，雲城戶戶笑逐顏開接喜羊」。以上，「奔騰追浮雲」，五連平，拗口。「張燈結綵」與「笑逐顏開」，對類不符。總的缺點是空泛，無實在感。

2. 不屬於春聯的

「大慈存心，於人有益常自在；上善若水，處世無爭總從容」，對仗甚工，可視為自然的、合情合理的一副自勵格言聯。「出淤泥而蓮自清；入醬缸亦心純正」，是格言聯。「淤泥」「醬缸」，「蓮」「心」，在音節處均平聲，聲調不協，此聯勝在用「入醬缸」對「出淤泥」，用意新穎。對聯的正格，是仄起平收，除非內容特殊，有必要，才可以相反。如集毛澤東詩詞的「江山如此多嬌；風景這邊獨好」。現在這「出入」聯，上下聯應對調。

3. 不合對聯規範的

「萬馬奔騰去，纍纍碩果在；靈羊樂足來，再上新台階」，以「纍纍碩果在」對「再上新台階」，對類完全不合，反而像首五言詩。「道成肉身釘十架；主賜恩膏結九果」，從詞性、字義、內容看，對得工整，可惜聲調不妥，「身」「膏」均平，「十架」「九果」均仄，上下聯末字同為仄，大忌。「容人一步天地敞；屈己三分心胸廣」，此聯意義甚佳，可惜末字同為仄，不合規範。「廣」字可代之以平聲的「寬」，不過如此一來，「三分心胸寬」，五字連平，拗口更甚。「瑞雪紛紛，吉兆加拿大；紅梅點點，喜迎中國春」，「四海皆春，悠悠歲月，和平萬歲；普天同慶，朗朗乾坤，未來更好」，「加拿大」不能對「中

國春」,「和平萬歲」與「未來更好」也不成對。「辭舊歲,長者賞錢歡滿百;迎新年,孩童行禮喜迎新」,下聯首尾皆有「迎新」,卻未與上聯成對,不合之至。「祖國繁榮不忘移民心;華夏昌盛永記華人情」,「心」「情」皆平固然不合,更犯「合掌」大忌,即上下聯意相同,重複。「溫哥華繁花似錦;本拿比錦上添花」,這絕不是對聯,其橫批更出人意外:「列治文更美」。「馬踏瑞雪辭舊歲;羊銜嬌梅迎新春」,下聯七字皆平,拗口實甚。若上聯「辭」改用仄聲字,例如「送」,全仄對全平,不失為出格怪聯,可供談助,此格前人曾有過。

4. 心繫祖籍國

　　「追尋人生夢;牢記炎黃根」,此聯精簡的寫出移民的目的和戀舊感情。不足處是「人生」「炎黃」皆平聲,還好,生是陰平,黃是陽平,還不算太拗口。「異國同圓祖國夢;他鄉共過故鄉年」,寫實而有情。「羊歲爭圓中國夢;紅聯喜貼大同篇」,「中國夢」對「大同篇」,出人意表。「寄來一束梅花,春報神州景;透過千山楓葉,懷舒故國情」,想像加上實情,聲調、節奏、對仗與意蘊均佳,又飽含詩意。「淑氣動芳華,故國梅英,昨應開矣;春風無畛域,異鄉年酒,今亦陶然」,有詩意,有想像,有感情,從作者對仗之工細,尤其動詞、虛詞的運用,在在可見作者古典文學修養,令人佩服。「身在異國,歲首思親包水餃;心歸故里,年末懷舊掛燈籠」,寫現實生活難得之作。可惜分句末字「異國」「故里」均仄,「異國」可改為「異鄉」。「歲首」「年末」均仄,「年末」可改為「年終」,順口悅耳得多。

5. 心向所在國及加中友誼

　　「祝福中華，夢繞神州路；感恩北美，心懷楓葉情」，對工聲諧，情兼兩國。「寄身北美三生樂；祝福中華萬載春」，「三生樂」似乎有點誇大，若仿成語改為「三生幸」，似更合情理。「無分楓下梅前，何處不聞歡樂頌；任是天涯海角，此時共慶吉祥春」，是極度樂觀稍嫌誇張的吉祥語。「創業創新，邀春永駐加拿大；弘文弘德，祈福長賜中國人」，是詩人的理想，「邀春永駐」一語，新鮮可喜。「墨韻聯花，兩地相思，同揚國粹；梅魂楓魄，一生互勉，不負東風」，堪稱工對。「兩地相思」對「一生互勉」，妙。以上兩聯，形式內容均佳，這與心中的真情有關。「天地無私，西洋東海同春色；山川難隔，楓葉梅花兩故鄉」，此聯亦佳，「兩故鄉」一語，新鮮。是把新鄉也視作故鄉了。「佳節倍思親，文化共存，楓葉梅花紅艷艷；移民猶念祖，新年同賀，東方北美喜洋洋」，寫得自然而工致，切實，佳作也。「三陽開泰，獅舞龍騰，身在外境猶吾境；四海皆春，洋融漢合，地處他鄉即故鄉」，有氣氛，有感情，表達出此處多族融合的特點。新春舞獅舞龍，如在祖籍國時，而「洋融漢合」，不以外僑自居時，身處之地亦成故鄉了。「洋融漢合」，「漢」字所指較狹，改用「華」字較好。

6. 體現加國多元共存價值觀

　　「年味十分，猶似故鄉好；春聯一副，恰如楓葉紅」，「數度春風，過海飄洋圓美夢；多元文化，求同存異共和諧」，「睦友睦親，環球共夢；存仁存義，四海同春」，以上三聯寫出加國多元文化共存的價值觀，後者更如格言：認為若能和睦仁義，人類就會共夢同春了。「三陽啟泰拂溫風，激起龍獅振奮；五德持

恆揚正氣，推行種族和諧」，有氣氛，心胸廣。讀來節奏好，音調特別和諧，此聯，上聯十三字，與下聯十三字，平仄並非如習慣上「一三五不論」，而是更嚴謹的，每一字都平仄相對，無一例外。這是少見的。除非是只有四、五個字的短聯。

7. 地方特點與時代現實

　　「熒幕聯歡辭馬歲；鼠標互致賀羊年」，切合實情。所謂「熒幕聯歡」應指「春晚」之類，現在的「互致賀年」也很少郵寄賀卡，而是用電腦傳遞了。「烈馬梳途，碩鼠隨塵去；吉羊沐雨，黃龍利達來」，碩鼠，源出《詩經》，指貪官。「金低油降，水盡山窮，加國舊歲驅野馬；日暖風和，花明柳暗，雲城新春接喜羊」，提到金價油價，是罕有的，聲調詞性均合，聯首用了句中自對，對得自然。第三分句四連平對四連仄，略嫌不夠順口。用「雲城」（溫哥華）對「加國」，顯得不平衡了。「逛遲太華河，坐遊艇觀瀑布嘗深圳薯片；居多倫多市，喝冰酒吮楓糖想北京鍋頭」，此長聯極富加拿大特色，「屋河「多市」不在話下，「遊艇」「瀑布」「冰酒」「楓糖」，全是加國風物和特產，妙在「嘗深圳薯片」「想北京鍋頭」，懷鄉之餘，不失風趣。「萬馬奔騰，冬雪紛飛，老樹生苔，落葉寒枝，寄望神州，打虎有成清宇內；三羊開泰，春風得意，寒梅耐冷，凝香玉瓣，遙祝故土，驅狼務盡享太平」，此長聯意境淒美，狀物細膩，氣魄卻是宏大的。尤勝在「打虎驅狼」，緊隨時代脈搏，是來稿中唯一寫到這一件當代大事的。「落葉寒枝」「寒梅耐冷」，「寒」字重出，或可算是瑕疵。

8. 移民的向上精神

「他鄉遊子千秋業；祖國親人一脈情」，說「千秋業」，就表示移民不論如何艱辛，也立志在此落地生根了，如此一來，就應是主人翁了，與聯首說的「他鄉遊子」，或有矛盾。可見有些新移民對自己身份的認同，還是游移未定。「憶往昔老華工忍辱負重出苦力祈願平等促進發展；看今朝新移民昂首挺胸入主流盼望多元帶來繁榮」，此聯古今對照，寫出歷史和現狀、新舊移民艱苦向上的精神。「出苦力」對「入主流」，佳。

9. 標舉至善標準

「以誠做人，以善做人，仁義著洋洲，深情化作迎春鳥；居儉不卑，居高不傲，厚德凝成領路羊」「身居海外，情駐家鄉，春風長送神州曲；仁記心頭，義為準則，美德永存赤子懷」，莊重端正，節奏明快，對仗甚工，讀來口爽心悅。「以誠做人，以善做人」對「居儉不卑，居高不傲」，及「身居海外，情駐家鄉」對「仁記心頭，義為準則」，既上下聯相對，又同時句中自對，顯示出作者功力。

10. 用典

「老馬識途懷故里，羔羊跪乳念慈恩」，送馬迎羊，作者活用了兩句眾所周知的成語，自然到不著痕跡，又表達出心繫祖籍國以及克盡孝道的感情。「見義勇為，願世界皆成樂土；當仁不讓，看神州又起春風」，多年前有一個加、美、港巡迴書法展，全是寫《論語》的摘句的，邀我參加。我把《論語》全讀了一遍，找出可以成為對聯的對句，集成了四副集句聯，分別用甲骨文、隸書、楷書、草書來寫，其中草書那一對，我寫的是「當

仁不讓；見義勇為」。現讀此聯，「成樂土」、「起春風」與前半截似無必然的因果關係。但也有些道理。「馬戀故園，羊迎新歲，楓林映雪千般美；堯開盛世，孔授經綸，梅聖效賢萬代香」。有一類對聯，其上下聯，一剛一柔，一粗一細，一嚴肅一浪漫，更增對比之美。如現代大畫家徐悲鴻寫過的「白馬秋風塞北；杏花春雨江南」，我青年時寫過的「少而寡欲顏常好；醉後題詩字半斜」。這類對聯不多，現此聯正可為例。

11. 詩意的

「鄉夢已乘千里馬；春風欲渡萬重洋」，此聯可知作者身居海外，「千里馬」顯出歸鄉心切。「欲渡萬重洋」的「春風」，可以是發自家鄉，也可以是發自居住地。「梅花知有意；楓葉也含情」，中、加的情意都寫了。「春色無涯，牧羊夢逐東風綠；梅花有約，渡海情燃楓葉紅」，上聯「春色」、「東風」，下聯「梅花」、「楓葉」，姿色豐富。我們只知道「春風又綠江南岸」，對「東風綠」，覺得新穎。想是由於要與「楓葉紅」相對而偶得的。不論是詩詞、對聯，格律常常限制了作者的思路，但有時會開出一條新路來，這是一例。「折楓葉成鳶，借春風寄入雲天，海路遙迢心路近；舉羊毫寫對，在加國猶同桑梓，煙花瑰麗雪花飄」，此聯對仗甚工，節奏新穎多變，聲調和諧動聽。抒寫現實又想像豐富，意境壯美。「猶同桑梓」更寫出移民的融入，可喜。「辭舊歲借太洋做杯邀祖國同胞共飲團圓酒；迎新春以網絡當紙與世界華人同吟壯麗詩」，太（平）洋做杯是妙想，網絡當紙是現今實情，二者，也是相對的。

12. 改寫、妙句、特殊形式

「柳煙綠拂三春雨；楓葉紅於二月花」，作者改寫名句，「霜葉」改為「楓葉」作為下聯，對之，意境亦美。「奇志可嘉，小羊才露尖尖角；壯心不已，老馬猶聞躂躂聲」，上下聯用典恰當、自然，又正合馬年羊年。楊萬里詩「小荷才露尖尖角」改為「小羊」，天衣無縫。「加福延齡，人沐春風情得得；華年吉歲，天開瑞景喜洋洋」，此聯妙在「加福」「華年」，可指加拿大、中華。「馬蹄痕深，能鑒豐年收碩果；羊腸路窄，可通佳境入桃園」，近吉祥語卻有深意，讀者有想像空間，「痕深」表示因豐收而負重？「路窄」而「可通佳境」是寫新移民初期的艱困嗎？「一紅染兩旗，著色牡丹與秋楓，扶搖直上九天霄漢；四洋連五洲，中華崛起加騰飛，發展全憑八方促成」，聲調與對類均不妥，全副讀來不悅耳，位於分句之末的「旗」「洲」「秋楓」「騰飛」，字字皆平，撞聲之至。「中華」對「著色」，大誤。來稿有很多以梅花象徵中國，由來已久，根深蒂固；只有此聯用牡丹，相信大部份的讀者會不適應，也不承認。此聯只有一可取處：「一紅染兩旗」一語，新鮮。「國粹迎春，跨海佳聯添喜氣；羊年出彩，環球華報發先聲」，「跨海」「發先聲」，甚切題。「環球華報」對以「跨海佳聯」，字字工整，不可多得。「地滿春光春滿地；門盈喜氣喜盈門」，是此次唯一的回文聯。下聯「門盈喜氣喜盈門」前人早已有之，原上聯是「屋滿春風春滿屋」，現重對之，亦通。

13. 周全

「馬踏梅花迎好運；羊銜楓葉賀新春」，這一副簡單而周全的春聯，十四個字，寫送馬迎羊，又與中國、加拿大合情合理

的連繫起來。或者有人認:「馬踏梅花」近古,甚至可能有其典故,至少它像有其典故,欣然接受,而「羊銜楓葉」,似乎前人未有。而我認為:我們可以大膽一點,楓葉是現代的加拿大的象徵,古來沒有,也可「以我為始」「以我為典」的。「梅花傲雪楓葉經霜喜看春陽新境界;快馬加鞭吉羊獻瑞欣逢盛世好年華」,上聯寫出中、加兩國「傲雪經霜」而迎來春陽,「冬梅」「秋楓」切合自然界。下聯寫從馬年過渡到羊年,「欣逢盛世」。上聯的兩個分句(首八個字)既與下聯相對,又句中自對(下聯亦然),也就連貫了中、加、馬、羊,還暗示了過往和現況,是很周全的。

後記

　　來稿中有些未達對聯標準,不能算對聯的,約有九十副。作者對對聯的認識有待加深。

　　而可觀之作是不少的,這些作者的作品合符規範,對詞性、對類,一般都處理正確,只是偶然平仄聲調上失誤。其實有懷疑時,複查一下聲韻的書籍,如《詩韻》、《詩韻集成》之類,就不會錯了。當然,對聯的音樂性,除了聲(那是判定是否合格對聯的項目),還有音,就是字音,選用和諧悅耳的、或配合內容的字,那是更高的層次。節奏,也在高層次中,舊體詩詞有詩律、詞牌,節奏受到限制,對聯還未有大家都滿意的「聯律」,讓作者有較大的自由,創作自己喜歡的節奏。

　　據我一己之見,佳作約有四十副,其中最好的約十副(從內容看,主要是加拿大作者),就形式、技巧來說,看來已到達對聯藝術的最高層次了。內容方面,作者們既有移民之前在祖籍國

豐富的經歷，又有海外新生活的實際體驗，對多元文化、民族融和有相當的認識，眼界擴寬，表現在作品上，就自然大氣而多彩了。

看來海外作品的質量，與祖籍國龐大的楹聯界比，也許是不相上下的。我們不妄自尊大、也不可妄自菲薄。希望這類對聯比賽一年一年的辦下去，讓這文學體裁的水平，在海外也不斷的提升。

2015年2月10日，夜，加拿大，烈治文，美思盧燈下。

論詩人汪國真

1

日前詩人汪國真逝世（1956-2015），對於其人其詩，一向不大注意，1990是「汪國真年」，二十多年來，只從新聞上零零碎碎知道一些，到底我不是七十後而是三十後，居於海外而非大陸，他不幸，「天妒英才」，作為同道，這些天我盡量、大量補讀他的詩作，過程中，有不少聯想，現一一記下。

2

我不認識他，我只就詩論詩，應該比接受過他的詩薰陶的、他的朋友、以及看不起他的、他的敵人，來得客觀一些吧。

3

請欣賞清麗雋永的詩句：「人生並非只有一處／繽紛爛漫／那凋零的是花／不是春天」，「心晴的時候／雨也是晴／心雨的時候／晴也是雨」，「我原想收穫一縷春風／你卻給了我整個春天」，「沒有比人更高的山／沒有比腳更長的路」，「既然目標是地平線／留給世界的只能是背影」。

4

《熱愛生命》中的名句：「我不去想是否能夠成功／既然選擇了遠方／便只顧風雨兼程」，在青年讀者引起很大的震撼。他

在其它的詩中，也有類似的句子，那是在對前途茫然者勵志。我想到「下定決心，不怕犧牲，排除萬難，去爭取勝利」，意思相近，但不是極端的一定要勝利，而是比較務實的「只去耕耘，不問收穫」。就詩論詩，與前人比，可說是平淡，並不驚人。但卻切合了當時的環境和青年的心境。

5

「我不去想／未來是平坦還是泥濘／只要熱愛生命／一切都在意料之中」，勵志、坦蕩，樂觀得不合理，卻是讓人相信的詩句。

6

「只要春天還在／我就不會悲哀／縱使黑夜吞噬了一切／太陽還可以重新回來」，「假如你不夠快樂／也不要把眉頭深鎖／人生本來短暫／為甚麼還要栽培苦澀」。汪國真的詩，都很短，一般在20行以內，文字明白曉暢，常押韻，清爽順口，平和親切，有人生哲理。這是吸引青年之處。但就上面所引，這些哲理，成熟的人早已知道，平淡無奇，但年輕者還未知道，所以有市場。

7

汪詩中有不少是愛情詩，如《懷想》、《剪不斷的情愫》、《是否》、《假如你不夠快樂》、《只要彼此愛過一次》《默默的情懷》等，對清純的、情竇初開的，有很大的吸引力；雖然有的句子很像五、六十年代的國語時代曲的曲詞。例如：「不是不想愛／不是不去愛／怕只怕／愛也是一種傷害」。

8

「狹隘的人總是想扼殺別人的個性／軟弱的人隨意改變自己的個性／堅強的人自然坦露真實的個性／一個人沒有個性／便失去了自己／生活中一味模仿之所以不可為／原因之一就在它抹殺了個性」。這些散文般、格言般的道理，人人懂得，但他婆心的娓娓道來，讓人感到是他的發現。

9

《學會等待》：「不要因為一次失敗就打不起精神／每個成功的人背後都有苦衷／……你的才華不會永遠被埋沒／除非你自己想把前途葬送」。鼓勵性很強，雖然淺薄。

10

「讓我說甚麼／讓我怎麼說／當我愛上別人／你卻宣佈愛上了我／該對你熱情／還是對你冷漠／我都不能／對於你／我只能是一顆／無言的星／在深邃的天庭／靜靜地閃爍」。年過三十的詩人，瞭解十來二十歲的青年、學生的心理，清楚這些感情的糾纏是常有的，是給當事人的慰解。這詩有意象、意境很美，並非乾巴巴的講哲理，在汪詩中是少見的。

11

「我微笑著走向生活／無論生活以甚麼方式回敬我」。豁達得過份，謙讓得過份，或會失去鬥志，對不合情理的事，不調整，不反抗了。

12

　青嫩終歸要成熟的。我想到50年代初在新疆的名詩人，聞捷，同樣寫愛情、寫樂觀精神，同樣吸引了當時許多奮發向上的青年。聞詩的熱烈與汪詩的淡然，是兩個極端，都與當時的社會氣氛有關，而受年青人喜愛是相同的。聞詩有實景，有異鄉情調，汪詩沒有。我雖身居港澳，也受聞詩吸引。可是成熟之後回頭一看，不外如此，甚至感到現實世界，並非如此。

13

　香港在60年代到80年代之間，有著名老詩人，何達，他就更熟悉年輕人心理，同樣走青年路線，獲得大名聲。其詩常虛張聲勢，熱情洋溢，不像老人所寫，與汪的沉靜、自然、平和相反；遣詞用字為了適應讀者的程度，當然同樣是平白如話的。但當其讀者陸續入世，覺得光有熱情的叫喊缺乏理智與餘味，何達多年前逝世後，他的詩已沒有人再提起。而汪詩不乏可堪咀嚼的佳句，詩的壽命就不同了。

14

　據汪自述，他的詩受四個詩人影響：普希金、李商隱、李清照、狄金森。現在看，在《假如你不夠快樂》等詩，就看到普詩《假如生活欺騙了你》的影子：「假如生活欺騙了你／不要憂鬱，也不要憤慨／不順心的時候暫且容忍／相信吧，快樂的日子就會到來／／我們的心永遠向前憧憬／儘管活在陰沉的現在／一切都是暫時的，轉瞬即逝／而那逝去的將變為可愛」。從80年代進入90年代，社會氛圍驟變，青年要找愛情、尋理想，汪詩應運而生，而普詩又是大陸青年熟悉而喜愛的，於是汪詩就成為愛情

和理想的導師。

15

汪詩也有李清照的影子。《剪不斷的情愫》等篇的文言用詞，以及節奏和用韻，就可見到。而狄金森的《多麼幸福的小石頭》：「多麼幸福的小石頭／獨自漫步大道旁／從不計較名利生涯／也不懼怕緊急事變／……」我們可以在汪詩中，找到近似的。

16

南方，近海外，改革、革新、革命，自古往往得風氣之先。汪是福建廈門人，就讀於廣州的暨南大學，更鄰近港澳，肯定受到影響。據當時在山東任中學語文老師的李愛英的悼念文章，說她千辛萬苦把汪詩介紹給學生，也遭扣上「誨淫誨盜」的帽子。汪詩的手抄本、油印本，給班主任查到，要沒收。這真出我意外。這是引導青年追求愛情和理想的、不涉政治的詩而已。看到這，我才知道，離開1976年許多年了，改革開放了，還是如此。

17

記起多年前我曾在西門菲沙大學（SFU）、長者學院任教，開了「新詩欣賞及寫作」的課，講到1920年，教育部頒令全國國民學校一、二年級的國文，從九月起，一律從文言改用白話。有一位年逾九十的女學員鄧友坤說：她1912年生，八歲那年在廣州的「培道」讀小學，就是那一年改讀白話文的。讀中學時，徐志摩的詩不能進學校，因為太浪漫。

18

汪國真這種詩能永恆嗎？它是「應世」的，但能「傳世」嗎？1990年是「汪國真年」，當年的青年現在都已成熟了，但還吸引著他們，不會淡忘。我想除了汪詩本身，主要是對自己青春期的懷舊，人總是懷舊的。我想到，「紅歌」，現在我們很多人還愛唱，早已知道是禍國害民的，反人性的。那同樣是集體回憶。而且，當時就只有這些，不唱「紅歌」，怎麼去憶苦思甜呢？除了懷舊，還有念舊。更有感恩。即使進了大學，甚至當了教授，你能不記掛小學時的啟蒙老師嗎？何況是指點過你迷津，指示過你前路的恩人？

19

等到這一代人過去了，又如何？也許這些詩是永恆的。因為總有一代一代未成熟的人來接班。幼稚園、小學課本總有市場的。也許相反，時代變了，其後的青年人的心態，不同於90年代的。我小學時的課本，和現在的，相同嗎？

20

這些給青嫩者勵志的詩，能永恆嗎？試從詩史看，留存下來的詩作，漢詩也好，唐詩也好，宋詞也好，有嗎？有多少？《詩經》有不少愛情詩，真切描畫了當時的情景、心境，藝術性高。並非空口、缺形象的哲思、「心靈雞湯」。

21

一定要永恆嗎？也不一定。能應世，也可以。汪詩實實在在慰藉也指導過迷茫的一代，自有不可磨滅的功勞。汪詩的社會功

能，大大的超過其藝術性。

22

我們這一代，都覺得現在的歌，難有好聽的。我唱歌愛唱三、四十年代周璇她們的，童年時聽慣的。當然也有懷舊心理，但其藝術性實在比現在的高。不過，這些老歌，是千千萬萬淘汰剩下來的，目前的新歌，未經淘汰。

23

我教書法時：學生喜歡學我的字。我禁止。親眼見到老師如何用筆，易學成。他們所見不多，還未會評鑑，以為老師天下第一。我一定要他們學古人的，那一體、那一家我都教。因為都經過幾百年、一二千年的篩選留下來的，證明是經典。我的呢，也許有幸永恆，也許不幸，與身同滅。

24

現時的青年愛唱現時的新歌，主因在其內容，寫出、唱出他們的心聲，有同感，共鳴。他們主要不是表演，而是發洩。藝術性高的，唱不來，太高的，連欣賞也欣賞不來。現在的歌很多只像講話、急口令，原因在此。這些，肯定不能永恆了。

25

所以如果汪詩藝術性太高，例如含蓄、岐義、多義、別有所指、哲理轉折深邃之類，就不會大受歡迎了。

26

有人認為汪詩太平白，不好；有人認為平白易解，好，古人也有，如白居易，也一樣成為大詩人。我想：像白的《賣炭翁》，平白，但有深刻的現實意義。「憤怒出詩人」，汪詩似乎缺乏整體社會現實的深度和關懷（當然更缺乏對世界的關懷），好像滿足於在個人與個人之間，獨善其身。當然不是說，詩人一定要開口國家，閉口民族，但心中應有整體的、客觀的、俯視的、遠矚的觀察，有自己的審斷和思想，才不會引到岐路去。

27

這些和社會環境、風氣的變遷有關。踏入90年代，相對於從70年代末到整個80年代的北島、舒婷、顧城、楊鍊他們的回顧歷史、干預現代對比，有很大的落差。如果80年代算是「大氣」的，90年代就是「小家」。

28

詩，是最高的語言藝術，詩人除了表達出內容、詩意，也要負起創造語言之責。

29

汪詩初起，在全國各地的大、中學生中瘋狂傳抄，詩集一出，動徹數十萬冊，上百萬冊。連盜版，約1800萬冊。是中國詩史上的記錄。我想到，聞一多的《紅燭》，自費，500冊而已。極大巫對極小巫。汪、聞的影響，如何比較？汪是影響了大量的大、中學生；而聞的，是影響了大量的詩人。聞相當於師範學院的教授，聞詩是教材，教出來的學生，要當老師去教人的。

30

詩的受歡迎程度，與讀者的生活體驗有關。杜甫詩，許多人，如中國現代大詩人馮至、已故香港社會活動家司徒華，都說，杜詩是在中年以後、尤其在抗戰以後，才懂得欣賞。那是指內容方面。

31

艾青，我是在中年以後才懂得欣賞，那是指形式方面。年輕時欣賞詩的藝術性是外在的音樂性之類。艾詩如散文，平白無華。如「雪落在中國的土地上／寒冷在封鎖著中國呀……」中年以後才感到是好句。

32

同樣平白如話的句子，艾青的就有深度得多了：艾青也好，白居易也好，平白裡面是有深意的。那些成熟的內容、永恆的內容，不會因年齡的增長而退減、失色，只會與日俱增。

33

正如欣賞書法，年輕時，一定只喜歡甜甜滑滑、整整齊齊的、表面漂亮的所謂「靚仔字」，成熟了，才會欣賞不整齊的、有內涵的、甚至粗豪、老辣的書法。兒童愛「可樂」，成人愛「咖啡」，老人愛「茶」。

34

據汪國真自述：從小字醜，論文作業還是請同學代抄。成名後常要簽名、題詞，於是苦練一年，每天練字一小時。先是歐

陽詢，再學王羲之、懷素，寫成像毛澤東的，被稱「毛體」，成書法家。他的書法作品常常被國家領導人外訪時，送贈外國領導人，作為禮物。我見過不少他的書法，有他自己拿著拍照的，應該自覺可以了。我以書法家的觀點看，根本不入流。以此向外國顯示，不但有辱國體，還有辱書法，有辱先賢。曾有人問他，他的書法價錢如何，他說賣過一件四尺全幅的，一萬多元。我想，買賣的不是書法，是名氣。

35

有稱他為「（20世紀）中國詩歌最後一個輝煌的詩人」，與他的書法作為外訪時國家禮物一樣，成為他最大成就之一。話說得太不慎重了，想他自己也不敢同意的。

36

「永恆」，一定需要嗎？現時的歌星：常常追求、炫耀賣出唱片多少張，所謂「黃金」、「白金」。與貝多芬比，又如何呢？古典音樂家屬全球性的，二、三百年前的，從發明錄音開始一直在賣，看來一直賣下去。若比數量，誰多誰少，難說。有一點可以肯定，古典大師的作品，一直有人演奏演唱，一直有聽眾，從二、三百年前就開始了。現在的歌曲、歌星，二、三百年後如何呢？

37

現在我們看杜甫，是大詩人、詩聖；唐詩兩個極峰之一。但老杜在生前直到死後的幾十年，被年輕人譏笑，被人看不起。他重友情，寫過不少詩、讚美他的詩友們的人和詩。他的詩友也寫

詩讚他，但只及其人，不讚其詩。唐人選唐詩，即唐詩選，照我所知有十種，其中九種，一首杜詩也不選。要死後也風光，只能靠你作品的藝術性。

38

日本人最喜歡白居易，也許因為白詩比較平白。對日本人來說，漢文到底是外文，還是平白的容易理解。

39

汪國真是聰明的。他走的是青年路線，寫得明白曉暢、押韻、因應時代所需、寫出青年心聲，肯定獲得最大量的讀者。習近平主席最近出席國際會議發言，也引用他的名句：「沒有比人更高的山／沒有比腳更長的路」。也許有一個中年「文膽」，就是汪的「粉絲」。

40

我有一個新移民朋友，要填補失去的思想信仰，就信了宗教。後來自立了，也不需要教友們的幫助了，就疏遠了所信的宗教。可能，青年人有了新的憑藉，會把勵志詩疏遠，還覺得這些是「賀卡詩」、「禮品詩」、「中學畢業紀念冊詩」，無實質、具體內容，與現實一對照就不符合，覺得只是青嫩時期虛假的樂觀。

41

藝術品以「雅俗共賞」為最理想，但很難達至。寧可「叫好不叫座」，還是「叫座不叫好」呢？你要藝術還是要受眾呢？

42

　　有的詩，反省歷史；有的詩，正視現在；有的詩，瞻望未來。有的，三點齊全；有的，只有兩點。有的，只有一點，例如：拋開沉重的歷史，不看殘酷的現實，望向美好的未來。

43

　　有人說：「國家說你是詩人，你就是詩人」，有人說：「人民說你是詩人，你就是詩人」。其實，人的分類，藝術的評級，是可以「公投」的嗎？

44

　　大陸的汪國真，一如台灣的席慕蓉，一直被當地詩歌界、評論界冷落。連傳統的、正統的、權威的《詩刊》，都拒用汪詩。汪只有一大群讀者、「粉絲」，沒有詩歌界的朋友。一定有人以為他們吃醋，我不同意。嚴肅藝術家不會無條件追求讀者、銷量。還要看那些讀者是那一個層次的。席詩流行於大陸，汪詩可能在台灣流行嗎？我看不可能。也許它只屬於那一個時期的那一兩輩人吧。

45

　　被讚，也要看是誰讚，是那一個層次的。記得中學時國文老師楊敬安先生，其師梁鼎芬是宣統的老師。小皇帝上課，少年的楊師站著旁聽。楊老師太有學問了（他曾向我們指出太史公司馬遷文筆上的缺點），我們讚他時，遭他訓斥：「你們，有甚麼資格讚我！」

46

藝術品與宣傳品有別。宣傳品但求其廣,起大作用;藝術品,包括文學,要思想性高,提升人的心靈。若思想性低、甚或沒有思想,不論音樂、舞蹈、雕塑、繪畫、攝影等等,只可以安慰心靈,讓人在煩擾中得到休息。如果完全沒有對現實的關懷、認知,只停留在技術層面,就可能淪為可以被任何人利用的工具了。

47

汪國真畢竟是聰明的,這類詩若繼續寫,也許無以為繼的。這些是屬於青年人的,他自己也是不斷成長的。後來他轉型了。這個轉身十分華麗、甚至輝煌,書法、國畫、舊體詩詞、作曲、當電視主持人,評論藝術。書法,不敢恭維;作曲,肯定他有成就。可惜老天沒有給他時間。他的詩,沒有值得我輩、30後的學習的地方,但他的知所進退、不斷努力、創新又闖新,這種精神,是值得所有年齡層的人學習的。

48

既然選擇了遠方
便只顧風雨兼程
既然目標是地平線
留給世界的只能是背影

2015年5月10日,加拿大烈治文。

靜思的春葉

——評葉靜欣詩文集《躲於時空裡的青春》

前言

　　葉靜欣，1986年生於廣東省江門市，澳門大學新聞及公共傳播系畢業，曾任記者，現居加拿大溫哥華。去年，海南省海口市「南海出版社」為她出版了處女詩文集《躲於時空裡的青春》，分四章：〈白日夢〉、〈因為愛情〉、〈異國是詩意與鄉愁〉、〈新的旅程〉。記錄的是一段青春的歷程，從2007年6月至2012年12月，歷時五年半，地跨澳門、江門、北京、溫哥華。她比許多同代人幸運，能到澳門求學。書中她說：「完全不一樣的生活體驗。在東西方文化的碰撞下，我慢慢地成為了一個愛幻想、愛思考的女生。自然的、生活的、文藝的許多東西都能讓我浮想聯翩。」

詩與文

　　這是葉靜欣的第一本書。一般說來，詩文合集總給人內容不足夠的感覺。詩，不足以成書；文，也不足以成書。見到封面，我也有這個預感。但全讀後，才覺得她這樣編排反而是最好的。

全書雖然分成四章，但全部69題（詩57題，文12題），只依循寫作日期先後順序排列，沒有作任何調動，真實記錄感情發展的全過程。

雖然詩、文夾雜，但沒有感到不順、突兀。因為她這些詩和文的風格是一致的，這與一些人的詩與文風格迥異不同。其詩，如散文的流暢；其文，都含有詩意。兩者的主要區別，只在格式。誇張點說，如果把這些詩連起來不分行，加上標點，就成了文。把這些文分行來寫，就成了詩了。也可以說其詩，類「散文詩」，其文，類「詩散文」。

有些人強調，要如何如何才算是詩，才算是散文詩，詩與散文截然有別，譏笑一些詩是「散文分行」。其實許多散文也有詩情、詩意。詩情詩意的多寡，才是決定因素。古人的詩沒有分行，不失為詩。而且，含詩情、詩意多少才能算是詩呢？沒有準則，也無法檢定。現代的文學體裁常常混和、混融，有的詩像散文像小說，有的小說像散文像詩。其實，文學所重應是內容而非形式，更非格式。

一般人認為，詩比散文在更高的層次，於是有人把缺乏詩情詩意的散文寫成詩的格式，沒有理會詩情詩意是否豐足。葉靜欣這樣的詩文混合，可見她忠實於自己的感情，也忠誠於自己的讀者。

觀察與觸覺

葉靜欣愛攝影、彈鋼琴、繪油畫，也就是愛藝術，包括視覺的和聽覺的（書中部份插畫是她自繪）。她也愛天文、愛植物，對花草樹木有深刻的認識。這在詩中可以窺見。這就和許多只愛

文學、只愛文字,只愛社會,不懂藝術,對大自然不感興趣、沒有認識的詩人,有很大的區別。愛視覺藝術與大自然、尤其是植物和天文的人,偏向於靜。只有靜,才讓人有細膩的觀察、敏銳的觸覺,從而產生豐富的聯想和想像,甚至發現哲理。愛藝術與大自然,能導致所寫的詩文更有畫意,更有形象和聲音,更美,而非乾巴巴的從文字到文字的邏輯。到底,正常的情與理,都源自觀察現實、客觀世界。憑空的胡思亂想、文字遊戲,只能是沒有根源的偽情、偽理。本文列舉她的詩的片斷,以為例證。

〈飛蛾〉:「一隻生命已經枯竭的飛蛾⋯⋯/就像是自然鑲嵌在窗框的鐵鏽花紋/我不知道它已死去/用紙輕輕一撥讓它飛走/不料它竟化作了一陣輕煙/我從未見過生命消散得如此淒美⋯⋯/飛蛾比人幸福/它們朝生暮死來不及傷感/時間只夠它感受世界⋯⋯」

〈銀河裡的船〉:「照在玻璃窗上的燈光會變成金色的星星。/玻璃窗外的海,/游來了一隻船,⋯⋯玻璃窗裡的我,/看見了一隻暢游在銀河裡的船,/玻璃窗外的船,/卻不知道海上已是滿天繁星。」

〈冬天的最後一場雪〉:「原來,下雪的夜晚,天空會帶出橘黃色的亮光,跟街上的路燈和屋子裡的燈火一樣,整個世界都籠罩著同一種顏色,是讓人感覺明亮溫暖的顏色。」

聯想與想像

〈世界的另一個我〉:「我注視著她,/她也注視著我。/我的第六感告訴我,/她此刻有著與我相同的心情。」「仿佛遇見了世界的另一個我。」「她向著日落的方向走,/我向著日出

的方向走，／我們踩著相同的腳印，／她闖進了我的路。」

在〈天才與白癡〉詩中，她在觀看了「達文西發明展」後，知道這個藝術與科學的全面天才，是個同性戀和戀母癖，她說：「在大腦理性那邊，／他應該多了一根筋，／才會想到平常人想不到的東西。／而在大腦感情的那邊，／他是少了一根筋，／以至於不能和常人有同樣的情感。」

〈白月光與百葉窗〉：「詩意的影像重疊／給我不眠之夜的被子上／畫上了一件囚衣」

像這些聯想與想像，應該是對現實環境細緻觀察與靜心靜思所得。

敘事與說理

葉靜欣的詩，有不少是敘事、推理以至哲理的。唐詩重情，入宋，題材擴大，常敘事、說理。當然，詩基本就是重情的，但現在不少詩人過份強調這一點，不接受新詩的敘事和說理。其實，縱觀古今中外大詩人之作，敘事說理常常是不避的。我以為，在敘事中有深情，說理有情為根本，就可以了。不要忘了傳統的中國詩論，「比」「興」之前，還有一個「賦」。否則就同於畫牢自限，詩境無法擴張。

〈嬰與老〉寫同時見到一個嬰兒和老人，一個迎接「充滿希望的世界」，一個「病痛死亡的逼近」，詩末結語是「嬰兒也會變成老人」，「既然抓不住永恆，／只有把每一天過好，／才能把握自己的有限的生命。」這是積極樂觀務實的人生。

〈小鞋子〉：「魯迅先生說：’世界上本沒有路，／只是走路的人多了，也就成了路。’按推理：世界上本沒有鞋，／只

是走路的人多了，也就有了鞋。」（韓牧按：若把「只是走路的人多了」改為「只是人走路多了」，似更貼切）。詩末說：「幾百年以後……／鞋呢？按推理有兩種可能：／一、世界上已沒有鞋，／因為沒有人需要走路。／二、鞋成了路的叛徒而繼續大紅大紫，／但它不再有走路的功能了。」

〈秋的黃昏〉是比較妙的，作者正年青，卻瞻前顧後，想到別人的童年和老年。「秋和黃昏似乎有著點點曖昧的關係／秋天是一年中的四份之三／黃昏也是一天中的四份之三／而我正在它們的加法中幻想著未來／有的人的人生才剛剛開始／有些人已經用去了大半生／而幸運的是　我的人生／還剩下四份之三」

社會現實

〈青洲〉一詩，描寫澳門一個貧民窟，可見她也關心社會的底層：「我仿佛聽到了古老的土地，／講述著一個沉甸甸的故事。」「很快，這個地方就會被拆遷重建成商業區，／這裡的人與故事也會……消失得無影無蹤嗎？」年輕的她，竟然回想著青洲的過去，關注著青洲的現在，也惋惜著它的未來，「在歷史的長河中消失」，這相信和她新聞傳播的專業有關吧？

從〈天台的夜〉一詩，可知她對天文有興趣。詩中說從小希望擁有一個天台，「因為天台是離天空最近的地方，／每晚可以在那裡看星星，／沒有星星的時候便數數鄰居的燈火。」愛天文的詩人，是有比較廣闊的心胸和豐富的幻想的，或許從這首詩可以印證。詩末說：「澳門這個不夜城，／連天空都染上色彩，／這樣的夜晚表面繁華，／內心卻寂寞。」

〈寂寞〉一首值得留意，看來可以作為葉靜欣的代表作。這詩簡明卻詳盡，真切寫出當今一個新出現的典型。「每天看著電腦」、「等待著QQ和MSN」、「開著手機」、「在房間上網／然後大廳開著電視」、「夜深人靜的時候會看電視、電影；／上下班的路上也會聽MP3。」「盡量不讓自己閒著，／讓自己的大腦不斷地接受信息」。

這詩寫出了目前一般青年的典型（也不限於青年），只不斷地接受信息，無關重要、芝麻綠豆雞毛蒜皮的信息，只被動吸收，失去主動力、創造力。這詩真實描述這可憐的一代，具有深刻的社會現實意義。從它的真切，應該也是作者自身的體驗，詩末說：「盡管我們不願意承認，／寂寞的確是一件很可怕的事。」可見她自己是覺悟的。

純真的愛情

詩文集的第二章名〈因為愛情〉，最短，只有文四篇，詩三首，文多於詩，與其它幾章不同。讀後的印象是：這是從網戀發展到異地戀的實錄，把自己的心理狀態，刻劃得極為細膩纏綿，也無法分辨它是甜蜜的單思還是甜蜜的相思，也許是混合體。這〈因為愛情〉，較其它幾章都更為純真坦率。一般說，文較直露，詩會修飾，也許是一個原因。

〈初相遇〉寫她初到北京的第一天，「這個城市真的很大，也很陌生。而你所在的城市又是怎樣的呢？我暫時沒有任何方式來聯繫你，不知道你有沒有在找我呢，這個甜蜜的壞念頭。我想告訴你，我在這裡。你聽見了嗎？那是我心裡的聲音。思緒冷靜下來，你一定會聽到的。我們才認識幾天就要迎來分別。但是，

我身在何地和你又有甚麼相干呢？我們跟本不曾相見，但又何來分別。對於我來講，你就像這諾大的北京城，是全新的陌生的。我不想讓你看見我心中隱藏的不安和脆弱，其實，期待與恐懼就像黑夜一樣，同時籠罩著我。」

〈愛〉：「你也許不只一次誤入了我的世界，而我世界裡的那一扇窗正好為你開著。我們並不相關，也沒有任何目的。相遇注定是美麗的，然而，不可預知的相遇更加美麗。」

〈一汪湖水〉：「當你輕輕的一聲呼喚　把我驚醒／我注意的不再是那一汪湖水　而是你的眼睛／不　我沒有醒／我的宇宙　就是你的眼睛」

妙想與妙句

書中有一些妙想和妙句，難以歸類，錄下以供欣賞：

〈郵差〉：「兩個點加上一個郵差變成了一條線。／郵差是這個故事的主角，要是信沒有和郵差相遇的話，／它只能永遠成為寄信人的秘密。」

〈三年一覺櫻花夢〉：「這裡的櫻花實在太多，你會發現，不是你在看櫻花，而是櫻花在看你。」「只是，遠渡自東方的櫻花，還是帶著那麼點漂泊他鄉的意味，就像這裡的移民一樣。」

〈候鳥〉：「候鳥會累　會迷路／那不是一片自由的天空／那是一片思念的汪洋」

〈白月光與百葉窗〉：「青春逃不過歲月／遊子逃不過故鄉／一片明亮晶瑩的月光／面前有一扇百葉窗」。

行文與遣詞

葉靜欣的文字，可說是表達準確清晰，相信與她新聞及公共傳播的專業訓練有關。她年輕，卻沒有許多年輕人模仿高深、模仿晦澀之習，即使寫到朦朧的夢境，其表達也是清楚的。正如優秀的話劇演員，台詞是耳語，也做到劇院最後一行的觀眾也聽得清楚。

她生長於中國大陸，卻完全沒有沾染到「古典加民歌」的陋習，連「五四」傳統寫法也罕見。這也許與她年輕有關，畢竟離開那些時代太遠了。

我在她的詩中窺見，她喜愛的前輩詩人，或許有戴望舒和卞之琳兩位。〈紫夢〉詩中說：「她是有著丁香花一樣的溫柔／丁香花一樣的安靜，」就讓我聯想起戴望舒的〈雨巷〉。但她沒有因循著戴詩，反而唱對台戲。「那不是一條悠長悠長又寂寥的雨巷／那是一個紫色的夢／像丁香花一樣的」。在〈微型咖啡屋〉詩中說：「喝咖啡的人一邊喝著咖啡，／一邊觀看著街上的行人與車，」「街上的行人與車，／也把喝咖啡的人當作玻璃窗上的風景。」我聯想到卞之琳的〈斷章〉。戴詩和卞詩，正是最好的學習、參考對象。

中文系出身的年輕人，對古典詩詞有較深的喜愛和認識，往往有意無意會在作品中露一手，甚至模仿、抄襲一兩句古典詩詞，或者把古人的詩句改寫、引伸，其實這些都不及原作的可貴。葉靜欣不是出身中文系，詩中不見古典詩詞的痕跡，我猜她對古典文學的認識也不會特別深，想要炫耀也沒有條件，反而值得慶幸，因為都是原創，所倚仗、依據的是自己對現實觀察後

的實感和真情。不過，寫的雖然是新詩，古典文學、古典詩詞是值得、也應該學習的。學習其技法，學習其精鍊、精密、精緻。參考其聲調、節奏。當然不可沉溺其中而犯上述毛病，甚至戀舊棄新。

到底寫的是詩，文字應盡量精確簡潔。精確，她是做到了。簡潔，還有進步空間。詩有含蓄之美，不應事事說盡，應有留白，才能讓人有想像、引伸的餘地，甚至讓不同的讀者有不同的解讀，擴大詩境。

此外，書中有些詩應分節而沒有分節，或分節太少。新詩的分行，除了表示這一行的分量已足，還讓讀者稍作停頓，而詩的分節，更是讓讀者能有稍事休息的時間，從而可以咀嚼一下詩意，可以思考。這與畫展廳中畫作之間要留空間，道理相同。

還有一點是語法的歐化。近幾十年來，中文出現不良的歐化。作者可分兩類：懂外文的和不懂外文的。前者又分兩種情況：一些人外文好，中文也好，自覺的將外文的優秀處融入中文，這是最理想的。另一些人是中文不很好，無意間摻雜了外文的語法。不懂外文的，寫純粹的中文，沒有受歐化（不論良的和不良的）影響，那也不錯、很好。壞在另一些人模仿不良的翻譯，或可稱為「二度模仿」，那就寫出壞中文來。

在葉靜欣這本書的詩中，有下列五、六個長句子：「每個階層的市民都可以為列車的車身及內部設計圖案」，「它並不用奶和糖美化自己來迎合多數人的口味」，「發現了一個掛在鐵絲網上的長滿鐵繡的信箱」，「我每次經過新馬路都習慣性地去北京餃子店」，「本應是天氣清爽的秋天卻是一個梅雨季節的開始／這跟相距半個地球的中國南方可謂是南轅北轍了」，每行有二十個字左右。細細斟酌，雖然不能說是不良的歐化，但漢語習慣短

句，尤其是詩，其實是可以恰當地分行斷開，或者行中斷開，稍停一停。

以前的詩，不論中外，都是適合朗讀、朗誦的，詩本來就是口傳耳的。現代的詩，因為內容複雜、轉折，或歐化，就多了長句子，往往只適合閱讀、默讀，聽是聽不明白的。我以為最理想是既宜於「閱」，也宜於「聽」，那麼長句子就要少用。反正，人家朗讀、朗誦時，也一定會適當停頓換氣，倒不如作者寫作時先行安排。當然，因為營造氣氛等原因而用長句子，要一氣呵成，例外。

還有是時態的歐化，也許新聞傳播對時間要求準確，詩中偶然出現一些準確卻累贅的動詞，如「躺在了」「死在了」「藏在了」「曬在了」「融化在了」等。我認為，依漢語習慣，「了」字都可省去。

餘論

縱觀這本《躲在時空裡的青春》，對現實世界觀察細緻，感情純真自然，情理平衡，有意外的推理和想像，道人所未道。它如實的、詳盡的、清晰的記錄了作者的一段青春。

青春也是要長大的，人成熟時，觀察面一定趨於廣闊，對現實的瞭解一定趨於深入，所寫一定有所擴大。隨著內容的豐富，相應的手法、技巧也會漸形多采。同時，天真、童心，很可能就減少，天真、童心，又似乎是詩人不可或缺的。這是一個要克服、但難以克服的矛盾。面對繁雜、煩擾的人事、世事，也很容易失去自然和細緻。希望她在成熟的同時，保持天真、童心和直觀直覺，二者得到平衡。

從此書的表現估計，作者沒有看過太多的詩論，這也有好處。因為一些詩論似模似樣，迷人，卻不一定正確。最好的詩論也只是詩人個人實踐的總結，一家之言，不是放之四海、四時而皆準的。如果論者不是詩人，無實踐經驗，只是從理論到理論的，都不可信。假設，一群青年盲從著一個理論，那會導致向同一個方向走，寫成的作品會是近似的。

　　新詩不同於舊詩，並無詩律，任人自由發揮、創新。隨環境、心境的改而變化，因而姿采紛呈，因應自身的條件、特點，每個詩人都有自己的、與別人不同的追求目標。

　　書聖王羲之的字美極，學得七成已稱大家。千多年來，無數人爭相臨寫，直到老死跳不出來的書法家數以萬計。我認為，只用眼客觀、欣賞、評鑑，手不跟隨，避免沉醉其中，才有可能成就自己的風格。

　　盡量發掘、發現自己所長，別人不熟悉的，別人沒有的，就是、才是你的特點，文學藝術，有特點才能自成一家，才是詩家、藝術家。

　　2015年12月，加拿大烈治文，環保多元角，燈下。

愛國・憂民・憐親

——金苗、鍾夏田詩集《鮮花集》讀後

前言

　　一束鮮花，從熱帶的馬來西亞，到達漫天風雪、群芳落盡的加拿大，投進我家門前的信箱。那是金苗、鍾夏田寄來的《鮮花集》。鮮花給人的印象是美麗、芬芳、溫馨，但翻開草草一看，透出的卻是愛國憂民的情緒，近乎陽剛之氣。

　　為何以《鮮花集》為名呢？我隨即想到，金苗的第一本詩集叫《嫩葉集》，第二本叫《蓓蕾集》，可見他的謙遜，這第三本就叫《鮮花集》，以示詩藝循序漸進吧。這是他的三部曲。2012年，他在停筆三十年後，宣佈「我要歸隊」，重拾詩筆，自此創作旺盛。可以預期，不久還有第四部曲，也許名為《美果集》吧。

　　1975年，他的處女作《嫩葉集》出版，即時引來一場所謂「是詩？非詩？」的文學大論爭，我身在香港，也被牽涉其中。這件事，我在去冬首次到訪馬來西亞、初見金苗時，曾寫詩一首記述其事，詩題就叫〈金苗〉：

　　「自助餐時一位老者坐在我身旁／交換名片　「金苗」／我大驚失色／四十多年前互相欣賞／以為此生無緣見面了／／金苗

出了本詩集／評論家陳雪風苛評是「非詩」／金苗立刻寫詩反駁／詩中引我詩句作辯／／由此　引起馬華文學史上／

　　一場激烈又持久的論爭／／我在香港／收到一本《是詩？非詩論爭輯》／才知道此事　心中有一句話：／「陳雪風不懂詩」／／金苗兄　對不起／我這句話／四十多年後的現在／才讓你聽到」。

　　鍾夏田至今未見面，但神交已四十多年了，他一直任職於馬來西亞《南洋商報》，編者以至主筆。他主編〈讀者文藝〉版時，我曾多次投稿。我1979年冬喪妻，在回魂夜寫成長詩《回魂夜》，孟沙兄經港時我借給他看。後來在《南洋商報》給連載發表了，相信也是經鍾兄的手刊出，那是約四十年前的事了。我曾讀過他的散文、雜文，那是在他寄贈的著作中的，但一直未見其詩，他也不以詩名。現在才知道，原來他早歲在台灣大學就讀農科時，已開始寫作新詩了。

　　翻開《鮮花集》，鍾夏田給我第一印象是寫社會詩的。實際上他也有愛國詩、親情詩、生活小詩。其實，關心本國政治、社會，也就是愛國的具體表現。因此，他與金苗一樣，獲稱為「愛國詩人」是當之無愧的。

　　一本《鮮花集》有作者兩位，本文如何能用一個總題涵括？花我腦筋。好在，雖然金、鍾兩位的詩風大異，但主題還是近似的。主要是愛國、憂民。同時，金苗有一首悼妻的〈人間天上〉，鍾夏田有一首〈勵妻詞〉，都寫得絕佳。本文用〈愛國‧憂民‧憐親〉為題，想來也是貼切的。

金苗篇

1. 愛國感情

　　不涉及移民的人，從出生到老死，都只在一個國家裡，那國家就是他的祖國，愛國就指愛這個國家。而移民，不論第一代還是第二、三代、及其後代，就有兩個國家：祖籍國和入籍國（或稱所在國）。金苗對自己土生土長在馬來西亞，十分自豪，在〈祖國，我愛你〉中：

> 我是馬來西亞的
> 堂堂正正的主人
> 我是你的子民
> 你是我親愛的母親
> 我不是移民
> 日月星辰可以見證
> 你和你的心知道

　　就因為這自豪感，他寫下不少愛國的詩篇，如〈這片國土是我們的〉：「從西海岸到東海岸／從玻璃市到沙巴／這片國土是我們的……／它的命運／它的前途／由我們奮鬥／由我們創造……／我們誓言／捍衛這片國土的完整／讓這片國土更加自由……」。

　　又如〈祖國，我愛你〉：「祖國　我愛你／我知道／你也愛我／／我生長在這片土地上／我奉獻青春在這片土地上／這土地的芬芳／任何國家的土地／都比不上／／我不愛泰晤士河／它不

會愛我／我不愛富士山／它也不會愛我／我愛彭亨河／我愛大漢山／彭亨河是我的／大漢山是我的」。

從詩句「祖國　我愛你／我知道／你也愛我」，令人不禁想起剛逝世的中國名詩人白樺的名句：「你愛祖國，祖國愛你嗎？」在民主的、公民有投票權的馬來西亞，人民是真正的主人，所以他說得出「我知道／你也愛我」。詩中把日本、英國的山河來與馬來西亞的山河比較，很主觀，卻是合情合理的。

2. 所謂「祖國」

詩集中，最引起我注意的，是「祖國」一詞。從字面、或一般的理解，是祖輩的國、祖籍的國。對沒有移民關係的人，當然是指他所屬的唯一的國家。但對移民來說，不論是第一代、或者第二、三代或以上，據血統，應指與他的所在國、即入籍國相對的祖籍國。但在金苗詩中，「祖國」一詞專指馬來西亞，也就是我們所說的所在國、入籍國了。他的詩題，就有〈我愛祖國的清晨〉、〈祖國，我愛你〉、〈我的祖國，你是不是真的醒了？〉諸首。而在詩句中，「祖國」一詞就太多了：在〈我的夢裡有你的夢〉，有「為了祖國的明天」；在〈你的心‧他的心‧我的心〉，有「我們的祖國是同一個」；在〈森林是我們的家園〉，有「在祖國的藍天上」、「在祖國的藍天白雲下」；在〈我們愛大紅花〉，有「它是祖國的鮮花」、「祖國的江山無比秀麗／祖國的人民和睦相處」；在〈訊息〉，有「我的祖國在這裡」；在〈鮮花開在國家體育館〉，有「熱愛祖國馬來西亞」；在〈詩陣裡的清香〉，有「你最愛的是祖國和人民」；在〈遙遠的光明〉，有「祖國卻虧待他」；在〈醉詩之二〉，有「祖國的命運誰掌握」；在〈醉詩之五〉，有「共飲祖國的山河／祖國愁眉不

展」；在〈微笑・微笑〉，有「我深愛著祖國……都是為了祖國的明天……祖國不會亡」；在〈我們可以有春天〉，有「熱愛祖國不分彼此」。如此看來，金苗是開口不離祖國的。

我知道有的人，例如我的新加坡華裔文友，稱新加坡為「我國」，這合情理。從字面看，如果稱入籍國為祖國，那麼祖籍國的中國，又稱甚麼呢？相信就直接稱「中國」，畢竟那是一個外國。由此可見，他們深深的融入了入籍國，他們把「中國」排除在「愛國」範圍之外。雖然血統是華裔，文化是中華，關係就只是這一種關連，與「國」無關。

我自己是華裔加拿大人，不免常常將華裔加拿大人與南洋諸國的華裔公民比較。再且，英裔、法裔加拿大人，尤其是第一代的，自然會愛英國文化、法國文化。只能希望他們首先愛加拿大這一個國家，沒有理由要求他們以至其後代，愛英國、愛法國的。

金苗對日本、英國的山水如此，對祖籍國中國的山水又如何呢？在〈訊息〉中，他說：

我的祖國在這裡
我的故鄉在這裡
我的父母葬身在這裡
我的孫子生活在這裡……
我心愛的河不是黃河
我心愛的河是彭亨河
我心愛的江不是長江
我心愛的江是拉讓江
我心愛的山不是黃山

我心愛的山是大漢山⋯⋯

我不是過客　不是寄居者

　更不是入侵者

我是主人

　　這些詩句，我們加拿大的華裔詩人是寫不出來的，原因是沒有這種感情。甚至想不到有華裔會這樣寫的。他們許多人愛的仍然是黃河，長江、黃山。加拿大有些甚麼大河、大山，恐怕連名字都說不出來。他們有的是「過客」，自稱「旅加」；有的是「寄居者」，自稱「中國人」；有的竟然是「入侵者」。我的拙詩〈最宜居住的城市〉、〈Hello消失〉、〈露出尾巴兩女性〉、〈初嚐湘菜〉、〈中國式甜豆〉、〈同胞互辱記〉、〈帶來的民族主義〉、〈新型殖民地〉、〈2016年加拿大的「政治正確」〉、〈2018年烈治文市選事〉等，就是描述華裔移民夾帶著中華文化中的糟粕，入侵加拿大。

3. 身份認同與各族和諧

　　在多民族的國家，像馬來西亞、加拿大，身份認同與各族和諧很重要。在金苗的詩中，多有述及。如〈你的心，他的心，我的心〉：「你是馬來人／他是印度人／我是華人／你有你的他有他的／我有我的樣貌和膚色／⋯⋯／你的祖宗來自半島的北方／他的祖宗來自恆河流域／我的祖宗來自黃河兩岸／找生活是共同的目標／尋世外桃源是大家的夢想／⋯⋯／這岸有馬六甲海峽風平浪靜／那岸有南中國海洶湧澎湃／⋯⋯年輕的馬來西亞／這片美麗的國土／是你的是他的／也是我的」。

　　在〈我們可以有春天〉中，金苗更進一步，寫到「熱帶地

方/沒有四季之分」,因而羨慕「溫帶地方的春天景象」,他所謂的「人造春天」,就是各民族不分彼此,互相融合的理想。想像得很妙:

「當我不再是華人/你不再是馬來人/他不再是印度人/他們不再是少數民族/當我們大家都自豪地/向世人宣佈/我們都是馬來西亞人/我們都是兄弟姐妹/當這一天降臨/我們這裡就有了春天」,「人造的春天幾時到來/……/我們和我們的後代/都會耐心地追尋和等待」,這些,都是值得華裔加拿大人深思、學習的。

4.「美」之外的「刺」

傳統中國詩學,可分美、刺兩種。美是讚美,刺是批評、以至諷刺。任何一個國家都不會是完美的。在民主國家,批評政府是公民的基本責任,有監督才有進步。讚美政府,不會對國家有多大好處。非民主國家無言論自由,只有讚美的自由,「歌德派」一派獨大,一花獨放。馬來西亞是個民主國家,據我所見有限的馬華詩歌,就有不少關心政治,描述選舉活動,以至參與活動,提出主張。反觀加華詩歌,關心本國政治、涉及選舉活動的,鳳毛麟角。其實,在加拿大,不少加華詩人是關心政治、關心社會的,但卻只限於關心中國的政治、社會,而且也只是在好友之間的口頭上。而公開、以及宣之於筆墨文字的,基本沒有。亞洲的一些大小國家,沒有充份的言論、寫作自由,我們除了同情那裡的詩人,也無話可說。個別有言論、寫作自由的民主國家,也難得見到詩人批評所在國的,只見到對祖籍國一味寫讚美詩,完全沒有批評。其實對兩個國家都無實質的好處。相反在加拿大,華裔詩人對祖籍國沒有讚美,一味口誅,卻無筆伐。這分

處兩極的奇怪現象，原因也許不太複雜，倒是值得學者研究。

這樣看來，馬華詩人的表現，對所在國讚彈兼備，讓我肅然起敬。很少見到他們對祖籍國的評論，誇張點說好像漠不關心。這難怪，他們把感情都放到自己切身的國家，其次才放到國外，作為地球村的村民，也關心到外國，但祖籍國只屬外國之一，何況，這不是他們的責任。責任應該由祖籍國的國民自己負擔。

從金苗的詩可見，雖然好像一味抒情，倒不是對其國家純然讚美。例如〈我的祖國，你是不是真心醒了？〉：「我的祖國，你是不是真心醒了？／⋯⋯／你難道／沒有察覺人民的不平／⋯⋯／我們是熱愛你的子民／你卻傷透了我們的心／⋯⋯／如果只是個幌子／只是個假象／只是逢場作戲／騙取我們頃刻的歡心」

〈我們愛大紅花〉：「他們那一撮人／毒害了我們的環境／污染了我們的土地／⋯⋯／他們口口聲聲說愛國／所言所為皆是禍國殃民」。〈祖國，我愛你〉：「是誰明目張膽／口出狂言無倫次／是誰光天化日／膚淺幼稚無法無天／把民權和民主／踐踏在腳下」，「我瞭解你的痛苦／你很不快樂／不肖子昧沒良知／叛逆子裝瘋扮傻／刺傷你的心」。〈序詩〉：「逾五十年的醬缸　腐臭無比／泥足深陷　無藥可救／砸破它　不必手下留情／免得無辜百姓盡遭殃／我們都作著／同一個夢／期待革新的／光明的那一天到來」。

以上這些，也許因為金苗是個儒雅斯文的謙謙君子，又是老師校長的身份，雖然詩中大量用入最嚴厲的四字成語，但我們局外人，總覺得沒有罵到入肉、入骨。相信主因是：雖然所罵一定有具體實指事件，但我們是國外的人，不在當時當地，完全不知道何所指，於是感到虛而不實。如果能在詩中透露一些實事，就

會讓我們外人也獲得感受了。

5. 對兩個國家的態度

移民所屬的國家有兩個：所在國和祖籍國。移民（包括其後代，下同），對這兩個國家的態度如何（對第一代移民言，有點像生母與養母，或娘家與夫家），探討一下，是很有趣味的。馬華移民與加華移民心態的異同，在華文詩中可以發現，前者已融入所在國，以主人身份，關心政治，關心社會，關心國家；以所在國為祖國，以中國為外國。因為先輩有爭取「華教」可歌可泣的艱苦歷史，其後代一樣承傳了中華文化。雖然承傳了中華文化，但並不因此而認同是中國人，文化歸文化，國籍歸國籍，他們分清。再說，如果沒分清，就是壞事了，身在胡，心在漢，對自己是分裂，對國家是不忠，不忠之至易成「臥底」、奸細、叛徒，甚至不自知。

加華移民許多沒有融入所在國。對加拿大的政治、社會，漠不關心。許多人以中國為祖國而以加拿大為外國，常常掛在口上的是「異國他鄉」，自稱為「旅加詩人」、「旅加作家」，回加拿大不叫「回國」，回中國才叫「回國」。「華教」方面，加華移民所面對的客觀環境，比馬華移民好得太多了，但由於主觀努力不足、放棄，下一兩代能傳承中華文化的甚少，華裔詩人、作家的下一兩代，絕大多數不會看、看不懂父母的作品。不過，這倒讓他們很自然的就融入社會、融入加拿大，以加拿大為祖國，可惜這些華裔的加拿大公民，沒有多一種文化，缺乏中華文化，無英裔無異。

對國的認同與對文化的認同的關係，是複雜的。加華移民，尤其是早年曾受不公平對待的老輩移民，雖然早已入籍為加國公

民，由於對中華文化、山川的深厚感情，會不自覺的滑到愛祖籍國、再滑到愛政府、愛政黨，大大高於愛加拿大。心胸不廣的國家、政府，總歡迎任何人愛它甚於愛其它，以增強自己的力量。那些移民，沒有理解到文化、山川，與國家、政府，政黨的分別，是愚昧的、可悲的。

6. 關於中國的詩

反觀金苗的詩，本身無可置疑就是中華文化，是世界華文詩世界中一個組成部份，但詩中看不到愛中國的表現。也許是他已經把他的愛，毫不保留的全部給予其祖國馬來西亞。詩集中有一首關於中國的詩，刊於中國《牡丹園詩刊》「釣魚島號」的〈釣魚島的話〉：「我是屬於你的／全世界都知道／星星月亮太陽都可以作證」，「兩岸三地的同胞啊／團結起來心連心／別讓他有機可乘」。雖然詩人與中國的看法相同，卻是以第三者的、馬來西亞人的身份說的話。

對中國人的描述又如何呢？〈葡萄成熟了〉：「你從遙遠的寶島／獻我一個極珍貴的禮物」。〈我們有緣〉：「你們的祖先／我們的祖先／曾經共同生活在／一片廣闊的秋海棠……你們生長在中國／我們植根在馬來西亞／你們擁有長江黃河／我們擁有拉讓江和彭亨河」。〈在高原上〉：「從台灣來的／從香港來的／從新加坡來的……／關懷沒有地域／祝福不分國界」。〈心靈交響曲〉：「我從南方來／懷抱熾熱的心／你長住北方／持續追尋夢想」。還有一首〈這就是詩〉，引用了中國詩人艾青和韓牧的詩句。

雖然同文同種，卻是站在中國的外國的立場。與一些加華詩人，以及東南亞一些華裔詩人，不論是對中國只顧批評，或一味

讚美，都不自覺的滑到中國、中國人的立場，是不同的。他們既有這種表現，可見，對所在國沒有忠誠，更沒有貢獻。

　　有些加華詩人認為，寫詩，只是詩人自己的自由抒發，不應想到有何使命，向誰貢獻。當然，在民主國家，寫甚麼詩，有絕對的自由，可以只談風花雪月，不涉社會。但若從道德層次看，你的一切公民權利、包括你的寫作自由，是這個民主國家給你的，保護的，你一點回應都沒有，那就只好問自己的良心了。

7. 親情與友情

　　記得1975年，金苗的《嫩葉集》出版後，即遭評論家惡評，其中一項是他為自己的女兒寫了很多首詩。我很詫異，表達親情也有罪嗎？南洋也有這麼左嗎？《鮮花集》卷首詩〈人間天上——悼念亡妻〉共二十節，每節八行或十行，是親情詩的巨製，與他宏壯響亮的愛國詩風格大異。它真實而細緻描畫了與愛妻的生活點滴，看似平凡，其實想得深入，因為情深。我們清楚見到他倆從相識開始，一直幾十年的愛情生活、家庭生活。那些平白無華的追憶文字，實在令人感動。例如：

　　「你的離去何其匆匆／誰都不曾意料／只兩個月的時間／就給可惡的病魔噬走」

　　「昨晚是回魂夜／我多麼渴望和期待／守在睡房不眠／默默地咀嚼憂傷／等你回來相見」

　　「從此我不再會／接到你打來的電話／叫我幾時去載你回家／或告訴我你在哪裡等候／我也不會再／牽著你溫暖的手／一起到市場買菜用餐／一起去出席古典音樂會」

　　「那段日子最難忘最貼心／我與你相隔三百多公里／相思之苦天知地知／我們約好每天／都給對方寫一封信」

「五十年的共同生活／一瞬間就畫上休止符／多麼像昨天才開始／今日就結束」

愛侶遽然離去，當然依戀不捨，深情的人會事先考慮誰先走的問題。

「在一個夜深人靜的時刻／你曾經對我說／最好我們一起離去／那該是多麼幸福的事啊／如果不能　你要我先走／你要照顧我到最後一天」

「我答應你　我先走／當時你多麼開心／如今想起　我多麼殘忍／我先走留下你／你必須承受一切痛楚／背負更重的責任／我現在所經歷的煎熬／怎能狠心讓你獨自承擔」

考慮誰先走的問題，就是考慮到別讓對方受苦，那是愛對方甚於愛自己的深情表現。死亡是不能避免的，深情的人總希望愛情延續不死，於是寄望來生。

「若有來生／我願讓你牽著我的小手／站在鵲橋上／以它為見證／許下我倆的愛情宣言……／這是五十年前你寫下的盟約……請你在那橋上等候／我一定來赴約」

金苗伉儷的愛情，有一點是浪漫、奇美得難以想像的：「你還記得嗎？我們的愛情／是從來世開始／那一天　我們還是普通朋友／我問你　如果有來世的話／你願意嫁我嗎？／你泛紅了臉說願意／經過一段時日　各住一方／以書信聯繫　交往／不久後我再問你　今生呢／你也回答說願意」

只有多情的詩人才想得到，做得出。今生是否共同生活還沒

定實，就先想到來生。，這樣打破時空的限制，正所謂地老天荒不了情了。

這首長詩〈人間天上——悼念亡妻〉，堪稱金苗的代表作。這讓人聯想到，約四十年前，同樣在馬來西亞發表的、韓牧的長詩《回魂夜》，同樣是悼妻詩，同樣寫到回魂夜。主題、題材，是相近的。金苗是老年失偶，他細述五十年奇異、甜蜜的愛情，詩意的、音樂的、恩愛的家庭生活。從來生開始，逆溯至今生，又復到來生，以至永遠。也許不能算可歌可泣，卻是浪漫、溫馨，讓人羨慕又惋惜。韓牧是在尷尬的中年失偶，同樣是細述生活細節，卻是呼天搶地要生要死情緒失控，並不美麗，讓人覺得粗糙、沉重。相反，〈人間天上〉是平和的、柔情的、精緻的，加上文字清澈、流暢，讀者能以平靜的心情去欣賞，更有回味。

金苗關於友情的詩，〈花蒂瑪〉寫與馬來民族朋友的友情；〈老古老地方〉、〈我們下來了〉、〈美麗的夜晚〉、〈在高原上〉、〈我不再寂寞〉、〈燈〉，是寫與文友的友情，而〈愛國者之歌〉、〈詩陣裡的清音〉、〈遙遠的光明〉，都是歌頌愛國者的。

8. 金苗詩藝特點

也許，詩可分兩種，一是聽的，一是看的。姑且稱為「朗誦詩」和「非朗誦詩」。細察金苗在《鮮花集》中諸首，似乎無一例外，都屬朗誦詩。朗誦詩有其特殊要求，要不看文字只聽朗誦，即可全部明白，但不能囉嗦如講話。它要求文字平白、簡煉、清晰、準確，字音清朗。金苗的詩就達到這些要求。也許因為他一直從事教育，行文、用字，嚴謹規範。另外，朗誦詩要求做到有說服力，即時打動人心，這就要詩人自己內心對所宣洩的

感情既深，又有激情，這才會出現讓人難忘的精句。這一點金苗也做到了。例如，他的「祖國我愛你／我知道／你也愛我」，「你是我親愛的母親／我不是移民／日月星辰可以見證／你和你的心知道」，這和白樺的「你愛祖國／祖國愛你嗎？」以及艾青的「為甚麼我眼裡常含淚水／因為我對這土地愛得深沉」，可說是同類的。又如，「五十年的共同生活／一瞬間就畫上休止符／多麼像昨天才開始／今日就結束」。「你留下你的名／我保住我的內在美」，都令人印象難忘。

朗誦詩與非朗誦詩比，有一項優勝，它明朗清晰，可以入課本、作範文，又在翻譯外文之後，內容也明明白白。一些非朗誦詩的詩意轉折，就辦不到了。正如他自己在〈這就是詩〉中說：「不必高深莫測／不必花言巧語／我走我的陽關道／你過你的獨木橋……／沒有喝過文化水的人／都能讀懂我的詩／這是我的理想和信仰」。

總而言之，金苗的詩，是用平白、簡煉、清晰、準確、規範的文字，來表達其愛國憂民的感情，每一首都可以朗誦，響亮宏壯，能讓聽眾即時感受，堪稱為愛國朗誦詩。因感情強烈，能夠打動人心。在身份認同與各族和諧方面，他有超時代的看法。寫親情的詩，雖寫得細緻，竟也有與朗誦詩同樣的效果。

鍾夏田篇

在《鮮花集》中，鍾夏田的詩只佔全書篇幅三分之一左右，但因語言精簡，題材多樣，手法複雜，顯得內容豐盛。

1. 愛國與憂民

〈啊，霹靂河！〉是一首頌歌，「我住在河東／日日夜夜／看慣你的姿容……／你留下先民遺址……／你是一處／上古文化搖籃……／你載著人們的讚頌／奔流到海 不捨晝夜」。筆鋒一轉：「你也曾有／難抹的黑暗記憶／水流渾濁 魚蝦驚逃／但人心何曾死去？……／霹靂河，母親的河／我身體內／涓涓著你殷紅的支流／我生於斯 長於斯／也將死於斯」。

這詩很完整的描寫了霹靂河的姿容、其歷史、其豐盛的水陸，也寫了「黑暗記憶」。最後一節，詩人視之為母親，視自己的血管為其支流。以霹靂河為母親，因而這河也就等於是馬來西亞的象徵了。這和一些中國人以黃河象徵中國是一樣的。既然自己的血管是支流，也就是說自己與國家融成一體了。

另一首〈馬來西亞〉，最後一節是精句：

　　人因思想
　　所以疲憊
　　人因愛
　　所以憂鬱
　　人呵因土地
　　所以瘦

驟眼這幾行，是不合理的，起碼不全面。思想與疲憊、愛與憂鬱、土地與瘦，沒有必然關係。細想，卻可以是合情的。重點在末句，「土地」，結合到詩題「馬來西亞」，即是馬國國土，人（詩人）的思想和感情，總是念著祖國，而且總是想著祖國要改善之處，所以才疲、憂、瘦。上一首是愛國愛民，這首，正是

杜甫式的憂國憂民了。

　　我曾注意於華裔的華文社會詩，包括愛國詩、政治詩。在非民主的地域，沒有寫作自由，只可以唱頌歌，就是愛國詩中的贊歌，政治詩和比較激烈的社會詩是不容許的。而在民選、民主的國家，詩人有充份的寫作自由，例如我所居住的加拿大。不過，加華詩人沒有充份利用具有的寫作自由，對所在國的政治、社會，很少關心，更少描寫。反而，很關心祖籍國的政治、社會，可是罕見宣之於筆墨、寫成詩，偶然見到，都是「刺」的。而有個別東南亞民主國家，華裔詩人同樣對所在國政治、社會，著墨極少，卻大量的描寫祖籍國，幾乎是清一色的贊歌，都是「美」的。為何出現這病態的兩極，值得深入探討。不寫，是有甚麼顧忌嗎？

　　在《鮮花集》鍾夏田的詩中，完全沒有對祖籍國的描述，也許他為馬來西亞已經「疲、憂、瘦」了，沒有精神旁及了。卻讓我高興見到，他對所在國政治、社會的壞現象、壞風氣，直接的揭露，無情的鞭撻。相信是他一直任職報社，寫慣了社論，政經時評，對社會上的實際現況十分熟悉，筆是換了詩筆，墨還是時評的墨。詩人是聰明的，他盡量利用自己最熟悉的、比誰都熟悉的題材。且看：

　　〈大地的葬禮〉：「問大地為何凶殘？／問百姓，為何變芻狗？／／五十年的牧權／小吃大吃中吃／銀兩滾滾滾到海外／山河呵五十年幾被掏空……／／銀庫是我家銀庫／專機是我家專機／／人間遍地苦難／他們說天災無可避／一套套把戲出台／說真話嗎？送衙門修理」。他的社會詩還有〈他？哈哈哈！〉、〈呵，黛安娜！〉、〈獻給華教真鬥士〉等。

　　鍾夏田的社會詩有不同的風格。他寫了不少寓言式的詩，

如〈問候藍天〉、〈渡輪故事群〉、〈哀老樹〉、〈榴槤謠〉、〈鳥說〉等，看來文字背後，深有寓意，不過對於當地政治、社會不熟悉的外國人，是難以明白所寓的。

有一些是關心到外國的，如〈曼谷之動〉：「呵這民主之國／十多次政變／幾代人犧牲……／依然有蝗蟲啃嚙民主的根」。還有一首〈和平與戰爭〉是寫越戰的。也有些是描寫社會事件的，如〈速寫428〉：「相信歷史吧／飛舞的警棍／嘶嘶的毒彈／從來就擋不住火山的熔漿」，〈505回想〉：「有說豺狼當道／有說幽靈處處／你我他都義無反顧／／哎呀真是白天見鬼啦／長長的一條人龍／只能當得他們一張票！」，〈MH370百日祭〉：「魂兮歸來／歸來的／豈止是239個精魂／還有還有……」。這些實寫社會事件的詩，對當地的人來說，相信是起到即時效用，是有意義的。不過我們外人難以理解。

鍾夏田的社會詩，外人縱然不理解，但他這些文字不是空泛的虛言，而是有鮮明的形象的，如「銀兩滾滾滾到海外」、「銀庫是我家銀庫／專機是我家專機」、「送衙門修理」、「蝗蟲啃嚙民主的根」、「飛舞的警棍／嘶嘶的毒彈」、「長長的一條人龍」等等，能夠引起讀者的猜度和想像。

2. 親情與幽默

鍾夏田有一首親情詩〈勵妻詞〉，坦率、幽默、妙極。可說是他的代表作。金苗的親情詩〈人間天上〉，同樣是其代表作。兩首詩風格大異，分處兩極。因為都是出自真性情，從中可見兩人性格之異。我很高興，在這詩集裡，兩位詩人都有一首詩藝相當的精品，可謂「合璧」。

〈勵妻詞〉全首八節，每節四行或五行。節錄其中四節如下：

如何讓你芳心默許
至今仍是深潭裡的謎
四十多年苦多樂少
是我給你的回報
……
如果我是羅蜜歐
你必然是朱麗葉　純情不變
伸給你一瓶毒藥
你也會毫不猶豫　喝下
……
也許體內生變
你開始容易罵人
唉　罵人的事交給我吧
我只想看到
心平氣和的你

我不會負你
唉　我怎能負你呢？
只祈求你伴我　年年
臉臭臭　都無所謂

　　芳心許就許了，卻要說「默許」。謎就是了，更進一步說
「深潭裡的謎」。回報就回報了，回報的卻是「苦多樂少」。
「罵人的事交給我吧」、「臉臭臭　都無所謂」是愛，是《聖
經》說的「恆久忍耐」，同時是幽默的。

〈雨的喜劇〉也是幽默之作：「半夜　持衝鋒槍的不速客／披著黑斗蓬／悍然從天而降／／是這急又響的夾雷雨／狠狠敲打著屋頂／像酗酒亂性的醉漢／噼哩啪啦拳頭直落在老婆身上／……／白天，像冰鎮甘露／五臟六腑透出清涼／夜晚，像志玲姐柔荑／輕輕牽我進入她的夢鄉」

「志玲姐」應是台灣名模林志玲。進入夢鄉就是了，卻是「她的夢鄉」。難怪詩人自己在詩末的「小記」也說：「連月苦旱，熱不堪言，一場夜雨，浮想翩翩，妙哉妙哉。」

〈詩人，你怎麼啦？〉：「詩人，你怎麼啦／像吃了安眠藥／睡眼惺忪……／外頭物價騰漲……／要上街抗議／官爺說這犯法／不如改吃蘿菜……／詩人，你醒時／沉緬醇酒美人／寫詩不離風花雪月／／詩人，你睡吧／如果一切與你無關／安眠藥在此　你睡吧」。這不但幽默，而且諷刺，諷刺了詩人，也諷刺了政府。

3. 精緻的小詩

鍾夏田有幾組小詩，每首在六、七行以內，言簡、意深、精緻，可堪咀嚼。〈酸詩・歷史〉：「老街鏟平了／老屋摧毀了／／義山變工廠／古蹟換了樣／／沒有流血」。末節僅有冷冷的一行，讓人感到無奈，可說是詩眼。〈酸詩・謠言〉：「有時很美麗／有時很恐怖／／它是一粒／孵不出小雞的／臭蛋」。說「孵不出的」，就等於說是「假的」。〈甜詩・多雨〉：「近日老下雨／定是老天爺老了／前列腺出了毛病／／所以／常常要小便」。「老天爺老了」，老上加老，太老了。這是老年男性的通病，作者也是老年男性吧。〈辣詩・鬼〉：「害過人的人／背後永遠站著／一個看不見／卻老感覺存在的人」。害過人的人，

永遠要受鬼的威脅；作過虧心事，敲門也心驚。〈辣詩・香〉：「奇臭的原始麝／搖身變成世人至愛／／難怪罪惡之徒／都要爭做慈善家」，原始麝原來是奇臭的，比喻貼切。

4. 文言與方言

　　鍾夏田的詩的用語，幽默多彩，不去計較純淨和規範。他也用文言，如：柔腸寸斷、遂柔弱的〈哀老樹〉。乍醒還寐〈啊，霹靂河〉。俱完矣〈獻給華教真鬥士〉。

　　他原籍廣東，生動地用了廣東方言（我看他詩中的幽默，也有廣東味。但雞蛋用「一粒」，卻是閩南腔），如：嘆下午茶〈渡輪故事群〉。如此犀利〈血滴子〉。強頂尿壓、飲勝〈豪宴掃描〉。翻風了〈哀老樹〉。

　　對於方言的使用，有人認為用語應依規範。其實純淨的中國國語的用語（以至語音、語調），與豐富多彩的方言比起來，是單薄、貧乏的。中國國語何來？想是各地方的方言提煉合成。創造語言，也是詩人的責任，詩人應提煉生動生猛的方言，融入共通語，以豐富中國國語。

　　「搞定」、「買單」、「打的」等等，三、四十年前是沒有的，都是從廣東方言「搞掂」、「埋單」、「搭的士」，提煉轉化而成。現在這些活生生的新詞，人人明白，天天使用，通行全中國，榮升為漢族的共通語了。

　　鍾夏田的〈辣詩之三〉，詩題為〈恨〉，值得注意。它大膽寫性事，有近乎《羅生門》的情節，全詩如下：「他是殺父仇人／嫁給他是為了報仇／／男人睡得很熟／她戀戀不捨／他給的床上高潮／／尖刀在半空停住」。我要討論的不是它的內容，而是它的詩題：〈恨〉這一個字。在廣東方言，有兩解：一、憎

恨；二、喜愛，羨慕，希望得到。這個詩題，正正切合女主角「戀戀不捨」「嫁給他是為了報仇」的「殺父仇人」。詩人妙用了這廣東方言的兩解，表達其矛盾心態。這神來之筆，正好說出善用方言的妙處。

　　總而言之，鍾夏田的詩，是用精煉多彩的文字，多樣的手法，幽默大膽的作風，抒發對社會的擔憂，對國家的愛，有很濃的憂患意識。他透過具體的事實，批評、諷刺社會的弊端，盡公民責任，同時，對世界也是關懷的。他的小詩，是平凡生活的結晶，存在人們心中已久，但未被說出來；其中一些，能發射出哲理的亮光。

　　2019年2月，加拿大，烈治文，美思廬。

書寫本土，書寫音樂
——論勞美玉的新詩和散文

　　依據〈勞美玉簡歷〉所提供，找來發表她的作品的刊物，報紙有《澳門日報》、溫哥華《大漢公報》、《星島日報》；文學雜誌有《湖畔》、《加華作家》、《加華文學》、《泰華文學》；書籍有《白雪紅楓》、《楓華文集》、《楓雪篇》；以及她的詩集《新土與前塵》（與韓牧合冊）。

　　綜觀她的新詩、散文，深刻感到有兩個特點：一是著重書寫本土，二是善於書寫音樂。

1. 書寫本土

　　移民，尤其是新移民，一般都喜歡書寫原居地，這是人之常情，尤其在移民初期，對新土認識不足。也有一些在移民了十年、二十年後，仍然只是寫原居地，那是未能融入新土，對新土沒感情。而在勞美玉的詩文中，即使在移民初期所作，見不到寫原居地的題材，寫的都是加拿大本土，那是為甚麼呢？

　　她出生於澳門，童年時就遷居到香港，在香港度過她的青少年時期。不過，她在七十年代中，從香港移居加拿大，在加東地區讀書和工作。後來她回流香港，八十年代末，她又回到加拿大。這樣看來，她的身份特殊，既是新移民，也是舊移民。也許因此，她早已融入加拿大社會，熱愛本土，所寫的全是加拿大題

材，有濃濃的加拿大生活味。

例如組詩《清掃園地》寫家居生活，其中的〈除積草〉說：「清除正在發霉生苔的積草／像替自己做面部潔膚一樣／好讓冬雪來塗上潤膚霜／明年春到／煥發另一個矯嫩的容顏」。〈掃落葉〉說：「落葉呵　落葉／感謝你們／為我撐起／蓬勃的春季和茂盛的夏季」。〈牆上的常春藤〉說：「在最後一朵紅玫瑰的身旁／頑強的莖和葉／悄悄攀上／心想的高處／／在將要到來的那一個嚴冬／你每天帶給我／春天即將到來的消息」。

又如組詩《風箏節》中的〈學造風箏〉：「不是電子遊戲機／這輩子她會熱愛／引人入勝的土玩意／自我創造的幻想空間／比宇宙生動而寬敞」

以上這些，都是典型的加拿大生活。

加拿大地大人稀，人們與大自然接近，勞美玉的詩，往往描述天地的景象、季節的轉換、和寧靜的環境。如〈一閃流星〉、〈楓葉的轉變〉、〈享受清涼〉等。那首〈乍晴〉只有八行，寫黎明時的晨光的，詩人青洋女士讀了，給予讚賞：「喜歡勞美玉這首詩，那麼寧靜。」在勞美玉一些書寫音樂的詩中，也常常見到她寧靜的心境，應該與她沉靜的性格有關。

她有的詩，寫現實社會所見，如組詩《橋港混聲小唱》，寫她居住的列治文市一個開業不久就廢棄的商場，詩中說：「商場越來越破落／但這綠色的紀念碑越來越壯大／悼念這「橋港商場」。詩寫成後一年，地產易手，後來改建成大型賭場了。

她有一首詩題材罕見，是〈告別黎伯（黎紹聰）〉。黎伯是溫哥華德高望重、和藹可親、人人敬愛的長者。這詩就是悼念這位獲尊稱為「唐人街市長」的黎伯。

所謂書寫本土，不表示只寫加拿大，而是寫「在地」之意，

寫腳踏之地。她到泰國，就即景寫了〈八十年的歷史〉、〈華欣的長灘〉。又寫了一首〈微笑之國〉：「歡容　寬容／萬物對萬物寬容／在泰國／在這佛的國度」，概括了泰國的民風。她到韓國開會期間，寫了〈五個韓國的女子〉，細緻描繪了韓國女子的風貌。

　　散文方面，她同樣只是書寫本土，如〈從蜜蜂想到的〉一篇，從宋代田園詩人范成大的一首詩寫起，「詩中對八百多年前中國大陸農村的描述，在北美這城市也有近似的情景。」〈長椅上的懷念〉寫本地人喜歡在公園、河畔供人休息的長椅，「椅背釘上紀念先人的小銅牌……內容豐富，除了姓名和日期，還有心底話、詩句、諺語以至造像。」她所在的省分，叫卑詩省（不列顛哥倫比亞省），本地人主要為英裔，她有一篇〈英式下午茶〉，寫本地人的習俗。

　　〈救救街樹〉一文說：「這個夏天，是溫哥華五十二年來雨量最少的。」「列治文市的街樹將有三百棵要枯死，」她呼籲說：「每個家庭、商戶，應該像鏟雪一樣，負責他們門前的街樹，用水桶灌澆，不讓它們枯死，」「請市民同心協力，救救街樹。」從這裡，可知她已融入在地，熱愛在地，專意在地，難怪她的詩文專寫在地，無意寫其它。

2. 書寫音樂

　　勞美玉從小學習鋼琴，還考獲英國皇家音樂學院的高級樂理證書。她對音樂愛好廣泛，不論東方西方，不論古典流行，以至地方戲曲，都很有興趣。這愛好也反映在她的詩文中。

　　組詩《四月一日黃昏的隕星》是悼念張國榮的：「這是一個現代的傳奇：／一生追求完美的你／不經意地／用獨特的中性的

鼻音／諦造了　又慰藉著／萬千個青色的年華／啊　誰捨得天邊的明星？」

〈一月的炊煙〉是聽鄧麗君時引起的感受：「我隱隱看到／滿天瑰麗的彩雲／伴著金璨璨的夕陽／／我頓時感到自己如輕煙升起／追隨著歌聲　溶入／寧靜的宇宙中」

這詩，范軍教授很是讚賞，他說：「〈一月的炊煙〉真摯感人，詩中描寫的那種感受，心理學家稱之為巔峰體驗，是寧靜安詳至為美好的感受，形諸筆墨則動人悱惻。」

樂音沒有形象，是絕對抽象的，正因此，它可以讓任何形象代入，樂音進入人的耳朵，會使靈感產生，因人而異，會生出連本人也沒有想到的，或斷或續的形象來。詩人感情豐富，更會有超凡的聯想和幻想。若能即時用筆記錄，就是一首異常的、奇妙的、出乎作者自己意外的詩。

勞美玉的〈秋夜聽曲浮想〉，或者可為例證。她的詩大多是簡短的，但這首近四十行。這詩寫得自然、無意、舒徐、起止無端，浮想連連，如月光下默默的溪流，堪稱是她的代表作。佳句如：「那首加了白砂糖的藍調／時而憂怨　時而濺起大大小小的浪花／帶著醉人的元素／／夜深了　靜得出奇／我突然注意起自己的存在／每一下呼吸　每一下心跳／一閃而過的靈感／／記得嗎？我說：十月／眩目而嫵媚的金色不再／因為瓷白的銀光／從月亮灑滿天上人間」。

3. 關於譯詩

除了創作詩文，她也譯詩。中譯英如韓牧組詩《蓮池七步》等，英譯中如John Patrick的《Poems》、盧因的科幻長詩《Two New Science Poems》等。

此外，漢學家王健教授（Prof. Jan Walls）很樂意以至主動英譯她的詩，如〈一代一代的白樺〉、〈牆上的常春藤〉、〈乍晴〉、〈楓葉的轉變〉、〈一閃流星〉、〈告別黎伯（黎紹聰）〉、〈秋夜聽曲浮想〉、〈微笑之國〉、〈一月的炊煙〉等。

4. 關於朗誦

據說，著名歌唱家駱韞琴讀到〈秋夜聽曲浮想〉一詩，很喜歡，主動在家裡朗誦這詩，將錄音電郵給她。駱女士朗誦得很有感情，全情投入，引人想像。勞美玉自己也常常公開朗誦，包括這首。據說梁麗芳教授對她自然淡定的朗誦風格，十分欣賞。

2020年3月

嚴謹博達的評論是當務之急

　　梁麗芳的論文《花果山與伊甸園：〈金山華工滄桑錄〉與〈尋找伊甸園〉的旅程母題及其他》，據作者在文末的「特記」說，只是這兩部小說的「讀後感」。確然，梁文是憑藉葛逸凡的小說及陳浩泉的小說（以下簡稱《金山》、《尋找》），將19世紀後期到20世紀50年代最早的廣東籍華工移民的生活，與20世紀90年代香港、台灣、中國大陸移民的生活，作一對比。梁文沒有深入的研討和重大的發現。

　　那麼，梁文的價值何在呢？它做到了兩個「扼要」。首先，它向不了解加拿大的人，扼要而精確的介紹這一百多年來華裔移民艱辛的歷程：從淘金、修築鐵路、排華法案、人頭稅、華人參軍、二戰後獲投票權、人權憲章訂立，直到去年人頭稅法案獲得國會平反。其次，梁文向沒有機會讀到《金山》和《尋找》的人，扼要介紹了這兩部長長的小說。我要在此補充一下，這兩部小說寫作背景的相異之處，及其價值所在。

　　《金山》所寫，是19世紀後期到20世紀上半葉，即最早期的華裔移民的生活。作者未及親歷，她是經過大量的資料搜集而成的。好在，她自己移民得很早，而且一直生活在本省內陸迄今，接近淘金、修建鐵路時期華工的活動範圍；她人緣又好，時間上、地理上、人際上，都有別人難及的優越性。時、地、人俱備，加上對文學的熱忱和修養，為我們提供了鮮活的場景，讓我們如歷其境。這相當於寫歷史小說，挺費勁的。還有，《金山》

所描寫的那一段歷史時期，我相信當地還沒有華文作者，她的「補寫」，罕有而可貴，甚至有充當史料的價值。讀者都缺乏這些認識，有「新鮮感」。

《尋找》對我們來說，沒有「新鮮感」，卻有「親切感」。描寫的是20世紀90年代的溫哥華，都是我們剛剛經歷的事件，在報章、電視見慣的。作者以他記者的出身與經歷，好像新聞採訪，營造了一個個移民家庭的悲喜劇。寫眼前的事，用力當然比《金山》小得多了。但它的真實性，包括客觀真實與藝術真實，無可避免要接受所有讀者的鑑定。幾十年後的讀者，沒有親歷我們當下的現實，《尋找》也會像《金山》一樣，有另一種價值了。

到底這種小說所描寫的，能不能代表客觀真實？藝術真實的程度又如何呢？這需要嚴謹、博學的文學評論家及時作出確切的評價；因為後來的讀者，會當歷史來看的。

這是艱巨的當務之急。

附記：2007年「加華作協」第八屆「華人文學研討會」，主題是「離而不散：跨世紀的加華文學」。本文是對梁麗芳論文〈花果山與伊甸園：《金山華工滄桑錄》與《尋找伊甸園》的旅程母題及其他〉的〈講評〉。

僑民・居民・公民
——從加拿大華文新詩窺探加華詩人的自我身份定位

一、前言

　　所謂「加華文學」，可以有兩種解釋：一、加拿大華裔的文學；二、加拿大的華文文學。據我這二十多年來所見，不論那一種解釋，在文學評論方面，小說很多，新詩罕見，還只是評論個別詩人、個別詩作，總評論未有。

　　許多年前我就想開始這一研究，限於資料不足。這些年我著意搜集東、西兩岸華文詩的資料，盡我所能，直接及輾轉、口頭及發郵給文學團體、詩社、詩人，懇請提供，得到不少回應，心中感激。雖然也有多次促請至今等不到回應的。

　　本文準備參加「加拿大華裔作家協會」銀禧年主辦的「加華文學國際研討會」，現先研究一項，「從加拿大華文新詩窺探加華詩人的自我身份定位」。所謂「加華詩人」，專指法理上的加拿大公民及永久居民（下簡稱「居民」）。所論主要是新詩，也

稍涉舊體。

二、身份定位

　　學者王賡武說：「所有自認自己是『中國人』的人，皆是
『中國人』」[1]學者劉兆佳也說：「把認同自己為『香港人』
的人簡稱為『香港人』」[2]我認為身份的定位應該可分三種：
一是主觀的觀點，也就是「自我定位」；二是他人的看法；三是
法理上的。上述王、劉兩說只是第一種，是純主觀的，與自我封
王稱帝相似，他人未必同意，法理未必承認，是片面的。真實的
身份應從三方面考慮。

　　不過，「自我定位」雖或為客觀否定，或悖於法理，卻影
響本人的思想、行動至大。據上世紀末的一次研究，加拿大華
裔自我定位為Canadian（加拿大人）的，佔百份之十幾，定位為
Chinese　Canadian（華裔加拿大人）的或Canadian Chinese（加
籍華裔人）的，都超過百份之三十，定位為Chinese（中國人、
華人）的，僅佔百份之幾。可見當時的歸屬感是頗強的。但是，
踏入二十一世紀，來自中國的新移民大增，由於原居國的國族感
情高漲，若有新的調查研究，肯定其結果與此大異。尤其是文化
人、詩人作家，會比一般人難於適應和融入。

　　最近香港大學「民意研究計劃」公佈了一項身份認同民調
結果，38%受訪者自認是「香港人」，25%自認是「中國的香港
人」，18%自認是「香港的中國人」，而自認是「中國人」的，
只有17%。

　　香港的「中國中央政府駐香港特區聯絡辦公室」負責人批評
這份結果，認為將「香港人」與「中國人」對立不合邏輯，說：

「回歸之後，港人已無異於同時承認是中國人，因為香港並非一個獨立政治實體。」陳文敏在〈香港人的身份〉一文中說：「但身份認同不等於法理認同，就如加拿大魁北克省便有不少人並不認同法理上的加拿大人身份，台灣更有不少人只認同其本土身份。身份認同包含感情、文化、歸屬感與理性認同當權者多種因素，……」[3]

加拿大時事評論員、專欄作家陸郎在〈我是加拿大人〉一文中說：「在加拿大，雖然政府容許國民有雙重國籍，但我只承認是華裔加拿大人，因為我持有的只是加拿大的護照。只有認清楚自己的身份，才不會有國籍概念上的混亂，不會在政治問題上立場模糊不清。我不會在討論加拿大事務時，說『那些加拿大人如何不濟，我們中國人如何了不起』因為我是加拿大的國民，……華裔代表我的血統，並不代表我的國籍。」[4]

陸郎的自我定位與法理定位一致，在做人、處事上不會產生矛盾，是最理想的。文中還可看出他分清了「族」與「國」，對國家忠誠。

我們華裔在移居加拿大前，身份單純，常態是自我定位與法理一致，是「中國人」。同樣單純的，是已經是幾代甚至十代八代的歐裔移民，是「加拿大人」。但我們這些第一代華裔移民，自我定位就有分歧了。有與法理上一致的，更多是不一致的。自我定位的不同，導致心態、行動不同，在詩人來說，就影響到其詩作題材、內容、主題思想甚至手法技巧。反過來，我們可以從詩作的表現窺看到詩人的自我定位。有論者認為：「在一個全新的環境中，如何確認自己的身份，怎樣給自己定位，這是首要面對的問題。」「如果未能盡快消弭過客心態，寫作人自然也不能把握好自己的身份定位了。」[5]

三、從詩作窺探，與法理對照

我搜羅到近一百位加華詩人，我首先通過各種途徑得知其法理定位確是加拿大公民、或永久居民，再從其詩作的表現，窺探其自我定位，是僑民、居民、還是公民。主要依據詩作表現出來的歸屬感和忠誠度，表現為「中國人」，還是「加拿大人」，還是其它。

各種文學體裁中，在表達作者內心方面，小說常是間接的、隱晦的，詩常是直接的、明朗的。但是詩可分兩類：一類是直抒胸臆，坦露自己，甚至可見其生活細節；另一類是詩人隱藏在詩的背後，寫的是風物、友誼、哲理、社會現狀、歷史緬懷、虛構情節之類，這就無法窺見其自我定位了。

看來這類詩佔多數，佳作不少，但限於本文討論範圍，只好割愛，期待將來。鑒於加華新詩的評論研究目前仍在起步階段，我在此文最後會另立章節，舉例收納，列出一些人名及詩題以為代表，給後來的研究者留一些蛛絲馬跡。

四、影響自我定位的重要因素

影響自我定位與法理定位分歧的重要因素，或者說，使詩人自我定位為「僑民」的重要因素，是對原居國的依戀，其表現樣式為「鄉愁」。中華文化本就特別「戀母」、「戀鄉」。從小就接觸到的有關文學藝術作品，起推波助瀾的作用。現試舉出三位現代文學大家的名作，它們都是極具說服力的。

1. 陳之藩的〈失根的蘭花〉

這篇著名散文摘自《旅美小簡》，1955年5月15日寫於美國費城，是聶華苓編《自由中國》雜誌的文藝欄時約的稿，後來先後獲選入台灣、香港、大陸的中學課本，影響深遠。[6]

作者在文中以中國經歷作為標準，誤以為牡丹花、丁香花等全是從中國移植來的。還以為那些花不該出現在中國國外，因而流淚。

「我所謂的到處可以為家，是因為蠶未離開那片桑葉，等到離開國土一步，即到處均不可以為家了。」「宋朝畫家思肖，畫蘭，連根帶葉，均飄於空中。人問其故，他說，『國土淪亡，根著何處？』國，就是土，沒有國的人，即沒有根的草，不待風雨折磨，即形枯萎了。」「我十幾歲，即無家可歸，並未覺其苦，十幾年後，祖國已破，卻深覺出個中滋味了。不是有說，『頭可斷，血可流，身不可辱』嗎？我覺得應該是，身可辱，家可破，國不可亡。」

陳氏於2012年春病逝香港。台灣文建會主委龍應台說：「是我們的『國民作家』。」「〈失根的蘭花〉，在那個人心飄搖不安的時代裡，溫柔又傷感地切到時代的感覺。」馬英九總統的〈褒揚令〉：「體現崢嶸歲月知識分子使命感。」

從原文可以看出，陳氏的「失根」，是因為祖國已破，已亡，「國，就是土，沒有國的人，即沒有根的草。」若非「國破」，雖「離國」，也不會引起其創痛的。他說「沒有國的人，即沒有根的草」，也可商榷。因為根仍有，可以著於「外土」。若被迫投進大熔爐，投降於另一種文化，當然痛苦，但如加拿大有一片遼闊的多元文化的土，就無痛苦可言。新加坡華裔，是在另一片新土上移植的成功例子。英國人、法國人，不是成功移植

到美洲大陸嗎？

　　陳氏的感嘆，是那特定時代中個人的心態，他說：「生活的環境，是國破家亡，舉目有河山之異。」（陳之藩：〈到甚麼地方去〉）台、港、大陸選入課本，是因為任何一個政府總希望國民愛國，尤其國難時期，強調愛國，不離本土，共赴國難。這心態已不適合現在，台灣六十年代部編課本中，此文已抽去。

2. 余光中的〈蒲公英的歲月〉

　　請先看詩一般的摘句：

　　「門外，東塵如霧，無盡無止的是浪子之路。」

　　「真的，每次出國是一次劇烈的連根拔起，自泥土，自氣候，自許多熟悉的面孔和聲音。」

　　「當噴射機忽然躍離跑道，一剎那告別地面又告別中國，」

　　「因為一縱之後，他的胃交給冰牛奶和草莓醬，他的肺就交給新大陸的秋天，髮交給落磯山的風，……」

　　「異國的日曆上沒有清明、端午、中秋和重九，復活節是誰在復活？感恩節感誰的恩？情人節，他想起七七，國殤日，他想起地上的七七。」

　　「狼煙在對岸，蒲公英的歲月，流浪的一代飛揚在空中，」

　　「他是中國的，這一點比一切都重要。」

　　「每一次出國是一次連根拔起。但是他的根永在這裡，因為泥土在這裡，落葉在這裡，芬芳，亦永永永永播揚自這裡。」

　　「他以中國的名字為榮，有一天，中國亦將以他的名字為榮。」

　　余氏此文寫於1969年7月，通篇流露遊子的離愁別緒，思鄉戀國，十分動人。其實他沒有陳之藩亡國之感，不是流亡，不是移居，只是出國教學，合約完了終究要回國的。但因為感情細

膩，文字優美如詩，讀者大受感染，產生共鳴而代入。文字超越了其實際內容，但影響力是不容忽視的。他雖一再說「連根拔起」，其實蒲公英的歲月，所「流浪」的、「飛揚」的，只是其繁多的種子，著陸之處即能生根，蒲公英至強的繁殖力、生命力，是北美洲居民前、後花園中的苦惱。

3. 洛夫的〈漂木〉及其「天涯美學」

　　新世紀初，洛夫寫了長詩力作〈漂木〉，[7]又發表了其「天涯美學」，在加拿大以至海峽兩岸，造成很大的回響。甚至導致成為「諾貝爾文學獎」候選人。〈漂木〉一詩亦是下文「自我身份定位」的窺探對象之一，現在先引其「創作記事」及「天涯美學」文，論述其影響。

　　「長詩〈漂木〉的創作，乃是基於兩個因素：一是近年我一直在思考的『天涯美學』，一是我自身二度流放的孤獨經驗。」「只想寫出海外華人漂泊心靈深處的孤寂與悲涼。」

　　「我於1996年移居加拿大，我把這段人生旅程稱之為『二度流放』……個人身份的迷失有著不知『今夜酒醒何處』的茫然，……『天涯美學』主要源於我在晚年客居異域，二度流放經驗所引起的深層次的漂泊流離的心結。」

　　「沒有任何一個名詞比『天涯美學』更能表現海外詩人那種既淒涼的流放心境，而又哀麗的浪子情懷。」「長年過著飄泊生活的海外作家和詩人」「有一種難言的隱痛，一種極大的精神壓力，這就是在人生座標上找不到個人位置而產生的孤獨感，一種宇宙性的大寂寞。」「客居異鄉」「臨老去國，遠走天涯。」[8]

　　前述陳之藩自喻為「失根的蘭花」，是因為他主觀感到亡國

之痛，覺得自己是在異國「流亡」，復國無期。我們且不管客觀上是否真的算「亡國」，在他的感受上，確然是一種「大痛」。余光中的「蒲公英的歲月」「流浪的一代飛揚在空中」，既說「歲月」，那就是暫時的，回歸也是有定期的。他自稱那是「流浪」，亦無不可。「根永在這裡，因為泥土在這裡，落葉在這裡，芬芳，亦永永永永播揚自這裡」，他絕對沒有陳之藩的悲苦絕望，因為沒有「國破家亡」、「失土」之感。洛夫自喻為「漂木」，氣魄比蘭花、蒲公英大得太多了。依據〈漂木〉一詩、「天涯美學」一文所用大量辭藻，備極淒美哀麗，無以復加，悲苦難受尤甚於前者：「孤獨心結」「深層次漂泊流離」「孤寂」「悲涼」「難言的隱痛」「極大精神壓力」「宇宙性大寂寞」「客居異鄉」「臨老去國，遠走天涯」。

陳之藩的「流亡」是客觀大環境所迫，不自願的。余光中的「流浪」是暫時出國教學，當然是自願的，悲苦自然不及陳。洛夫的「流放」有兩次，第一次隨軍自大陸到台灣，不自願的，相信只有「失土」之感而無「亡國」之痛，國，一直偏安台灣，他也一直居留台灣，當然也不會有陳的「流亡」之痛了。第二次「流放」是從台灣移民加拿大，是自願的選擇。水向低流，人望高處，總希望身處一個更適合自己的環境。移民一旦感到「移錯了」，都有隨時回流的自由，或者像候鳥，一年兩飛，交替的向溫暖的、涼快的地方飛。現實上許多移民就是如此，這其實比沒有條件移民的人、欠缺旅費的清貧移民幸福得多了。

正如余光中文中所說，「根永在這裡」（指海峽兩岸中華大地、大島），移居國的國策又沒有限制發揚中華文化，反而是鼓勵支持，移居於此理應沒有甚麼實際的損失。如果有，那並非源於外，而是源於自己敏感的內心。沒有移民的同胞以至文學評論

者，憑空想象，以為我們一定很孤寂悲苦，鄉愁愁得要死，【9】於是站在中國人的中國繁榮富強的愛國立場，給予移民同胞同情，招手。當然，如果時光倒退到大半個世紀前，華人遭法律上的歧視，那才合實情。

洛夫與余光中一樣是文學大家，文筆、文氣、辭藻，登峰造極，配合深刻的情感，他們除了能讓母國極大量的讀者拜服、入迷，也一定對已移居的新移民文學同道產生影響，助長他們的鄉愁。

五、自我定位為「僑民」的詩

十多年前，溫哥華有一群北京移來的同胞，組織了一個「旅加北京聯誼會」，會員多是加拿大永久居民和公民。從名稱可知，他們的心態不把自己定位為加拿大人，而是旅居加拿大的中國人。幾年前唐人街一次春節大遊行，見一橫額：「湖南華僑向全市同胞拜年」，也是自我定位為「僑民」。自我定位人人有自由，但落實到一個名不副實的團體名稱，是荒謬的。一百幾十年前組織的移民團體常有類似稱謂，是正確的，當時華人還沒有公民權，全都是真正的「華僑」。

由中國大陸或台灣來的詩人，從詩作所見，常會定位為「僑民」，港澳來的就比較少。前者對原居國的國族感情較為濃厚，港澳以前是殖民地，身份不是那麼單純。

1. 洛夫

洛夫「二度流放」加拿大後，創作頗豐，最重要的作品當推新世紀初的長詩〈漂木〉，簡政珍的序文〈在空境的蒼穹眺望永

恆的向度〉說得概括：「〈漂木〉是人間在形上世界的對話，是意義的哲學思考。」【10】洛夫在〈關於《漂木》〉一文中自述：「只想寫出海外華人漂泊心靈深處的孤寂與悲涼……」【11】

如果按此窺看詩人內心，再細讀一些詩句，常常見到對故國歷史和現狀的關切。第一章〈漂木〉的第二節起，開始寫到台灣，「颶風」、「選舉」、「兩國論」、「蘭陽平原的風」、「紅葉少棒」、「總統府」，如：

> 兩國論。淡水的落日
> 總統府。廣場上傲視闊步的鴿子第幾代了？

在第三節寫到大陸，「外灘的鐘面」、「黃浦江」、「蘇州河」、「大字報」、「北大學生」，第四節仍然如此，「十年浩劫」、「一胎政策」、「廣場上」。第五節又轉回台灣，「寶島林木」、「國會與棒球」、「淡水河邊」等。

> 而早些歲月
> 廣場　一度傾斜
> 那年　串聯進城去看北京的基督
> 還聽到一卡車一卡車的萬歲
> 人民日報。手搖留聲機
> 沁園春。彭德懷身上的蝨子都全部餓死

以上引句，正是洛夫在「《漂木》創作記事」中所自述。「對大陸現實的批判」。【12】

第四章的〈向廢墟致敬〉，再來對大陸「文革」的回憶，

「跳忠字舞」。形容台灣為「多慾之島」、「貪婪之島」具體到兇殺案、綁票、撕票等。

　　此書除了哲學的思考，全是對廣義的中國的描述和批判，這正是熱愛故國的表現，與故國國內同胞心態是一致的。書中並無涉及加拿大（鮭魚非加拿大獨有），反而強調「漂泊」、「流放」，比中國本土沒有移民的同胞的愛國感情，更為熾熱。既已僑居，那就是自我定位為「僑民」了。

　　在現實生活中，洛夫的自我定位又如何呢？在一次訪談中答記者問時說：「鄉愁就像是身影跟著我走四方。離家的遊子，斬不斷的是鄉夢，卸不掉的是鄉愁。」「就像和所有的海外華人一樣，究竟家在哪裡？但是我知道，我的根始終在中國。」「我的中國詩心永遠不移，我的中國語言永遠不改，我血管裡嘩嘩流淌的華夏血液永遠不能改變，我是台灣詩人，但我更是中國詩人，我的文化身份，我的中華詩魂永遠不變。」【13】

　　徐學清在〈衝突中的調和：現實和想像中的家園〉中說：「詩人（指洛夫）常常被『自我存在』的強烈意識和『自我定位』的虛浮之間的不協調而困擾，……」【14】

　　在一次座談會上，洛夫說不滿在中國大陸時，被介紹為「台灣詩人」而非「中國詩人」，問：如何為作家的身份定位？【15】我想：定位可以有幾個層次，一個人往往有兩三個身份的。

2. 和平島、李保忠、咚咚

　　和平島多產，有著名的組詩〈輪渡〉，是巨製，偶然可見其自我定位，如〈輪渡·端午節在異國吃粽子〉：「端午節／在異國／我吃的不僅僅是粽子」，以加拿大為異國，可見自我定位為華僑了。另一首〈輪渡·熊與熊〉特殊：「我們的國家有熊貓／

眼黑，鼻扁……／我們的國家有黑熊和灰熊／／食肉，嗜血，行俠／於路基山脈……」雖是擬早年華工的口吻，其實代入了中、加都是「我們的國家」。

〈火龍〉【16】約長1500行，寫北京奧運聖火傳遞：「我要站在古劇院遺址的中心／演奏中國的國歌／聖火台點燃／五環旗升起／／五星紅旗吧吧吧／我要演奏兩遍，我熱淚盈眶的／《義勇軍進行曲》／我要你聽聽／／北京的天氣真好／我想說的是／中國人民站起來了／／但我沒說，我怎能說出／這麼響亮的口號呢／／但我真的是在／喊，跟在他後面／我發自肺腑地，我聲嘶力竭地吼」

評者對〈火龍〉有以下的評語：「是海外遊子的思鄉懷國之大作」「智慧之光的中國心」「更厚更多的炎黃情和赤子心」「愛國主義情懷的意識流動」「難以抑制的強烈的愛國主義情懷」【17】

李保忠〈我和吳邦國委員長握了手〉，詳細記錄了這一件事，儼然歷史大事。充滿激動、興奮、口號，是絕頂的「愛國華僑」：「09年9月1日這一天／時間是上午8點3刻／吳邦國委員長微笑向我走來／他那溫暖的手和我早已激動的手緊緊相握／中國人大委員長是中國最高領導人／這個職位代表著中國／握委員長的手就是握祖國的手／……／我才發自內心的呼喊：委員長好！祖國萬歲！萬歲祖國！／……／我再一次振臂高呼祖國萬歲！萬歲祖國！」

咚咚〈步行邳州歌唱奧運〉：「讓我們像升起太陽一樣／升起五十六個民族的期望／讓我們如播種春天一樣／播種九百六十萬平方公里的理想／／開始了／一次前所未有的祖國的繁榮昌盛／啟程了／一場波瀾壯闊的民族的偉大復興」

3. 韓牧

韓牧於1989年12月自香港移加，居烈治文鎮，抵步一個月，寫出第一首詩〈冬暮〉[19]，末二節：

抬頭　北美半圓的朦朧月特別大
滿空暗雲漏詭秘的天光
正懷疑自己走進了深夜
迎面駛來一匹匹黑獸
雙雙巨眼運來了殘霞

民航機　用突發的爆炸聲起飛
驚動老柳梢頭
一隻呆在中國神話裡的烏鴉
金烏拍翅射向我雙眼
全身是炫耀的　太陽的黑色

這詩，雖然前半段是家居生活的自述，但從它結尾豐富的、多重的象徵意味：「民」航機「突發的爆炸聲」「中國神話裡的烏鴉」「炫耀的　太陽的黑色」，可見所關切只是當時中國的現實，可視為自我定位為「中國人」，也就是「僑民」了。

抵步後兩個月，韓牧寫了第二首詩〈聽鳥之前及之後〉[20]，詩中可見，相對於一個月前，定位已急速改變：「是第一個沒有桃花的春節／踏過濕雪到中山公園去／隔著上了鎖的鐵閘窺探／一樹杏花／也許只是櫻花／／昨宵是元宵／妻與我並坐寬大清冷的客廳／守一盞方方的花燈閃亮到午夜／到『國泰』電視播放

完畢／／掩上唐詩　再走進唐人街／中午藍天懸一盞唐代的圓燈／⋯⋯／這個春天在北美　不在北京」

「一隻留鳥／想像遠去的父輩和閃光的稻田／一隻旅鳥／關切那個十年和想像中的異國／那雌鳥悲鳴／悼念死去的人和死剩的人／／從亞熱帶飛來了寒帶／我是追求溫暖的候鳥嗎？」

這詩處處對中國懷想，從歷史到現實，從古代的愁怨到現代的悼念，卻是以移民身份為本位的，曲折表示自己不是「追求溫暖的候鳥」，也就是自我定位為「居民」了。

六、自我定位為「居民」的詩

這類詩，比自我定位為「僑民」或「公民」的，都難以辨別，因其國籍是模糊的。此文主要依據詩中表達的「歸屬感」的程度來區分；當然，同一位詩人，在另一首詩中，可能表現為「公民」的。歸屬感不強、描寫本地風物、生活的詩，我會另立一章談論。這些顯然對本地、本國有興趣，近於「居民」。

「居民」身份介乎「僑民」與「公民」之間，它享有一部份公民權利，又要盡一部份公民義務。幾年前新加坡有一場大論爭：中國女教師張元元，在新加坡學習、工作了幾年，取得「永久居民」身份，後來她回到中國生活，參加閱兵隊伍，電視訪談中她說要「報效祖國」，引起新加坡網民砲轟。其實，她沒有入籍為公民，是那些網民混淆了「居民」和「公民」的界線。

1. 也斯、曉鳴

也斯（梁秉鈞）的〈渡葉〉寫那個現在放置在溫哥華國際機場出境樓的巨型卑詩綠玉第一民族雕刻。這詩最後兩節很感人，

是很深的切身感受。新移民的擔憂與及作為候鳥雪雁的兩邊不
討好：

> 把一所房子捲成一副鋪蓋總怕有種種差池
> 熟悉的語言與泥土，連根拔起好像雪雁向南展翅
>
> 穿越冰封之地尋覓溫暖的港口，卻又老怕招惹
> 兩塊土地排斥：一片葉哪裡載得動這麼多煩憂？

　　另一首早年的〈失蹤的盆花〉，寫的是花，其實也是新移民
的寫照，甚或自況；與〈渡葉〉一樣細膩深刻：

> 「鄰居說這是東方的憂愁由於不適宜這裡氣候
> 悲哀叫不出你的名字擔心你西方煙霧裡迷失
>
> 四顧尋找想你在自己白色的盆子裡侷促地看世界
> 只帶這麼一撮泥土飄泊同在異國相處又彼此分途」

　　曉鳴的〈移居——獻給新移民〉：

> 「移居，不是流浪，不是那種驚恐不安的浪漫
> 不是虛榮的旅行，浮光掠影……
> 我把每個住過的地方都看成家鄉
> 像螞蟻一樣勤奮，與世無爭
> 在陌生的語言和食物中隨遇而安

可是故國啊，我不能沉浸在你殘存的光榮裡

對你的追憶像一根魔棍

會把眼前的一切化為廢墟……」

　　這應是一位移居較久的「老移民」正視現實的胸懷，最值得新移民參考，他還說：「祖國是一個抽象而奢侈的概念」「鄉愁是一種美麗的感冒，只屬於蒼白的貴族」。

　　有一段話，與上面曉鳴的〈移居〉詩，異曲同工，而說得更痛快，相信出自同一人之手：

　　「一個總把自己定位為遊子的海外華人，無異於一個沒落貴族，一個被東西方同時遺棄的怨婦。遊子心態……也是對北美多元文化的褻瀆。我們選擇在異鄉落地生根，就將以主人的姿態，擔當起在海外弘揚中華文化的責任。」【21】

　　「在海外弘揚中華文化」，雖說「以主人的姿態」，但似乎還有點「中華」的立場。有論者所提倡是更進一步：「許多華裔同胞擁護多元文化政策，目的只在於使自己的中華文化得以生存和延續，……既然身為加拿大公民，身居此地，就應該反客為主，站到『夫家』加拿大的立場來，除了吸收其它文化的精粹外，應盡力使我們所來自的、熟悉的中華文化的精粹，融入整個加拿大，成為加拿大文化的一個組成部份，從而使年輕的、成型中的加拿大文化，更加豐富和優美。」【22】

　　這並非立足「中華」，而是為「加拿大文化」設想，是純粹的加拿大公民的心態。

　　許多移民常把「祖國」「鄉愁」「遊子」，鬱結在心或宣之於口、於文字。吳泰昌說：「永恆的鄉愁情結、中國情結，我們應當尊重和珍惜。但沉緬於此，駐足於此，不能與時俱進向前

看，則是一種短視行為。」【23】葛亮說：「『故鄉』對他們而言是一種回歸的可能性，是他們作為遊子在外打拼時最後的心靈港灣。」【24】洪怡安說：「（故國）往往是弱勢族裔在居留地被邊緣化的徵兆。」【25】

這情況，在加華詩人、作家中，來自中國大陸、台灣的比來自港、澳的嚴重。徐學清說：「從殖民地的香港移民來的和本來從大陸移民去台灣的作家們，沒有像大陸來的作家那麼沉重的滿載著歷史的行李箱，但是他們有著無形（invisible）的文化行李箱，他們對新環境的適應性因其物質上的較為充份的準備，比從大陸來的作家更強。」【26】

我同意上述觀點，但比大陸來的作家適應能力更強，不單是「物質的充份」，而是原居地的開放和國際化，語言、生活習俗以至民主、自由、法治、人權等普世價值觀，與移居地加拿大相若。移民若來自歐洲、澳洲的先進英語國家，以至來自美國，應比來自港、澳、台的，更易適應得多。

2. 野航、曹小莉、徐彬

野航〈有醜陋的人，沒有醜陋的樹林〉：「遼闊國度裡的異鄉人，在春天尋找自身／像那些流浪的樹林，停止了仰望／在陌生的氣候裡落地生根」。這詩以樹林喻人，描寫了在加拿大的移民「尋找自身」，讚美不畏艱苦、不好高騖遠、切切實實、腳踏實地的永遠居留在這「遼闊國度」。

曹小莉則毫不保留的讚美她立足的土地。〈溫哥華讚〉先寫出它山水之美，再說「你不是巴黎」「你不是倫敦」「你不是紐約」「你不是北京」，將幾個世界大都會和它相比，然後說：「你就是你豆蔻年華，嫵媚清新，來自世外桃源的仙子」，再

為溫哥華的多雨辯解。「我在心中搜尋／珠璣般的文字／可是那水洗過的藍天上／映照著我無法形容的嚮往」。最後她說：「讓每一個人／無論是世代居住／還是剛來的新移民／都獻上理解、寬容和愛心／為我們自己，為後世子孫／留下一片和平的淨土」【27】

曹小莉有兩首詩比較特別。〈彼岸與此岸〉：「我不願失去石竹幽蘭／可我愛如煙如雲／傾國傾城的櫻花／於是我摟著彼岸與此岸，讓夢在兩岸往還」【28】〈秋天的感想〉：「我的祖國／有黃河長江／也有落磯山，聖羅倫斯河／有楊柳岸曉風殘月／也有紅森林蔽日遮天……我愛不僅是黃河長江／我也愛落磯山，聖羅倫斯河／在上帝創造的版圖裡／我本是一位自由的公民」【29】

她不僅愛加拿大，也愛中國，這本是人情之常，但她對待二者不分伯仲。僑民，愛原居國多於所在國；公民相反。從這兩首詩的表現，我把她劃入「居民」。若要她將兩國的國名並稱，就不得不分先後了。她法理上是公民，我希望她稱「加中」而非「中加」。她有兩首詩，詩題是〈記美加邊境朋友小聚〉〈美加邊境風光〉，身為「加人」而非「美人」，不妥。

徐彬的〈下雪了──記2012年溫哥華的第一場雪〉，全詩五節，錄其中三節：

「下雪了／一片一片，前仆後繼／無論是消失在無邊的大海／還是暫息在綠蔭的草地／從不考慮自己的歸宿／有誰像她那樣輕鬆隨意／不經他人介紹／和陌生的世界悄然相處」。「下雪了／一片一片，毫無倦意／滋潤了杜鵑的花蕾／溫暖了花園的植被／有誰像她那樣勤奮／在春回大地之前／向我的城市作最後的巡禮」。「下雪了／一片一片，片片相依／將柔軟美麗的身體／奉獻給廣闊的原野／有誰知道她的來處／在她融化之前／留住她

家鄉的記憶」。

此詩形式傳統，也像歌詞，聲調悅耳又押韻自然。五節格式相同，但內容沒有重複，還層層深入。詩中有「陌生的世界」「她家鄉」「我的城市」，讀者會將「雪」看成是移民。他既稱「我的城市」，我就把作者定位為「居民」了。

3. 汪文勤、白水、青洋、一品紅、勞美玉、余玉書、風動、丰雪、黃冬冬、施淑儀

有些詩，字面上看不出自我定位為「居民」，若細察作者對其所在地、加拿大細緻的觀察，細膩的感受和感情，可知對所在地的熱愛，例如：

汪文勤〈麵莊〉：「用加拿大上好的麥粉／包住心裡的秘密／這些中式的包子餃子／可以煮可以蒸可以煎／在把它們送進口裡之前／總不會露餡／／……吃飽不想家」。「心裡的秘密」「不會露餡」，有韻味。

白水〈荒沙夜曲・腳印〉：「一路走下去／腳印踩著腳印，你的／踩著我的……／然而有一天，你站了起來／在SPDINA的盡頭／站了起來／在北美大陸挺立起，一座／黃色的圖騰」。此詩寫建立在SPDINA路上的加拿大鐵路華工紀念碑。

青洋〈無題〉：「佇立／唐人街的十字路口／男男女女，嘈嘈雜雜，熙熙攘攘，匆匆忙忙／／人們看我，我看人們／互贈一道萬里長城」寫華裔同胞之間的冷寞，互相防範。末行令人終生不忘。

一品紅〈邊緣〉，寫出加拿大北部地區的特色：「在大海與藍天之間／你立於交點／在藍天與大漠之間，你／立於交點／有人說，這裡便是世界的盡頭了」

勞美玉〈掃落葉〉：「用一把鐵耙／收拾春夏的殘局／⋯⋯／落葉啊　落葉／感謝你們／為我撐起／蓬勃的春季和茂盛的夏季」。她寫家居生活，對落葉也感謝。

余玉書〈白鴿樹〉：「原產於中國／孤芳自賞於華西的密林中／⋯⋯／愛花的卑詩省省督林思齊／也在溫哥華島植了一株／⋯⋯／在海的彼岸快樂地與百花競放」。寫一種珍貴的樹種從中國移植到加拿大，能引起讀者對華裔移民的聯想。

風動〈一國兩制〉：「加拿大實行一國兩制／小孩　老人　女人　狗　男人　是一制／殘疾人士是二制／所有的門一國兩制／所有的公車一國兩制」。寫加拿大人值得自豪的尊重個人價值的特色。

丰雪〈歌雅街609號402室〉：「窗口／吞食了一夜灰紅色的大樓／樓頂上的煙囪／向剩下的天空／高舉著拳頭／青白發亮的雲／隨著樓下果菜鋪的叫賣聲／掙扎著／從窗外向屋內湧／屋內／新花瓶　舊沙發　去年的日曆／昨夜的臉／木然而立」。詩題詳實不過；溫哥華唐人街居民生活寫實，很傳神。

黃冬冬〈溫哥華郊外的晚上〉：「行程再遠遠不過天邊／二十年前／撫摸你的土地／佈滿星星充滿迷茫的夜晚」

施淑儀〈雲城飄雪〉：「九天玄女揮白色的衣袖／向紅塵灑下一把雪花／⋯⋯／陽光下／七色光芒融為純白⋯⋯」

七、鄉愁，最多見的主題

總覽加華詩人的作品，寫鄉愁的特多，因為這一種情感：並不限於其法理身份定位及自我身份定位。僑民（不在本文討論範圍）、永久居民、公民都有，只是自我定位為公民的感情多傾注

於加拿大，自發的愛加拿大重於愛其它，鄉愁顯得淡薄，甚至完全沒有。

鄉愁是離開了鄉國移居異地時所產生，這一章就置於「居民」與「公民」之間。

1. 鄉愁與月：万沐、野航、和平島

万沐寫了許多懷鄉的詩，感情細致而複雜。〈走在異鄉的街頭〉：「走在異鄉的街頭……／昏黃的街燈／似乎一直就沒有睡醒／流浪者在他身邊走過／他勉強地睜開眼睛」。〈不知哪一束光是從你的窗子裡射出〉：「鳥兒都躲進鳥巢睡了／天上是一片雨光／多倫多的夜像一堆細碎的夢……／這束光曾從四月的槐花叢中穿過／清泉一般流轉在密密鐵絲棚欄邊／這光走過夏天、秋天／在冰冷的多倫多／仿佛一輪七月的向日葵／……／不經意地灑落在／一個唐人街的夜晚」。

万沐的〈在加拿大，回味中國〉寫得新鮮而切實：「當一個人淹沒在加拿大的林海中／加拿大便突然消失了／七月的中國向我走來／向日葵、青黃的杏樹、還有狗吠／再加上一地紅的番茄、墨綠的西瓜」。

當「淹沒在加拿大的林海中」，反而令作者感到身在中國，向日葵、杏樹、犬吠、番茄、西瓜，歷歷在目，亦真亦幻。這雖不合理，但因作者對家鄉的思念深邃，就顯得合情了。他接著寫，這是「經典的中國」「夢中的中國」，也就表示這不是他理想中的中國、現實中的中國。他又說：

「不願回到中國／在中國很難見到中國／水泥把泥土已拋得越來越遠……／今天把過去擠壓在想像中」

思念中國卻「不願回到中國」，因為中國已變得面目全非，

已不是作者記憶中的「經典」。這寫得沉痛。他說在中國見不到中國；溫哥華資深媒體人李玉茹有一句話與此相仿，是說中國人回到中國就不是中國人。她說：「我在加拿大是100%的中國人，但是，每當我回到中國的時候，我覺得自己不是中國人了。⋯⋯」【30】

最後万沐只能「在加拿大的荒郊呼吸中國的清風／在加拿大的夜晚看中國的上弦月、滿月、下弦月／在發黃的書頁裡／回味模糊的中國」。他懷鄉，但他的家鄉已經消失。

万沐有一首〈又見梨花〉：「一樹梨花／寂寞地開在路邊／在北美／在這陌生的異鄉／／你勾起我故國的心緒／／不久，蜜蜂將在你枝頭嚶嗡／接著你會孕育新的生命／異鄉的風因你而芬芳／他鄉的土地因你而有故鄉」。梨花也許是他的自喻，而末句費解。加拿大的土地怎麼會因梨樹的孕育而有故鄉呢？也許可解釋為：梨花是作者故鄉的風物，他的故鄉既已失去，現在預見到加拿大的土地生長出新的梨樹，他的「故鄉」又在加拿大重生了。

万沐還有一首〈我的月亮，我的故鄉〉：「而今，我的月亮／掛在北美的唐人街上／我的月亮／是昨夜照在故鄉的月亮／月亮裡有祖母遠逝的歌謠／有母親思念的淚光⋯⋯／／西望浩瀚的太平洋／激灩的波光連著月光／月光裡有我的親人／我的故鄉⋯⋯／／月亮裡沒有離別，沒有流浪，無論在天涯、在海角／我都永遠依偎著我的月亮、我的故鄉！」他說「沒有離別，沒有流浪」，似乎費解。也許是矛盾的自我慰解。言外之意也許是：家鄉既失，只好望月，月裡「有親人，有故鄉」，然後他就把月亮當成故鄉，「永遠依偎著」，因為「沒有離別，沒有流浪」。刻骨的鄉愁把詩人弄到理性混亂，神經失常，可悲可憫。

野航的〈十五夜月〉:「而今我歷盡滄桑,把你／看作一片遙遠而光明的墓園／埋葬著先祖和親人,愛和夢想／每一次仰望,就是一次祭奠,一次還鄉」

和平島〈渡輪‧O Canada〉:「哦,祖國／前一刻／你還深埋於／我的心間／／現在已是／千里之外／一片焚燒的浮雲／和看一眼／就能滴落淚水的／月光」

李白的〈靜夜思〉「舉頭望明月,低頭思故鄉」,影響力可不小。万沐進一步把月當作是「故鄉」。這裡野航把月作為「墓園」,「埋葬著先祖和親人」,也埋葬了「愛和夢想」,而和平島的「月光」,是「看一眼就能滴落淚水」,都可見其悲苦。

2. 鄉愁的多種類型:陳中禧、空因、陳浩泉、孟沖之、李愛英等

女詩人**陳中禧**的國族情感甚烈,富正義感,屬秋瑾一類。詩集《移民族》中,有一首〈回鄉掃墓偶感〉:「我們的根在故鄉／那裡黃土疊黃土／……／我們的家在故鄉／那裡江水伏江水／……／我們的心在故鄉／那裡山嶺越山嶺／……／不論白日青天或夜間北斗照耀／我們的心在故鄉」。末句寫時間的推移,也隱含朝代的更變。

女詩人**空因**,有一個禪味的名字。其詩多哲學意味、宗教情懷,幾本詩集,難以找到一首有明顯國族身份定位的詩句。涉及懷鄉的也只有一首〈總是有些隱隱的鄉愁〉。首節:「總是有些隱隱的鄉愁／當我站在這河隄上／因為我不知道我的源頭／來自哪一個山上」,這還可算是習慣上的鄉愁,而與上述陳中禧的肯定,適得其反。空因這詩的第二、三節,只能說是異類的鄉愁,是自己思想感情的所寄、所在。不是回憶,而是想像,她所追尋的理想。

空因有一首〈故鄉〉：「我不知道我從哪裡來／也不知道我要去何方／我的故鄉在一個／連我也不知道的地方／／我穿過許多鄉村／經過許多城市／可是／沒有一個／我可以稱為故鄉／沒有一個／讓我願意丟掉行囊／依偎在它的懷抱／／……那若隱若現的最高峰上／天籟之聲悄悄飄來／在宇宙間回響……」

她說：「沒有一個／我可以稱為故鄉」，與前述的曉鳴的「我把每個住過的地方都看成家鄉」正是兩個極端。同是來自中國的移民，何以致此，值得研究。說「不知道我從哪裡來」，並非客觀現實。她是不重視地球上、物質性的家鄉，而是有天籟回響的精神家鄉。

陳浩泉〈漂泊的夢〉：「那大片寬闊的海棠葉／竟沒有我們立錐之地？／我們的根在長江流域／在華北平原／在太平山麓／實在不願去寄人籬下／……／哪一天／我們真正的心願／能種在美麗的海棠葉上／種在黃山之巔／灘江之畔？」他以一個香港的中國人的立場，寫出不甘「離鄉背井」「飄洋過海」「寄人籬下」。如果客觀條件容許，還是要落葉歸根的。只恐有生之年很難如願了。

孟沖之〈故鄉集〉：「為了讓靈魂安居／我用漢字的方磚／重構失落的故園」。重視的不在地方，而是精神。閱讀漢字、書寫漢字、用漢字創作，藉此「重構失落的故園」。這當然是進取的，但若只沉緬在我們所來自的中華文化，也很難說是最積極的落地生根。

李愛英〈麥香情〉：「滿腔轟鳴的／是春夏秋冬／五十個輪回／山搖地動的／鄉音／／滿懷裡擁抱的／是朝思暮想的／生於斯長於斯代代無窮的／鄉情」作者寫的雖是一個「頭髮花白的老伯」從美洲回到故鄉的麥田時的感想：也可視為作者自己的同

感。所謂「生於斯長於斯代代無窮的／鄉情」，應該僅指這一代及其上各代；而移民的第二代起，其鄉情就變為生於斯長於斯的加拿大了。

姚船〈藍色的夢〉：「世界上還有甚麼地方／像故鄉般藍得可愛？／加拿大的土地／也頂著一片藍天／只是那心境／沒有了藍的扎實和厚重／呵，故鄉的藍／給了我今天的慰藉／也給了我明天的力量」。

黃冬冬〈候鳥〉：「在遙遠的他鄉尋找／故鄉則在腳下的路遺忘／經過的豈只是絢爛的天空／剝落的羽毛在他鄉的泥土裡／埋葬」。

布鳴〈想家的感覺〉：「已分不清片片秋色／哪一葉來自／家鄉的梧桐」。

湯潮〈安大略的秋天〉：「自深秋步入你的童話／起伏的月色／穿過楓葉的深重／尋找一片海棠的馨香」。

汪文勤〈韭菜盒子〉：「不吃韭菜容易／不回家鄉卻難／清明了／新韭含了春水上市／甫進入口中／列祖列宗們便在齒中喋喋不休／……／欲解的鄉愁如韭／割而復生」。

葉靜欣〈秋雨與鄉愁〉：「而今，在這個遙遠的地方／即便是梅雨時節，身體總沾不上半點水氣／奇怪的是／我的鄉愁卻怎麼也難以晾乾」。

風動〈故鄉的黃酒〉：「故鄉的黃酒啊／呼吸著黃土的氣息／故鄉的黃酒啊／是清明的雨絲　月夜的春江／故鄉的黃酒啊／是江南水鄉　是荷塘月色／故鄉的黃酒啊／是奔騰的黃河縱橫千里」。

之楓〈嚮往荒野〉：「因為思念你，北方／我懷著戀鄉的痛苦／走過溫馨的江村，穿過叢林／因為思念你，荒野／我懷著尋

根的心事／走過手足無措的街燈／走過自己」。

　　以上姚船、黃冬冬、布鳴、湯潮、汪文勤、葉靜欣、風動、之楓諸作，有因懷鄉而努力於新生活；有的是故鄉難尋；有的是鄉愁難斷，祖宗也在懷念之中；有因懷鄉而到處尋找；有的懷念家鄉的特產。

八、寫加拿大的詩及無定位的詩

　　自我定位為「僑民」的詩人，注意力多在其原居國；定位為「居民」的，對移居地關心，有較強的歸屬感，鄉愁比「僑民」為淡薄。有一類詩寫加拿大生活、風物、社會的，雖未顯出其自我定位，但應是法理上的公民或永久居民之作，例如：**也斯**〈雪邦街雪晴〉，**青洋**〈一號公路夜雨傷逝〉，**盧因**〈雨中聖誕書懷——贈韓牧〉，**朱瑞**〈你的護祐是一條太陽河〉，**白水**〈大西洋之戀〉，**孟沖之**〈一個父親的早晨〉，**高岸**〈溫哥華的燈火〉，**秋葉**〈安大略湖之夜〉，**袁軍**〈題中山公園〉等。

　　全加拿大華裔詩人中，有一定成就並有相當名氣的，東、西兩岸其實都不少。一些重要詩作往往有其普遍性、世界性、哲理性。由於不在本文題旨內，未有提及。一些提到過的，也非其代表作。只好期以將來了。他們是：

　　也斯、川沙、和平島、空因、余玉書、孟沖之（野航）、曉鳴、風動、汪文勤、白水、寄北、鹿苹、万沐、青洋、宇秀、王祥麟、徐彬、施政達、黃冬冬、曹小莉、陳浩泉、李秀、曹禪、羅鏘鳴、李亞晟、韓宗京、司馬策風等。

　　完全未見自我身份定位的詩，且列舉一些為代表，以見一斑：

　　川沙〈詩人永遠在柵欄裡〉，王祥麟〈本質〉，麥冬青

〈悼羅文〉，丐心〈雪花飛〉，宇秀〈在你指間〉，胡守芳〈往生〉，陶永強〈一個共同的信念〉，黃永強〈宇宙的主宰〉，寄北〈春天是一條小青蛇〉，文科〈另一種風景〉，施政達〈極樂蝶〉，陳華英〈絲路遐想〉，李默〈雲——紀念愛妻逝世揮淚〉，譚乃超〈海風‧惆悵的流失〉，李亞晟〈芳草與墓地〉，許筱倩〈蛻變〉，阿濃〈最後的禁區〉，李秀〈節約〉，鹿苹〈魚話〉，羅鏘鳴〈億萬年的記憶‧雷〉，陳麗芬〈月光與夢〉，曹禪〈越界〉，韓宗京〈手〉，司馬策風〈小悅悅，血的反思！〉，七小姐〈垂愛者戒〉，張思怡〈在秋天〉，小万〈夏天，就這樣來了〉，慧泉〈冷牆〉，陳金章、史兆寬〈我們的加拿大〉，黃河邊〈移民，移民〉，趙廉〈我想寫〉，星子〈風過，雲過〉，祁暢〈傾斜〉，佳人〈朋友〉，許曉鳴〈浮世之戀〉，筆蜂〈舞台〉，散髮狂生〈餐紙〉，黃應泉〈探親〉，魏家國〈斷牆憶語〉等。

九、自我定位為「公民」的詩

自我定位由於本人立場、心態，對原居國的依戀度，對移居國的歸屬感和忠誠度。定位為「僑民」的，除鄉愁詩外，與在原居國所寫無異，沒有顯出是寫於加拿大，更沒有加拿大人的心態。定位為「居民」的，已見對移居國的感情、歸屬感；界乎「僑民」與「公民」之間。定位為「公民」的，除地方歸屬感外，顯出對國家的忠誠度來，有愛國的熱情。

好的詩不一定只屬某一國、某一族，偉大的詩常寫出人類的共性、和共同關心的問題。或打破國族隔閡，提升到哲學層次。另有同意「世界主義」的「世界公民」，認為全人類同屬一共同

體，不承認國籍和地理劃分。而「民族主義」與此相反，認為首先是民族的，才能是世界的。有所謂：沒有自己的國旗，不能進入聯合國。這些，都值得進一步探討。

上世紀五、六十年代的南洋，已脫離英國殖民統治的「星馬」，在華文文學界仍有不少僑民心態，於是產生過「僑民文學」與「馬華文學」的大論爭。

心與身一致，歸向入籍國，天經地義，華裔因中華文化深厚，這文化又特別戀母、戀鄉。一時間、甚至一輩子難以把心轉向，屢見不鮮。不言而喻，來自歐洲英、法移民，文化相同、相近，沒有適應的大問題。其實華裔也只是第一代移民有這困難，雖只此一代但確實有很大的困擾，應設法盡快克服之。搖擺於「娘家」與「夫家」之間，實在是痛苦的。

日本名小說家山崎豐子的長篇小說《兩個祖國》就深刻寫出這一點。只生活在一片土地，只忠於一面國旗的人是簡單的、幸福的。目前全世界有七十多個國家承認或接受雙重國籍。雙重國籍我不贊成。好在加、中兩國不是敵對國，否則我們很容易有意或不自覺的成了「漢奸」「奸細」。雖非敵對，兩國總有矛盾的時候，弄得不好會人格分裂。

一個人一生中，若不只是生活在一地，不只是講一種語言，不只是吸收一種文化，其實是幸運的。因為眼光較寬，見識較多。加拿大以多元文化為國策，鼓勵不同文化的發展。華裔公民的責任在於將中華文化與其他文化比較後，把精粕清除，把精粹融入以豐富加拿大文化。

「融入本地的重要性不言而喻，……今天的華裔加拿大人不應僅抱著『入鄉隨俗』的被動心態，來適應新國家、新環境下的生活，因為如今加拿大已不是『他鄉』，而是自己新的家

園，……努力讓這棵新樹苗長得枝繁葉茂，根深蒂固，是造福自己、造福家人、造福後代的事，也是每位華裔新公民所必須做到的本份。」[31]

我發現一個有趣的情況：加拿大東、西兩岸，有三個最活躍的華人作家團體。從團體的取名，可隱見其身份的自我定位。依歷史的短、長次序來說，東岸的「加拿大中國筆會」，突出「中國」，有「僑民」意味；「多倫多華人作家協會」，突出「華人」，有「居民」意味；西岸的「加拿大華裔作家協會」，突出「華裔」，有「公民」意味。

這些年，我搜集到近一百位華裔詩人的大量詩作，一一過目。[32] 不幸，明顯有「公民」意識、自我定位為「公民」的，罕見。一直到去秋，只找到兩首。雖然這類詩我自己反而寫過數十首，但這最後一章如何下筆？我一直苦惱。可幸如今勉強找到了十首，所謂勉強，是連散文詩段落、歌詞、舊體詩詞也算進去。內容各異，其中有特殊的、妙想的。分屬十位詩人，東西兩岸、男女老幼齊備（九歲到九十五歲），我將這些詩分成幾類，現在我可以很有興趣的、安心的來討論了。

1. 熱情的讚頌：王潔心、汪文勤、海風

王潔心〈春光似錦〉（散文詩）[33]

「我第一次聽到了我的心，對著這片自由、清新而又壯麗的大地，發出了快樂的歡呼：加拿大，我愛你！你像一片深厚的海洋，托住了我這葉小小的浮萍，使我不再繼續那徬徨無根的漂泊！你將成為我永恆的家，永恆的愛戀！」

王潔心這熱情的、毫不保留的讚美、歌頌，並非虛假的文字，而是真實的生活感受。她從中國大陸「徬徨無根的漂泊」到

台灣、而香港、而南美洲，老年後到達加拿大定居。她說加拿大「自由、清新而又壯麗」，任誰，包括外國人，都會覺得恰切。我曾見過她在一學院的舞台上朗誦此詩，手舞足蹈，走來走去，亢奮忘我，真情畢露。她幾年前病逝，加拿大真的成為她「永恆的家，永恆的愛戀」了。

汪文勤〈楓葉情結〉（散文詩）[34]

「我就被它全然俘獲，甚麼五千年的文明歷史、甚麼親情、鄉情、家國情、真的都去了腦後。我被加拿大無法抵禦的美，和這片土地固有的魅力所攝服。」「一個真正的加拿大人，是有著楓葉印記的人，我以生命中有這樣的印記而驕傲不已。」

可以說她熱情，但與王潔心比，她就冷靜、理智得多了。王是經幾十年的漂泊而找到這「托住浮萍的海洋」，汪是經過世界各地的遊歷，在溫哥華一下了飛機，就一見鍾情的。說她冷靜、理智也許不適當，因為一時間，「甚麼五千年的文明歷史、甚麼親情、鄉情、家國情、真的都去了腦後。」詩中她不但自我定位為「加拿大人」，更是「一個真正的加拿大人」。且容我引伸，她心中應該感到有「虛假的加拿大人」這一品種的。

海風〈啊，加拿大〉[35]

「民主的旗手，自由的燈塔／浩淼的大西洋，藍色的太平洋／催生了年輕的國家／開放的理念，博大的胸懷」

「你把『環保』看得比『GDP』還重要／於是，楓葉成了國家的象徵／野生動物成了各省的圖騰」

「為甚麼一國總理到民間訪問／沒有警車開道、沒有三步九崗／也沒有標語和口號／卻有異議者的聲音在耳邊震蕩？……」

「為甚麼不搞『舉國體制』，不為金牌而瘋狂／卻把大量金錢灑在全民體健上？……我為你歡呼為你歌唱／祝你繁榮昌盛、萬壽無疆！」

文字上好像句句歌功頌德的「歌德派」，細看句句切實，這詩的內容精要而全面。細述了加拿大的地理、豐富資源、美麗的大自然景觀、國旗、省獸等，又細述它美麗的城市們、工農業、藝術、文化、建築、多元文化、尊重歷史、熱愛和平、維和、歷史、聲援弱者、保護人權。然後把當下外國非民主的政治與加拿大比較，天壤之別，卻是真確的現實。因此可見感情真實，說服力強。愛自己的國家甚於外國，甚於一切，是標準公民的特點。

2. 爭取當主人：葛逸凡、談衛那、高岸

在民主國家，公民是國家的主人，因而「爭取當公民」也就是「爭取當主人」。公民意識包含責任感、義務感和使命感。後者還要帶批判性，不單認同國家，還要作善意的批評。

葛逸凡將得獎力作長篇小說《金山華工滄桑錄》改編成《金山華工滄桑歌》，有一段合唱，借「秀蓮」和「天賜」之口，吐出華裔心聲：

「我們是在這塊土地出生的人／社會上有地位、收入高的職業／沒有我們的份兒／我們在這裡出生／不算是公民／我們要努力用功／學了本事／去爭取我們應有的公民權」

這是華裔被岐視的年代，一對青年的呼聲。他倆沒有法理上公民的身份，不是公民，但他們卻既盡公民的義務，又爭取公民的權利。對國家作批評，讓國家能進步。

在現實生活中，葛逸凡這位移民加拿大已五十多年的老移民心中就是加拿大。她在中國大陸出生，度過童年和少年時代，青

年時生活在台灣，後移民加拿大。別人稱她為「中國作家」「台灣作家」時，她都堅決反對。她的名片有紅楓葉圖案，大字印明「加拿大華文作家」，自己的名字「葛逸凡」反而是印小字。

談衛那〈老樹根的心聲〉[36]

「我們為了尋覓生命落實的一片泥土／追求一個足以避風的港灣／從大海的那一邊／漂流到這個天之涯海之角來／決心鋸斷我們過去的繁華與興旺／……／上，苦於向上發展／下，難以往下紮根……」

這是一個華裔公民的決心和體驗。她「尋覓一片泥土」「一個港灣」。從「決心鋸斷我們過去的繁華與興旺」一句，可見她勇於捨棄過去，「鋸斷」，相當於已故卑詩省省督林思齊所提倡的「燒橋」，不走回頭路。縱然「向上發展」「往下紮根」都困難重重。

關於「根」，有種種不同看法。上文陳之藩說「失根」；余光中說「根永在這裡，因為泥土在這裡」；洛夫說「我的根始終在中國」。三人的觀點接近，都是「不拔根」，也就不必「落地生根」，根永在原來的土地，相當於「落葉歸根」了。

華裔美國作家邱辛曄是第一代移民，他的說法很新鮮：「別人是祖宗在哪，根就在哪」，他卻是「子孫在哪，根就在哪」。我們可以這樣推想：他是第一代移民，他的子孫在新大陸土生土長，根當然在新大陸；因此他的根也在新大陸，那就等同「落地生根」之意了。

匈牙利作家Peter Esterhazy說得很玄：「我從不會無根，因為我就是根。」華裔美國詩人、第三代移民梁志英教授（Russell Leong）認為，「人的根實際是心理上的想法，不一定要有一個

物質載體。」

　　加拿大一位華裔移民書法家在他的一次書法展上致謝辭時說：「一株植根於中國，立本於港澳的植物突然抽離，我是屈原《橘頌》中『深固難徙』的橘樹嗎？惜別舊大陸，發現新大陸，地球上第一片以多元文化為國策的最遼闊的疆土，它保護我的根。我著意追尋這根的最深處的文化藝術，三千年前的甲骨文。我想，這最古的漢字，最新的書法，可以超語言、超國族，進入成形中的加拿大文化成為一個組成部份。這個理想，是我對中華文化的報答，也是我吸收多元文化後的反哺。」[37]

　　這一段發言，我們可以這樣解釋、引伸：根，是在原國族吸收到的文化傳統，當我們如同植物，連根拔起移植到一片新土，如果那片新土歡迎異類，歡迎多元，就會「保護我的根」，這植物即時感受到新環境的影響，包括吸取有別於故土的新土的營養、與故土不一樣的陽光、雨露、空氣，植物的基因或變或不變，但開出的花結出的果，一定與原居地時有異，大異或小異。而那移植了的根，因為環境變了：也會發生質變，於是成為新品種的第一代。它，也成為它的子孫的根。

高岸〈我願意在這裡重新出生〉[38]

　　「我願意在這裡重新出生／有一份純淨的藍色的血液／散發著海水和礁石的氣息／……／我願意是那報童／騎著自行車／在黃昏裡挨家挨戶／將一卷晚報廣告／快速地塞進郵箱／1小時掙6加幣／……」

　　然後是「餐廳的侍應」、「便利店的小店員」、「賭場發牌員」，「去經歷一個個不同的職業／體驗自由和隱秘的快樂」，「人們就像海水沖上岸來的活魚／在金色的霞光中開始享受生命

的美妙光陰」,「因對生命的好奇/我願意赤腳從一塊礁石開始/另一個人生」。

「重新出生」客觀上是不可能的,但由此可知作者「因對生命的好奇」,要「體驗自由和隱秘的快樂」,不惜做最低層的工作,毅然脫離已習慣的環境。魚,離水登岸,總有極大的不適應和困難,卻可活在「金色的霞光中」感到「享受」,可見他多麼渴望成為加拿大中的一員;又可想到,這魚在海中時,是多麼的不「自由」不「快樂」了。

3.衛國與維和:徐迦寶、万沐、司掃

徐迦寶,2002年生,現年十歲,是女詩人宇秀之女。她起碼六歲時就會寫詩,雖然當時她還不知道這些就叫詩,是偶然給母親發現的。我自港移加二十多年,還沒有見到一個兒童寫出這樣有童趣而又有深情的詩。原文為英文,中文版是她與母親合譯的。她在九歲時寫過一首〈國殤日〉:

> 人為我赴死
> 我為此非常哀傷
> 戴上罌粟花

日本「俳句」每首只有三句,分別為5-7-5,共十七個音節,原英詩正好如此,想是仿「日俳」而寫成。我見此詩,驚艷。加華新詩能有這種愛國感情、公民意識的,罕見。也許是成年人故國包袱太重,放不下,土生土長的兒童,在民主自由公正和平的環境,這種感情和意識就自然而生了。

万沐〈國殤——清明節給前線陣亡加軍〉

「自由世界就是你的國家／渴望自由的人都是你的兄弟姐妹／／你為了民主世界開疆拓土／血灑疆場／為了人類和平安寧背井離鄉／與家人生死相望……」

「在專制的堡壘，恐怖份子的基地／播散著自由的種子／從空中、地面和海上／捍衛著民主、人權的世界」

每年十一月十一日國殤日，人們佩戴紅色的罌粟花，以緬懷加拿大為國、為維和捐軀的英烈。在華裔社區新移民中，應不應佩戴也成為爭論的話題。反對的一方認為加拿大的幾次戰爭中有韓戰，這些陣亡者是中國的敵方。狹隘的民族主義之火燒燬了他們的理性。作者万沐有著廣闊的國際視野和人道主義心胸。他有公民意識，又歌頌與「專制」「恐怖」作戰、維護民主、自由、人權、和平等普世價值的前線陣亡加軍。這詩不是在國殤日寫的，而是在「清明節」，它閃耀著「多元文化」的光彩。

司掃〈哈里法斯港〉（調寄沁園春）【39】

「大洋波浪洶洶／遇敵艦　前衝後夾攻／俟舷傷舵損／人疲彈盡　星條旗毀／虜獲艨艟」

老詩人司掃擅舊體詩詞，有名作〈加拿大雁〉，讚美此國鳥諸多優點，序文說：「雁以加拿大名，實應為加拿大人之典範也。」公民意識隱見。這首〈哈里法斯港〉是東遊時作，註曰：寫二百年前「美國覬覦加拿大國土」的英美戰爭。

1812年的英美戰爭，是美國在獨立戰爭之後，想吞下加拿大全境。加拿大英語、法語兩大民族、印第安人以及東、西岸各省一致聯合抗敵，得以保土。可以說，沒有這場戰爭的勝利，就不

會有「加拿大」這個國家；是加國歷史重要的一章。司掃用詩句重現虜獲敵艦的場面，這一段史實，加拿大人是應該要知道的。

十、鄭或〈最後一詩篇〉

鄭或（1913-2010），教育家、詩人，出生於廣東汕頭。抗戰初期，任教廣州中山大學。太平洋戰爭爆發，隱居新加坡。戰後，任台灣省立師範學院（台灣師範大學前身）外文系、廣州中山大學、文化大學、廣東省立文理學院教授。1950年移居香港，任新法、萊敦、文法等書院校長；與音樂家趙梅伯合辦「香港音樂院」。又曾任香港私立英文學校聯會主席等公職。1981年移民溫哥華終老。

鄭或的詩，舊體新體兼擅，中文英文對照。英文詩享譽國際，屢獲詩獎。出版有詩文集《忘情箋》、《閒情拾遺》。

在《閒情拾遺》書中，收有一首〈最後一詩篇〉[40]：

故鄉即他鄉
　　永不再懷念
蘆溝砲聲響
　　此生再難見
有妳的笑臉
　　有妳的淚眼
無言相對日
　　一去成永遠
故鄉是他鄉
　　只有夢魂牽

他鄉即故鄉
　　何必再懷念
往事化雲煙
　　惟留一詩篇

　　此詩寫於2008年、95歲時，依詩題，正是他的「最後一詩篇」，概括了他對故國和新土的態度。一般移民只會說「他鄉亦故鄉」，而此詩開首就一鳴驚人，出人意表：「故鄉即他鄉，永不再懷念」。英文本中此處的「即」字，是「became」，就是說「故鄉變成了他鄉」了。這顯出對移居國的歸屬感、忠誠度。我認為，這正是移民心態轉變的正確方向。詩中的「妳的笑臉」「妳的淚眼」的「妳」，是指祖籍國中國。雖然主觀上「永不再懷念」，但客觀上還是會不由自主的做夢時夢到的。他寫得很坦誠、真實而細緻。

　　最後四行說，不但中國，連加拿大也像故鄉一樣，不必再懷念了。「往事化雲煙」，作者把自己投向世界之外、生命之外，只有文學藝術才能永恆。這是一首氣魄恢弘、進入化境的「絕筆詩」。

十一、韓牧：從僑民到居民到公民

　　韓牧涉及自我身份定位的詩有幾十首【41】，整體來看，可以清楚見到從僑民到居民、居民到公民的全過程。照前述，1989年冬抵加後一個月寫出的第一首詩〈冬暮〉，自我定位為僑民（法理上為永久居民），又一個月後，寫出第二首〈聽鳥之前及之後〉，急速的作了改變，定位為居民了。

自此停詩筆十年，到2001年重拾舊歡，首先寫出的是組詩〈煙水茫茫〉，其中的〈簑衣〉：「一百年前／它保護過某一個中國人／抵擋／加拿大的雨和雪／／一百年後的今天／一個加拿大的玻璃櫥／保護著／這一襲中國的毛羽」。暗寫出早年華人的艱苦以及被歧視，如今，把歷史反過來，受到公平的保護了。此詩已開始顯露公民的心態。從此，所寫的都是這心態的延續，也許都可視為「公民」了。舉例：

　　〈後園夏至〉寫野草：「環境稍異就產生不同的民族／多元民族大融和／多十種　不多／少一種　少任何一種／都不能算完美」。加拿大是迄今唯一以多元文化作為國策的國家，上面的詩句，可見作者已受薰陶。

　　〈和平拱門〉寫加美邊境，與強鄰作比較，從歷史到當前：「我　一個加拿大公民／走進這／世界最大的界石的中心／北緯四十九度線從左肩到右肩／……／不再緬懷過去的榮寵／不再緬懷先輩的敗績／我們　加拿大公民／柔弱而矮小的山茱萸／千萬顆心緊靠在一起」。

　　〈鯉鯨噴水池〉：「龍自謙　還是自大？／誰是龍的傳人？／你是嗎？／／龍民主　還是專制？／誰是龍的傳人？／我不是」。

　　〈黃色雙拱門〉：「雙拱門升格到旗面／而加拿大國旗的紅楓葉／縮到　瑟縮到極小／降格為雙拱門腰間的一個勳章」。寫南鄰商業文化入侵。

　　〈善終之地〉：「風乍起　深綠叢中那塊鮮紅／竟招展起來
確實是楓葉旗／妻說：那邊正是殯儀館／我說：這裡正是我倆善終之地」。

　　〈加拿大運動員·男子冰球〉：「我是進入老年才進入加拿

大／老眼追蹤不到急竄的冰球／舉國歡騰　我不能自己／同聲高喊：我是加拿大人！」。

〈貝克峰〉是駕駛時見加美邊境外美國一名峰引起的聯想：「我緊握著方向盤　定一定神／我告誡自己：／我不怕被美國監視／我不怕被日本囚困／／腳下　是加拿大的橋樑／頭上　是加拿大的青天」。

〈櫻‧樺‧楓〉從自己後園的三棵大樹，聯想到自己曾經居留的國度（英）、自己的族裔（華）、當下居留的國度（加）。其中「樺」一段說：「主幹堅定而枝葉輕垂／擺蕩如搖曳生姿的柳／柳　落地就能生根／白樺　你也一樣」。可視為自況和自信。

〈一樹紅白櫻〉：「三段接枝的六個傷口　還隱約可見／當然早已消失了癒合前的痛楚／一起接受同一塊土地的營養／同一空間的陽光　暴風雪和雷電」。喻移民初期的痛楚，融合後願意同甘苦共患難，這當然是公民的意識了。由此，讓我們醒覺到：不但移民有「痛楚」，本地人也一樣。因為一次接枝就有兩個傷口。，

〈冰國兒女，在都靈〉寫2006年意大利的冬奧，組詩有小序：「生平第一次看冬奧的電視直播，是因為掛念冰雪般的加拿大健兒們，意外成詩十首。」其中的〈女子冰球首戰〉：「人人都說／不看冰球賽的／不算加拿大人／⋯⋯／因為加拿大勝／我開始愛上這一種國粹」另一首〈獎金〉：「沒有獎金／沒有職業的培訓／靠的是對運動的愛好和體育精神／我們獲得的獎牌數量／僅次於德國美國／是世界第三」。

〈蝴蝶之憶〉：「電影裡歌舞裡的都不是真蝴蝶／標本最美　不過是屍體／沙螺灣多姿采　卻把我當過客／後園的我最懷

念　雖然不美麗」。

〈親切的地名〉：「買這些西蘭花／不買那些美國的芥蘭／買這些苦瓜／不買那些墨西哥的節瓜／買這些雪豆／不買那些中國的甜豆」。作者對加拿大的愛顯然深於對原居國了。

〈自家風味的葡萄〉：「不買又大又甜的進口貨／買皮厚帶酸『加拿大第一』的『自家風味』」。

〈聖火點燃〉：「像野火會上的篝火／我們加拿大人熱愛大自然／……／六萬人圍著溫馨的爐火／我們加拿大人熱愛家庭」。

〈國球・忠心〉：「加時　是一球定生死的／……／我不自覺的默唸起《心經》／……／其中有華裔加人／以及各族裔加人的／忠心」。

〈最單純的國名〉：「作為一個華裔加拿大人　我知道／不容抹煞數以萬計的鐵路工人／都來自廣東／我的祖輩　用母語鄉音／翻譯這　世界上最單純的國名」。

寫於2009年的〈自由自在的心〉是得意之作，詩末說：「好在　這一個外在的環境／清朗　簡潔　透明／公開而公正／／好在　我得到了／作為一個人的天賦權利／自由地去思想　自在地去用情／／臨老　我從新獲得／童年時誰都有過的／自由自在的心」。真確而清晰寫出一個華裔加拿大人心境；對外在環境的滿意和感謝。它清朗、簡潔、透明，公開而公正。如果作者生活在沒有這些、沒有天賦人權的社會，以其嫉惡如仇的剛烈性格，是沒命去生存的，所在他一再說「好在」。

〈太好了，不必知道〉：「報紙上一位華裔記者寫道：『太好了，中國金牌，加國銀牌／這是華裔加人最好的結果／即使加國金牌，中國銀牌，也不錯』」詩人覺得那記者的立場是中國

人，這是他自己的自由。但他說「這是華裔加人最好的結果」，是強姦加拿大人的民意。詩人將其言詞在詩中原樣錄出，示眾。

　　韓牧在2001年國殤日，寫了一首長詩〈國殤日的罌粟花〉，詩中他思索自己為何遲遲未形成足夠的公民意識。他說：「回家的路上我苦苦思索／今天　在這片地球上最遼闊的國土／無數的紀念碑前／以及遠在海外的維持和平部隊的／軍營外　軍艦的甲板上／有同樣的紀念　年年如是／我與妻移居於此十二年了／今年才頭一次參加　為甚麼呢？」他說：

> 「任何事都有因和緣
> 　感情需要醞釀
> 　醞釀需要時間」

　　若依其詩作所示，他的自我身份定位，從「僑民」到「居民」只需一個月，從「居民」到「公民」竟長達十二年。可以說，他落地生的根，要經過十年以上才穩固。2010年國殤日前，他應華裔退伍軍人協會之請，寫了首較短的〈一朵罌粟花的聯想〉，在每年的國殤日紀念會上朗誦，成為紀念會上第一首、迄今唯一的中文詩。

十二、結語

1. 新移民的疏離感

　　加拿大先僑、老僑的華文舊體詩不少，歷史也久遠。但華文新詩歷史很短，能達到一定水平、數量，形成氣候，只是近二十年間的事。可以說，新詩作者絕大部份是新移民。新、老移民最

大之「異」，可從政論家丁果的〈新移民忠誠度透析〉一文中見之：「新移民不必太花精力，就可以拿到老移民爭取了一百年的所有權利。然而，與老移民在故土連根拔起，放棄一切來加拿大打拼，並以加拿大為唯一認同的國家的情況相比較，新移民更多的是兩邊通吃，左右逢源。」[42]

關於新移民的忠誠度，有專欄作家批評說：「他們曾經是那麼急切地把自己的身份轉變成華裔，可是思維、處事，甚至癖好又是那麼的『中國』。他們兩腳踩在加拿大的土地上，可是總是試圖反覆證明，自己對故土的情感比生活在那片土地上的父老鄉親還要深。」[43]

對於新移民對加拿大的疏離，有識之士嚴厲批評，忠告不斷。有論者說：「不少人對加拿大的忠誠度，都不如對原居國的忠誠度。」「既然選擇了移民，就應該認同移居國，否則最好及早回歸，免得影響自己的生活和下一代的成長，最不好的是既要享盡移居國的各種福利，又對移居國毫無歸屬感和忠誠感。」[44]

這種一腳踏兩船的情況十分普遍，上述的情況又與四、五十年來中國的社會道德淪喪有關，本地人包括當政者的心地沒有我們新移民複雜，也容易受騙。我們把中華文化中的精粕帶了進來，令人痛心。若從上文所舉眾多詩作例證及分析看，表現在加華新詩上對加拿大的歸屬感和忠誠度，也十分不足，無需諱言。當然，忠或不忠，是個人選擇，何況感情的醞釀也需要時間。照理，作家，尤其是詩人，物欲會比一般人低，所重為精神、和自己的寫作。但若身份定位游移搖擺，精神常在分裂狀態，徒增苦惱。

一個世紀以來，特別是後半個世紀，中國政府大力灌輸愛國主義教育，本無可非議。但卻導致目前凌駕人權和民主的、狹隘

的國家、民族主義觀念猖獗，盲目愛「國」，非但使國內同胞受害而不一定自知，也直接導致移民「對移居國毫無歸屬感和忠誠感」。相反，那些清醒的覺悟的，以及對原居國不滿的移民，因為身心都不願回歸，就容易愛加拿大。

2. 加拿大文學還是中國文學？

本文所論是加華詩人和詩作；也要談一談「國」與「族」的問題，這在一般人甚至詩人作家，也常會混淆的。

去年，美國任命華裔第三代移民駱家輝為駐中國大使，「華裔身份並不會影響到駱家輝代表美國人利益的立場。正如他自己所說：『我以我的中國血統自豪，我以我的祖先自豪，以華裔為美國的貢獻自豪，但我是百份之百的美國人。』」[45]有些人聽到「百份之百的美國人」會錯愕。若細想一下，他同時是「百份之百的華裔人」。駱把「族」與「國」分得很清楚。

關於對文學所屬國籍的認識，在文學界中是有疑惑、混淆、錯誤的。

瘂弦在〈世界華文文學一盤棋〉中說：「只要我們心中有孔子、孟子，有李白、杜甫，故鄉就在心中。海外華人絕不是飄零的花果，失根的蘭花。」[46]這段話強調了中華文化，認為不必落葉歸根（也沒有說要落地生根）。沒有涉及作家的身份和文學的國籍。

學者、作家馬森在〈海外華文與移民華文文學〉一文中說：「像新加坡這樣的國家，華文也是他們國家主要的語文之一，用華文寫作的新加坡人的作品，能稱為移民文學嗎？」[47]

我認為新加坡這個獨立國家，華人佔大多數，廣義來說，也是移民，要稱之為「移民文學」也是可以的。問題是，同理，像

加拿大、美國，用英文、法文寫的也同樣是移民文學了。最後只有印第安人的才是加拿大文學、美國文學了。想深一層，印第安人也是千萬年前從亞洲大陸移到美洲的。其實，如今，像許多移居既久以至第二、三代的新加坡華裔作家，已沒有了「移民」的心態，作品也沒有了「移民」的特色，就不應稱為「移民文學」了。

學者、作家木令耆的〈落地成文〉說：「我認為海外華文文學與中國本土的文學之間的區別越來越小。」[48] 我因而想到：是海外華文作家自我定位為「僑民」所致嗎？這算是好事嗎？

有中國學者說：「海外著名文學評論家陳瑞琳曾經精闢地指出：『海外華文文學正是中國文壇發展到二十世紀末的一支奇異的生力軍，……它正在為當今的中國文學史帶來域外文學的嶄新篇章。』我是完全認同她這一觀點的。」[49]

依上列引文，作者認為「海外華文文學」是「中國文學」的一部份。我不同意。我在〈用「國」「族」「文」分類海外華裔文學〉一文中說：「最近從一些傳媒報導知道：他們說我們的『加華文學』，是『中國文學』的支流，是不可分割的一部份，不管是重要的還是不重要的部份，都是不可分割的、『中國文學』的一部份。是這樣嗎？……中國文學獎，新加坡的作家不賣賬，說他們的是新加坡文學。這一點，我是同情的，同意的。……他們不承認是『中國文學』，因為新加坡是一個獨立國。但是，加拿大也是一個獨立國呀。……」

「如果我們的母國、『娘家』，把『加華文學』『歸寧』到『中國文學』裡，其他族裔也仿效，英國、法國，也把加拿大人用英文、法文寫的文學，『歸寧』到英國文學、法國文學去，那麼，加拿大還有文學嗎？還有加拿大嗎？」[50]

看來，中國本土的文學界與海外部份華裔評論家、詩人、作家，有這樣一個共識：「海外華文文學是中國文學的一部份」，這個錯誤的共識，也許會導致「對加拿大的忠誠度，都不如對原居國的忠誠度。」【51】或者，這個錯誤的共識，與「加拿大公民」自我定位為「僑民」，二者互相促進，是大有可能的。

　　既為「加拿大人」的詩人、作家，寫的應是「加拿大文學」，天經地義，自我定位為「加拿大人」是首要的。我曾說：「新移民作家要過的關有兩個：一個是對客觀現實世界的深度認識。……第二關更重要，是身份轉變的自我定位。……他們自我定位為旅客，對原居地還沒有斷奶，同時，對所在國不忠。不少新移民作家依舊用原居地的觀點去寫作，用舊觀點看新事物，往往看不透徹，甚至誤解。一句話，主觀身份的轉變，影響著對客觀世界的認識。」

　　「誰都知道美國，但不瞭解加拿大，好像加拿大是附屬於美國似的。……當我知道英語的加拿大文學有附屬於美國文學的情況，很是驚訝，因為它不但落後於南洋，也落後於小小的澳門。……二十一年前（1984），我在發言最後，提了個口號：「建立『澳門文學』的形象！」……現在我要重複一次：『建立「加華文學」的形象！』」【52】

　　我寄望華裔加拿大人的文學作品，站穩加拿大人的立場，以加拿大為至愛，多些寫加拿大。至少，寫出來的是「加拿大文學」，而不是「外國文學」。

【註釋】

1. 王賡武：《中國與海外華人》香港，商務印書館，1991，頁234-35。
2. 劉兆佳〈「香港人」或「中國人」：香港華人的身份認同，1985-1995〉《二十一世紀》，（香港中文大學・中國文化研究所），1997年6月號，頁43。
3. 陳文敏〈法政隨筆・香港人的身份〉，香港《明報》，2012.1.5.
4. 陸郎（陳國燊）〈溫哥華風情〉《號角》加西版，2012年2月號。
5. 陳浩泉〈香港作家在加拿大〉《活潑紛繁的香港文學：1999年香港文學國際研討會論文集》，香港中文大學新亞書院／中文大學出版社，2000，頁798
6. 見小思〈一星如月──悼念陳之藩先生〉《星島日報・一瞥心思》。
7. 洛夫《漂木》，台北，聯合文學出版社，2001。
8. 洛夫〈天涯美學──海外華人詩思發展的一種傾向〉。
9. 2012年來到UBC（卑詩大學）參加學術會議的香港公共圖書館研究員陳露明，其論文涉及「加華文學」。在與「加華作協」同人的一次座談會中，她說，在接觸我們的作品前，還以為主調是鄉愁，但其實作品有濃厚的本地生活味。
10. 同註7，頁16。
11. 同註7，蔡素芬〈漂泊的天涯美學──洛夫訪談〉，又見同書龍彼德引文。
12. 同註7，頁255。
13. 2005年4月，玉林師範學院「新世紀華文詩歌研討會暨第三屆現代詩年會」期間。記者為黃綿寅、閆世忠。
14. 《楓華正茂：加華文學評論集》，加拿大華裔作家協會出版，2009，頁216。
15. 2011年7月，「加華作協」接待南京大學文學院教授劉俊，劉俊回答：「說你是台灣詩人，並非否定你是中國詩人，甚至可以是世界詩人。只是台灣是你的特殊經歷，假如一直留在大陸，寫的詩就一定大不相同，還可能是個右派分子了。」
16. 《北美楓》文學期刊，北美華人文學社主辦，和平島總編，總第5期，2008。
17. 山城子：〈赤心奔騰的文化意識長流：鑒賞和平島君長詩《火龍》〉。
18. 咚咚，即著名律師詩人黃冬冬，多產，有詩集《漂泊的孤帆》。
19. 溫哥華《大漢公報・加華文學》第2期，1990.1.15.又見於《明報・明筆》，後收入詩集《新土與前塵》。
20. 《大漢公報・加華文學》第7期，1990.5.15.後收入詩集《新土與前塵》。
21. 〈北美中西文化交流協會成立說明〉，2007.5.24.
22. 何思捣〈讓古中華藝術融入加拿大：甲骨文書展前言〉，書展場刊，1997.3.後收入《韓牧評論選》，香港，紅出版社，2006，頁368。
23. 吳泰昌〈中國大陸海外華人新移民文學研究現狀與走向〉，《演變中的移民文學》，「加華作協」出版，2005.7.23.頁4。
24. 葛亮〈從「土生族」到「新移民」〉，同前書，頁13。

25. 洪怡安著、施以明譯〈不會說中國話——論散居族裔之身份認同與後現代之種族性〉。

26. 〈衝突中的調和：現實和想像中的家園〉，《楓華正茂：加華文學評論集》，頁215。

27. 《楓華文集》，「加華作協」出版，1999，頁167。

28. 《世界華人周刊》，美洲版第31期，2012.6.8.

29. 曹小莉《嫁接的樹：從東方到西方》，「加華作協」出版，2012，頁280-281。

30. 〈讓笑變成一種生活方式〉，《世界華人周刊》，美洲版第33期，2012.6.29.李玉茹接著說：「回中國第一不能講英文，第二也不能說中國壞話，但當不把別人當外人的時候，又會說幾句真話來，此時發現別人不願意聽，回國才覺得自己不是中國人。」

31. 〈為加拿大日歡呼〉，《環球華報》社論，2012.6.29.（按：社長張雁、總編輯黃運榮）。

32. 本文所引詩作，一般是摘句。來源除從詩集、雜誌、報章等收集到之外，有詩人所贈詩集、雜誌、剪報、手稿、電郵。還有是網上尋得，包括個人網頁及各文化團體、雜誌、傳媒的，例如：加拿大華裔作家協會、多倫多華人作家協會、加拿大中國筆會、加拿大華語詩人協會、北美中西文化交流協會、北美楓、新大陸詩刊、希望文坊、橄欖樹、楓華園、紅河谷、環球華網、世界新聞網等等。

33. 《筆薈》第5期，加拿大華人筆會出版，2005.5.

34. 《楓雪篇》，加拿大華裔作家協會會員作品集，2006，頁55。

35. 《世界華人周刊》，美洲版總第183期，2012.4.13.

36. 同註33。

37. 何思捣〈回鋒萬里三千年〉，《何思捣巡迴書法展場刊》，後收入《韓牧評論選》，頁370。

38. 選自《2007-2011年中國最佳網絡詩歌》。

39. 「加華作協」出版之《加華作家》季刊，第6號，2002年夏。

40. 鄭或《閒情拾遺》，溫哥華中僑互助會出版，2008。

41. 詩作見韓牧詩集《梅嫁給楓》，「加華作協」出版，2012。及韓牧、勞美玉詩集《新土與前塵》，「加華作協」出版，2004。

42. 《環球華網》，2006.10.15。

43. 黃河邊〈千萬別把自己當外人〉，《世界華人周刊》，美洲版第28期，2012.5.18。

44. 古偉凱〈種族與忠誠〉，溫哥華《加拿大都市報》，2011.10.20.

45. 〈把「美國夢」帶到中國〉，溫哥華《都市長周末》編輯部（按：總編輯為何良懋）。

46. 「加華作協」第三屆「華人文學：海外與中國研討會」上的發言，1999。

47. 《楓華正茂：加華文學評論集》，頁63。

48. 《演變中的移民文學》，「加華作協」出版，2005，頁7。

49. 徐康〈從蓓蕾初綻到繁花似錦：略論海外華人新移民文學的發展態勢〉，《楓華正茂》頁73。

50. 《楓華正茂》頁118-119。

51. 同註44。

52. 韓牧〈對徐康論文的講評〉，《韓牧評論選》，香港，紅出版社，2006，頁404-406。又見《剪虹集：韓牧藝評小品》，紅出版社，2006，頁197。

2012年8月，於加拿大、卑詩省、烈治文市。

從人類遷移史論移民作家的身份與立場

1. 遷移是人類發展的常態

考古研究顯示，從幾十萬年前起，人類一直因各種不同原因大規模遷移。日前紐西蘭作家林爽到溫哥華演講，說到當地土著毛利族，是4000多年前從台灣遷移去的，與台灣一些原住民的語言、文化及DNA比較可證。這一論述，令一些華裔聽眾十分興奮。他們不知道，有學者研究，台灣那些原住民的祖先，是約6000年前從印支半島遷移到台灣的。相似的，美洲的印第安人，是遠古時從東亞，包括華北，經白令海峽陸橋遷移去的。不過，亞洲人也好，歐洲人也好，祖先都是來自東非洲。

人類的遷移，有因自然界、如天氣、地理的變化，有因人與人的關係的改變。有自願的，有被迫的。總是為了追尋新的家園和更好的生活。進入21世紀，中國人大量移居世界各地，當中有不少作家，這使得世界華文文學有了新的變數和發展，也產生了急待解決的問題。

2. 兩個流浪的民族：猶太、吉卜賽

頻密的遷移，不停的遷移，就是流浪。歷史上有兩個流浪的民族，一個是猶太，一個是吉卜賽。

猶太人從約1700年前起，從中東向世界各地流散，至上世紀40年代以前，一直沒有組成自己的國家。這個民族的智商高於其它民族，達到115。出現過最頂尖的人物：宗教家耶穌、思想家

馬克思、心理學家佛洛伊德、科學家愛因斯坦、藝術家畢卡索。目前它的人口只有1300萬，約為全球總人口的0.25%，但成就輝煌，以獲得諾貝爾獎來說，猶太人拿了其中的27%。

吉卜賽人從1000多年前從印度北部出發，駕著蓬車，向中東、歐洲流浪。他們被視為乞丐、小偷，到處被排擠，生活在社會的最底層。當然，現在，也像猶太人一樣散居各國了。

兩個同樣是流浪的民族，為甚麼會有天淵之別呢？我認為一個很重要的原因，關係到優生學。猶太人比較開放，到達移居地後，吸收當地文化，還和當地人通婚，那是「遠血緣」婚姻，生育出優良的後代。而吉卜賽人比較封閉，堅守自己的文化，拒絕外來的養分，不與外人通婚，是「近血緣」甚至「近親」婚姻。從生物學的研究可知，血緣近的繁殖，後代容易畸型、智障、體弱、繁殖力弱、得先天性遺傳病等。歷史上一些民族的消亡，就是因為近親繁殖。例如舊石器時代歐洲的尼安德特人。

現今中國的東北人，男的強壯，女的漂亮，就因為清代的「闖關東」。華北的河北、山東以及河南、山西、江蘇的人，分別循陸路、海路大量移居東北，與當地人通婚。目前大眾喜愛的婚配電視節目《非誠勿擾》中，全國各省最受歡迎的，就是東北人。

從中國文化藝術上說，有所謂「漢唐氣象」，那燦爛輝煌的文化藝術，就因為由漢到唐，有開放的大度，不拒絕多種多樣外來文化的進入，達到最大程度的交匯、融合和發展。相反的，中國大陸以前提倡過，新詩創作應當是「古典加民歌」，就相當於「近親繁殖」了。

3. 移民作家的身份

　　從生物學或文化學上看，「遠血緣」出優秀。大量華文作家散播到世界各地，正是華文文學發展的大好時機，不過，據我20多年來的觀察，情況並不理想，主因在於移民作家的自我身份定位和立場。

　　先說身份，絕大部份是已入籍的「公民」，或永久居民了，但從作品的表現可見，絕大多數都是以「僑民」自居，寫的是原居地的生活，不論是記憶的還是現狀的，與在中國時所寫、與中國人所寫，沒甚麼分別。初到新境，對新家園認識、瞭解不深，無法描述，情有可原，但應是暫時的。可是已移居十年、二十年的，仍是如此。移民作家一般都只是中年，是有條件認識新土的。

　　再說，你以「中國人」自居，你承認自己是中國人，但中國承認你嗎？中華人民共和國不承認雙重國籍，台灣、加拿大則相反。其實，歐美先進國家都是承認的，起碼默認。拒絕承認雙重國籍的國家，全世界只佔極少數。

　　「身份」，原指人的出身和社會地位，就以加拿大為例，人的出身完全無意義，社會上的地位也是人人平等，清潔工和總理同等。因此，「身份」就剩下是僑民、居民，還是公民的區別了。我覺得，僑民相當於寄居，居民相當於同居，公民相當於婚配。身為居民、公民，但所作所為卻是僑民的，與身份不符，就會心理不平衡，所謂的「身份情意結」了。

4　移民作家的立場

　　我們要分清「國家」與「民族」的區別。我們屬於中華民族，簡稱「華族」，這是先天血統方面的，永遠不變，也無可能

改變的。但國籍卻已改變為「加拿大」（本文以加拿大為例，事實上，其它各國亦然），「國」與「族」是可以分得開的兩回事。新加坡就是華族為主的獨立國，加拿大就是英裔、法裔為主的獨立國。

現代，以「國」為最重要的劃分群體的單位，不是以民族、以語言、以宗教。「國」與「國」之間，相對而獨立。

「立場」，是對待事物時所處的位置以及由此而持的態度。試從字面解釋，「立場」，就是所「立」之「場」，身處之地也。既然身份為加拿大人，身處加拿大，所站的立場，就是「加拿大立場」，理所當然以加拿大之利為利、之害為害了。

「入籍」相當於「出嫁」，從中國娘家嫁到夫家加拿大來。婚後，這個家才是你的家，身份也從女兒，變成妻子，以至母親、祖母、外祖母。作家的作品，相當於自己的兒女，這個夫家，同時是我們的兒女的出生地，我們兒女的家。

既然自願出嫁，嫁雞隨雞，遵守入籍時的誓詞，忠誠對待新的家園，而舊的，祖籍國當然我們也愛，但卻是放在第二位的。更不應作「臥底」、「臥面」。我們不是在北海牧羊的蘇武，所以不應「身在胡邦心在漢」了。我友白樺有一句名言：「你愛祖國，祖國愛你嗎？」我也有一句：「移居國愛你，你愛移居國嗎？」

許多移民作家都有身份和立場的迷惘，不但糾纏在這難以解開的身份的、立場的情意結，也放棄了提升自己作品質量的機會。

5. 親近多元文化

以加拿大為首，目前一些國家也都實行「多元文化」政策

了。其精神是：世界上各種文化都可以一起保留、展示、發揚。我認為不僅如此，而是在各種文化展示的同時，互相學習，取長補短。在我們華裔來說，除了學習人家的長處，是把我們所來自的、所熟悉的中華文化的精粹，融入加拿大，成為加拿大文化的一個組成部份，從而使年輕的、成型中的加拿大文化，更加豐富和優美。這也仿如生物學上的「雜交優勢」。

思鄉、鄉愁，是人之常情，但只應是暫時的。不久後，就應該感覺到，加拿大也成為你的家鄉了。如果長期都不能調整好，證明不適宜移民，那就回流好了，免得有兩邊討好處之嫌。

到了新鄉仍把自己的心困在舊鄉，長期心理不平衡，就是病態。我的詩友顧城是個例子。他移民紐西蘭後，把自己悶在家裡，一句英語也不肯學，連辨認男女廁所也不會，要謝燁指示，生活不能自理，一旦發現有失去謝燁的可能，就釀成殺人又自殺的慘劇。

吸收外來文化，我想舉一個實例。我們書法家，接受傳媒採訪，免不了拍攝揮毫寫字的照片，依我自己的經驗，因為紙在桌上，臉部向下，所有中文傳媒所攝，見到字就見不到臉。有更壞的，要求你書寫時，抬頭望住鏡頭。持筆伏案書寫時抬頭，合情理嗎？我不會依從。

一次，一家英文報紙來我家專訪，白人攝影記者先問我，中國墨寫在玻璃上，是否容易抹掉。於是他就請我在我通向後園的落地玻璃門上隨意書寫，他走出後園向室內拍攝，這樣不但見到我的字，也見到我的面部表情和揮毫的姿態。

6. 結論

移民作家到達新家園，除了要認識、瞭解所在的現實環境，

當務之急是認清自己新的身份，站穩自己新的立場。既是加拿大人，寫出的作品當然屬「加拿大文學」而非「外國文學」了。

2015年5月16-17日，加拿大烈治文。

加拿大華文詩中描寫的本國社會現實

摘要

　　本文探討加拿大華文詩中描寫的本國社會現實。作者歷年
盡力搜羅加東、加西地區的新、舊體詩作，屬於這類題材的，僅
得詩作80餘首，作者20餘位。現依內容分為四章：「回顧歷史
的」、「客觀描述的」、「讚美正面的」、「批評負面的」。每
首逐一論及。此類詩作相對稀少，究其原因是：一、詩人身份改
變了，心中仍以僑民自居，對新家園缺乏關心。二、許多詩人對
寫這類詩興趣不大。三、或許這類詩難寫。四、報刊編者迎合大
眾口味，對這類詩不鼓勵。五、無己意無新意的、仿古的舊體詩
詞蔚然成風，其勢壓倒新詩。總的說，本文所舉這批例詩，有
如下優點：切合加拿大社會現實實況，沒有誇張；敢言，無所
忌憚；題材多樣，小至緬懷先僑、記述民俗、某次車禍、商店
遭竊，大至批評「僑領」、批評政府、批評外國、英美戰爭；形
式、手法多樣。缺點是對華裔本身的壞習慣、壞風氣，壞影響，
雖有反映，仍嫌自我反省不夠。當今加拿大社會正被「政治正
確」陰雲籠罩，異族人士唯恐涉「種族岐視」之嫌，不敢批評我
們這些少數族裔，華裔更應多作自我批評，以期改進。本文同
時論及詩人們對待古典詩詞的四種態度：模仿、修改、解構、借
古。最後提出學習古典詩詞以為今用的建議，並冒昧提出學習途

徑以供參考。

關鍵詞 加拿大華文詩　社會現實　古典詩詞　口語　方言　解
　　　構　借古

一、前言

　　本文探討加拿大華文詩中描寫的社會現實，所謂「加拿大華
文詩」，專指作者為加拿大公民或永久居民的作品，包括新詩和
古典詩詞（亦稱舊體詩詞）。這些年，我盡力搜羅加拿大東、西
兩岸的詩作，現在抽取具體描寫社會現實的來討論，原意包括本
國的、祖籍國中國的（含兩岸四地：中、台、港、澳）以及其它
外國的，共三部份；限於篇幅，本文先論描寫本國的。

　　2012年，我曾發表了《僑民‧居民‧公民──從加拿大華文
新詩窺探加華詩人的自我身份定位》一文，本文為《加拿大華文
詩研究系列》第二篇。【1】

二、「社會現實」何所指

　　「社會」一詞，是從日本名詞借來。早年有人稱之為
「群」，但未流行。社會關係含義廣泛，可分為較狹窄的：個人
之間的、個人與家庭的；以及較寬闊的：個人與群體的、與民
族的、與國家的、與世界的。本文只論後者。當然還有群體、民
族、國家、世界，它們之間的。

　　讓我們先釐清一些相近的名詞：「社會現實主義」，是二十
世紀三十年代美國大蕭條時期興起的一個畫派，是藝術上的一個

運動、一種主張，以寫實手法描劃社會上的不公平為主。這「社會現實主義」一詞，也曾於二十世紀中期，在馬來亞華文文壇上出現過。[2]「社會主義現實主義」，是二十世紀三十年代蘇聯官方開始確立、規定的文學、藝術創作方法。這在中國大陸也曾經提倡過。

本文所指的「社會現實」，與上述名詞無直接關係，指的是社會上出現的現象、風氣、事件，不指個人和家庭的悲喜、抒懷、詠物之類。也就是說，「社會現實」是與「個人生活」相對的；它又與「大自然」相對的。兩者雖無高下之分，可是，前者可以顯出作者對社會的關心，對新家園的融入程度。這是新移民本身要解決的問題。

從地域分，可分為「加拿大的社會現實」與「祖籍國的社會現實」，以及「其它外國的社會現實」。從時間分，可分為「過去的」、「當今的」和「未來的」。前者屬歷史回顧，後者屬「預先想像」。從格局分，可分為「社會現象」和「社會事件」。從態度分，可分為「讚美的」、「批評的」以及「只作客觀描述的」。從表現分，可分為「具體的」和「空泛的」，以及「明顯的」和「隱晦的」。

典型的描寫社會現實的詩，非小我情懷，非風花雪月，非哲學思考，更非玩弄文字遊戲，而是切實的、切身的。文學非社會學，但客觀上有其社會功能，甚至可以改變人心，改變社會。散文、小說可以，詩也可以。這種詩，在個人情懷與哲學思考的中間，近於最近的流行語「接地氣」。

出人意外，社會現象、事件，天天見到，但在加拿大華文詩中，描寫社會現實的所佔比例卻很小。許多位已出版詩集、以至出版過好多本詩集、有成就的名詩人，我全讀其詩集，竟然找不

到一首。我曾盡我所能，去信給東、西兩岸數十位詩作者，懇請提供有關詩作，以為例詩，可惜回應者不到十份之一。來詩除了不屬於「社會現實」者外，寫祖籍國的最多，寫加拿大的極少。描寫加拿大社會現實的詩數量少，原因是多方面的，我準備在本文後半部份另立一章討論。

在我搜羅到的80餘首，分屬20餘位作者，且不論其藝術性高下，下文會一一評說。若平均分配，每人約4首，但實際上，個別詩人寫了十幾首甚至幾十首，大部份人只有一首兩首，產量懸殊。也可以說，大部份詩人只是偶一為之。

我把全部詩作，分四章論述：一、回顧歷史的；二、客觀描述的；三、讚美正面的；四、批評負面的。

三、回顧歷史社會現實

杜甫稱「詩史」，描寫社會現實的詩，實際上也擔當了一部份史書的責任，褒善貶惡。以詩懷古、詠史、評史，中國古代詩人每多為之，每優為之。鑑古知今，回顧歷史實在對社會有積極意義。

何思豪〈百勤鎮唐人街〉，調寄〈桂枝香〉：「走進拱門心惻惻，十幾棟樓房，古時顏色。隆德茶居復業，盡皆今客。廣生榮賣唐山貨；致公堂，肝膽猶赤……看先僑像，聽先僑事，想先僑泣。」

〈地獄門‧五律〉：「石阻江流急，崖懸風勢強……華工身骨碎，險處最神傷。」

〈列車行洛磯段〉，調寄〈鷓鴣天〉：「攀峻嶺，過深淵，抬頭眼見大冰川，華工此地埋枯骨：小輩遲來百幾年。」

以上三首,寫遊歷史淘金地,緬懷先僑;寫橫加鐵路華工的犧牲。

〈哈里法斯港〉,調寄〈沁園春〉:「大洋波浪淘淘,遇敵艦,前衝後夾攻。俟舷傷舵損,人疲彈盡,星條旗毀,虜獲艨艟。」這首是東遊時作,原註表示:寫二百年前美國覬覦加拿大國土的英美戰爭。1812年的英美戰爭,是美國在獨立戰爭之後,想吞下加拿大全境。加拿大英語、法語兩大民族、印第安人以及東、西岸各省一致聯合抗敵,得以保土。可以說,沒有這場戰爭的勝利,就不會有「加拿大」這個國家。作者用詩句重現虜獲敵艦的場面,這一段史實,加拿大人是應該知道的。

黃展斌〈祭先賢僑哲文〉。其序言大意是:華裔人頭稅,歷經年抗議、爭取,終獲平反。有司道歉、賠償之餘,且定於丙申年(2016年)二月廿七日清明節,省長簡慧芝、廳長屈潔冰連同全僑代表,假溫哥華「山景墓園」致祭。中華文化中心主席朗讀祭文。

祭文中有句:「赴百加鎮尋金兮,傲霜踐顛。豈苗藏已盡涸兮,夢若雲煙。……睦鄰融匯主流兮,緬懷鄉泉。修貫全加鐵道兮,大任比肩。參軍為國捐軀兮,丹心貞堅。遭遇抑仍歧視兮,年復年年。欣幸有司平反兮,昭明大千。……」這祭文精要的敘述了這一百多年加國華人的歷史,它依循傳統古祭文的形制,是難得的佳作。

程樹人〈唐人街是條河〉:「流淌著歷史的淚和歌……」,描劃了唐人街的過去和現在,早上「清晨挑擔賣菜聲」、「二戰參軍的華青」、爆竹聲、唐餐、藥材、《大漢公報》、百年洋服店、藍眼睛的孫女、台山方言、老會館麻將聲、新社群廣場舞、功夫、洋弟子、舞龍、舞獅、中山公園、龍舟競渡。是描寫唐人

街現實最詳細的一首詩。

〈唐人街遇見孫中山〉卻是一次特別的想像。作者是畫家、雕塑家，為唐人街創作了不少壁畫和雕塑，對唐人街有深刻的認識和感情，所以才能寫出這首詩。「同樣的拐角，同樣的冷雨／從《大漢公報》編輯馮自由一群／在等一個人／大樓門開了，黑色的禮帽，標誌性的小鬍鬚，清廷的要犯四大寇之首，來了，孫中山。……／年輕的志士……捨身捐軀。老華僑認購債券，資助遠方的革命……／百年過去了……／我似乎聽到他們的呼吸和暗語。」

溫一沙〈走過《歷史瞬間》〉是看了程樹人的壁畫有感。「一百年前的這群人／帶著屈辱／和一臉茫然／飄過大海／來到這／陌生的國度／在此寄居／／當中的熱心人／捐出辛勞所得／為孫文的革命／也為家鄉的人們／擺脫窮困／／一百年過去了／旗子換了又換／在遙遠的家鄉懸掛／孫文的夢想／如今在哪？／而今天／誰又在塗抹歷史？……」

陳浩泉〈安格斯行腳‧石〉：「一列火車呼嘯而來，隆隆而去，先僑的靈魂也像三文魚回流了故地，還是隨著海島仍在菲沙河畔飄移？安息吧，先僑的魂魄！人頭稅已平反，惡法已被唾棄，新一代華人的額頭已在楓葉國抬起！」也是緬懷先僑之作。

勞美玉〈綠色的紀念碑〉：「從牆罅窺視／是電箱電錶之類吧／常春藤的綠葉密佈著／像一個綠色的紀念碑／／商場越來越破落／但這紀念碑越來越壯大／悼念著這『橋港商場』」這詩惋惜美好商場的破落、消失，因為地產已易手，準備改建為大型賭場。

韓牧〈煙水茫茫‧銅竹筒〉：「怎樣去排解／無法排解的鄉愁呢？／吸幾口煙吧……／／銅片一片片捲起來／就連接成／一

個多節的大竹筒了／／一吸一呼之間／他見到了家鄉的煙囪／廚房裡在煮晚飯的妻子」

〈煙水茫茫・簑衣〉：「一百年前／它保護過某一個中國人／抵擋／加拿大的雨和雪／／一百年後的今天／一個加拿大的玻璃櫥／保護著／這一襲中國的毛羽」這組詩暗寫出早年華人的艱苦及被排擠、歧視、夫妻分離。如今，歷史反過來，受到公平的保護了。

〈和平拱門〉：「南側的旗杆立一片星天／北側的旗杆立一片紅楓葉……／忽然我驚覺／兩百年前的戰爭還沒有結束……／和平拱門／是南方戰勝者的凱旋門……／我們　加拿大國民／柔弱而矮小的山茱萸／千萬顆心緊靠在一起」寫加美邊境，與強鄰比較，從歷史到當前。

〈紅裔華裔百年情・酋長的歌聲〉：「聽不出歌詞　也許沒有／我卻感受到沉沉的怨訴：／／自己的林木　不許砍伐／自己的礦藏　不許開採／不許出售自己捕獲的三文魚」

〈鷹的羽毛〉：「借助印第安部族的武力／他們把法國人趕走／接著要趕走的／是印第安部族／／鷹的羽毛散落一地／酋長的鷹羽冠」

〈石牆遺蹟〉：「這是個岩洞？／／鐵路華工休息之處？／還是長眠之地？／／起碼可以肯定／石牆是華工建成的／這是粗活」

以上三首，是作者訪問了第一民族（即印第安族）保留區後所寫，是對第一民族的同情，對鐵路華工的緬懷。

〈靜默〉，是懷念同情百年前本地最重要的畫家Emily Carr女士之作：「今天我還是要追討／艾米莉・卡那個空白的壯年／所有藝術家最可寶貴的時光／一幅畫也賣不出去／一個學生也招

不到／藉著出租住房　種果　製陶／養雞養兔／延續了同時浪費了十五年」

　　〈鹹魚與棺材〉，寫早年華裔魚工的艱苦生活：「每天　數以百計的三文魚／經過自己的雙手／而晚飯吃進嘴裡的／是白菜和鹹魚」，「睡在加拿大廣闊的國土／睡的是三層高的木板床／狹窄如棺材」，「凡是隱瞞醜惡歷史的／不僅是醜惡」

　　〈兩個傑出的加拿大人〉：「英俊勇敢的鄭天華⋯⋯／獲派出使聯合國／任加拿大代表團團長／／會務員⋯⋯攔阻：『這是留給加拿大代表的／你不能坐』／／入了外籍／他們還是當你中國人」

　　〈戰火〉：「小男孩仰視／雙手擋住自己的食盤／No Sugar for me／Save it for Dad／／爸爸在何處？／在牆上懸掛著的畫像裡／一位英武的軍人肅立／舉右手行軍禮」

　　以上六人，十九首，有緬懷鐵路華工的艱險和犧牲，有回顧二百多年前影響加拿大生死存亡的英美戰爭史實，也有詳盡描寫溫哥華唐人街的過去和現狀。關於孫中山的兩首，〈唐人街遇見孫中山〉憑想像重現歷史，歷歷在目。〈走過《歷史瞬間》〉則嚴詞質問：「孫文的夢想／如今在哪？／而今天／誰又在塗抹歷史？」也有明寫或暗寫早年華人受到歧視，例如人頭稅，而現已獲得公平待遇。歷史上印第安人的被利用、對早年藝術家抱不平、對拆除商場改建賭場不滿。〈兩國傑出的加拿大人〉寫二十世紀五十年代及二十一世紀一十年代、兩位有國際地位的華裔加拿大人，同樣被外國人歧視。〈戰火〉寫的是第一次世界大戰期間，加拿大軍人家庭的溫馨事。總的說，內容是豐富的。

四、客觀描述社會現實

有不少詩，詩人沒有明顯的宣示自己的意見，只是如實的描述出客觀現狀。從保存史料的角度看，是有其價值的。

何思豪〈加拿大文化‧七律〉：「自始移民共一桴，不分土著不分胡，包頭漢子蒙頭婦，金髮孩兒黑髮媄，印度廟鄰參佛祖，清真寺外禮耶穌，麵包薯飯同樣食，文化多元似拼圖。」

〈勒拿祝聖〉，調寄〈臨江仙〉。序：「勒拿村年近耶誕，例有傳統聖誕樹開燈、唱詩、彩船節目」：「寒夕朋鄰趨鎮集，冥天傴月無星。勒拿歡慶聖人生；街頭同唱和，古樹照明燈。」

〈芬蘭村〉五絕五首，歷史與現在對比：「百年舊夢倚菲沙，破屋沉船強作家；有負先人勤且奮，枯林矮木不棲鴉。」

〈上頭香〉，調寄〈鵲橋仙〉，寫除夕上香事：「燭香燒照，果花供奉，信女善男跪禱。有人殺盜復邪淫——問菩薩：『斯人可保？』」

曹小平〈萬聖節雅趣‧其二〉：「清平世界莽乾坤，人鬼參差認不分。鼠目獐頭過鬧市，沐猴冠帽假斯文。」

這幾首，細緻而真切描繪出加拿大種族、宗教、民俗的多元。〈上頭香〉指出「殺盜復邪淫」者上香的荒謬，〈萬聖節雅趣〉隱隱有諷人間意。

許之遠〈唐人街外史開場白〉，調寄〈蝶戀花〉：「今日洋場趨若鶩，同是漢人，爭說胡人語。看盡升沉貧與富，寫成滿紙荒唐句。」

黃展斌〈遙祭許博士穗林醫生〉，調寄〈醉花陰〉：「市虎噬英才，扁鵲往生，博士遑然逝。猶思護神匡濟世。……」

姜安道（Andrew Parkin）〈太空人〉：「我把妻子和降落傘孩子空運到護照之國／再飛回來，一個太空人：同時飛過／九龍塘愛情別墅的上空／向啟德機場濺落。」[3]

也斯（梁秉鈞）〈渡葉〉，寫那個現在放置在溫哥華國際機場出境樓的巨型卑詩綠玉第一民族雕刻。這詩最後兩節很感人，是很深的切身感受。新移民的擔憂與及作為候鳥雪雁的兩邊不討好：「把一所房子捲成一副鋪蓋總怕有種種差池／熟悉的語言與泥土，連根拔起好像雪雁向南展翅／／穿越冰封之地尋覓溫暖的港口，卻又老怕招惹兩塊土地排斥：一片葉哪裡載得動這麼多煩憂？」

杜杜〈在驚詫中保持平靜〉原註表示：美國總統特朗普上任，讓世界緊張不安。生活在自由意識強烈的蒙特利爾少女，心靈衝突激烈，充滿憂慮。作者身為母親給予引導：「別讓那堵橫在墨西哥邊境上的隔離牆擋住視線／別讓那衝動的七國旅行禁令晃瞎你的雙眼。……／世界的倒退也許只是假象／白人至上主義否定的不是今天／是無數個明天」「我要做那不滅的風／在你成長的四季／不需邀請，永遠默默地／陪伴你，環繞你。」

陳浩泉〈一樣的天空〉：「我們吃中國菜／我們看方塊字／我們聽『華僑之聲』／我們看『國泰電視』／我們時刻感受著／來自小島和神州的脈搏」

司馬策風〈淚灑溫哥華〉：「三位身披彩毯的南美流浪藝人／踏著排簫吉他的歡樂忘我歌唱……／他們分明是以歌聲乞討／那目光卻是衣食無憂的帝王……」

葉靜欣〈東與西〉，以細膩的觀察，比對東、西方文化之異：「兩位東西老伯／割據了車站的東西兩側／／一位棒球帽 耳機 墨鏡／敞胸牛仔外套配印花汗衫／休閒褲 休閒鞋／手與

大腿放鬆地張開／長頭髮和鬍子／藏不住一臉的悠然／／另一位
報童帽　短髮／拉鏈的黑羽絨配淨色毛衣／傳統西褲　中式皮
鞋／雙手疊在翹起的腿上／乾淨的臉不留一點鬍渣／拘謹的神情
更顯露無遺／／他們來自不同的地方／卻在途中搭乘同一班車／
去往不同的目的地」

〈寂寞〉，簡明卻詳盡，真切寫出當今一個新出現的典型：
「每天看著電腦」、「等待著QQ和MSN」、「開著手機」、
「在房間上網／然後大廳開著電視」、「夜深人靜的時候會看
電視、電影／上下班的路上也會聽MP3。」「盡量不讓自己閒
著，／讓自己的大腦不斷地接受信息。」這詩寫出許多人一味
接受無關重要、芝麻綠豆的信息，只被動吸收，失去主動力、
創造力。這詩真實描述這可憐的一群、一代，具有深刻的社會
現實意義。

孟釧〈無題〉：「在自由女神眷顧下成長的你，／我知道，
你其實並不真的明白。／／你的明白，／是由於文字的認知，／
是源於書本的描述。／高牆內發生的種種／你感到如此地不可
思議；／沒經歷過自由意志的被禁錮，／你如何能有深刻的體
會……」「我情願你對自由的認識，／永遠來自文章和書本。」
「自由的被禁，／永遠不再有！」

文科〈另一種風景〉：「都市的鳥　飛翔　在籠中／都市
的貓　安息於床上／都市的魚　安全　在富豪的冷冰箱／都市
的雞　裸躺　於網中的油板上／都市的話　招搖　於溫馨浪漫的
別墅／都市的人　暢遊　於紅燈區舞廳」

韓牧〈呆頭雁活腦筋〉：「突然一隻焦急的母雁／用口拉住
他的褲腳」「原來有八隻雛雁／被困在污水渠蓋下面」，寫加拿
大人保護野生動物。

〈一朵罌粟花的聯想〉，是每年國殤日紀念會中，唯一的中文朗誦詩，描寫了歷史上鐵路華工、青年華兵的貢獻和犧牲，又如實描寫紀念會的實況。

〈卡城博物館中‧臨寫本土〉，寫加拿大的學童學美術：「美術老師帶來……用鉛筆臨寫／他們的祖父母生活其間的／湖畔　森林　月光／農田和糧倉／／一切成功的藝術家／從本土出發」

〈莎翁唇上的果蠅〉，稻草人節，小學生製成莎士比亞稻草人，說是用莎翁來嚇走不喜歡偉大文學的人。「記得幾年前『新西敏』天車站／常常有不良少年聚集鬧事／最後改播貝多芬　才得以驅散」，顯示當今社會的低俗風氣。

〈毛小姐與列大哥〉，寫烈治文市街頭一座巨型雕塑，是世界級雕塑雙年展入選作品。「一個俄裔移民」「一個華裔移民」「一個歐裔本地白人」，都認為「不應立像紀念他們／三個人都認為應把雕塑撤走／儘管理由不同」

〈軍帽上的紅星〉，寫餐館所見。「滿面深刻的皺紋／那一個苦難的十年／典型的留痕」「他抬起頭了／不是五角紅星／是一片有柄的楓葉」。末行似有寓意。

〈會議廳‧鳥巢〉，寫市政廳前的一個鳥巢，以喻政府與人民的關係。「仰望樹頂處有一個鳥巢／小小的鳥兒屬於大樹屬於天空／隨意鳥瞰這政府會議廳／隨時安坐巢中　監察著／掌握城市決策大權的幾個人」

〈太陽變臉〉，藉山林大火，天色異常，喻歷史會重覆。「燒焦的氣味似無還有／十年烽煙　死灰復燃」「縱然幻化成白玉盤　青銅鏡／甚至一泓碧綠的小圓湖／都是一陣重來的妖霧」

〈日景與夜景〉，從一個攝影展，預告城市的變遷。「城市

硬件　發展迅速而文明／居民質素　改變迅速而野蠻／溫馨民居花木　變傲氣豪宅水泥」

〈答客問：為甚麼還要寫詩？〉：「打開電視是歌舞昇平／打開電腦是醜惡現實／環境安靜／心境不安靜／／祖籍國給我們最多的寫作題材／所在國給我們最大的寫作自由／這就是為甚麼還要寫詩／以及不但能寫而又多產的原因」

〈落日的意味〉：「天體運行　一年一循環／於是我記住每年／當密集的和疏落的燭光環繞著地球／我可以在這海邊／毫無遮擋蒙蔽／目擊太陽如何墜落／意味著的不只是黑暗／而是黑暗中的燭光／燭光中的曙光」從天象想到人間，又從人間想到天象，其實說的是人間，悲苦中要懷有希望。

〈市選的聯想〉：「這年頭甚麼食物都有假的／普世價值的民主和人權也有A貨」「烈士　總是指犧牲了生命的人／現在這個定義應該修正了／精神折磨比肉體滅亡更慘烈／倖存的生命同樣是英烈」

〈踐踏自由‧揮舞法治：「第三路夾新西敏公路處……／一個華裔中年人……向路人展示一面五星紅旗／然後丟在地上肆意踐踏」「而保護國旗者／向同胞和異族顯示其愛國感情／顧不上觸犯法律」〉

〈惋悼紫藤〉：「生命　單純而美／敵不過／美醜難辨　生死難辨的人類」「是劫餘的根／在無人能見的地層／歷盡艱辛潛逃到境外／就在國界線上的／領土領空／建立起流亡政府」

〈早餐與早餐〉，可見飲食文化的多元。「玻璃闊口瓶裝的是番茄汁／幾個麵包喘息在小籐籃裡／銀色金屬蓋蓋住的／也許是煙肉和炒雞蛋……／南京鹽水鴨　油淋童子雞／古橋酸菜魚……擔擔麵」

〈世界和我互道早安〉：「周一至周五　每一個清晨／我打太極拳的時候／世界和我互道早安」，描寫了「大陸女士」「香港太太」「印度漢子」「上海老先生」「東歐漢子」「日本太太」「英裔男士」「菲律賓女士」「非洲黑人」「台灣先生」「拉丁美洲少女」「中東婦女」。寫華裔與多個族裔的友誼。

〈突如其來的眼淚〉：「我慢駛　看到標語的內容／學生罷課　支持教師的罷課」「我立刻大力按響喇叭／學生們雀躍歡呼」「我支持　是支持他們有這權利」

〈烏克蘭兒童〉：「我這一頭白髮覆蓋著／今天的克里米亞半島／和烏東地區的浴血戰爭／／男童的一頭黃髮下面／女童的孔雀羽冠下面／以及潔白無塵的小心靈／可有這些痛心的圖畫？」

〈黑頭髮〉，真切記錄了當今的人愛染髮。「此地此時／青少年的黑髮／都染成深淺不一的泥黃……／老年人的白髮／中年人的灰髮／許多也染成棕色了……／本色是最珍貴的」

這一輯最豐富，共十三人，三十五首。題材是多樣的：多元文化共存、各族裔的風俗、南美來的流浪藝人、保護野生動物、國殤日紀念會實況、青年們嫌棄古典文學和音樂、本地白人與其它族裔移民思想感情之異、民主社會特點、山林大火、傲氣豪宅、電視與電腦所顯示現實之異、人們對民主的渴求、愛國感情與守法之間的矛盾、植物的生存敵不過城市建設、飲食文化的多元共存、各族裔的和平共處、染髮成為風氣等等。〈在驚詫中保持平靜〉寫美國急劇變化的現況、影響了一些加拿大青年。〈寂寞〉寫當下大部份人成了「低頭族」。是切正時事和普遍現狀的。〈東與西〉以鮮明的現實形象，對比東西文化。〈無題〉寫出本地人對醜惡政治的無知。〈另一種風景〉[4]寫都

市，看來是模仿上一世紀七十年代香港的一首都市詩，但嫌寫得稚嫩、空泛。【5】

五、讚美正面的社會現實

讚美的詩難寫。尤其是對政府、領袖的讚美，往往被稱為「歌德派」，歌功頌德，每為人所不齒。從詩史看，這類詩，好詩罕見。其實所起的作用、社會影響都不大。中國詩學分為「美」、「刺」兩類。「美」，要發自真情，不應為了達到個人目的而錦上添花。徒然遺臭。社會上的好人好事，卻是值得去表揚的。

海風〈啊，加拿大〉：「為甚麼一國總理到民間訪問／沒有警車開道、沒有三步九崗／也沒有標語和口號／卻有異議者的聲音在耳邊震蕩？……／我為你歡呼為你歌唱……」這詩相當長，文字上好像句句歌功頌德，細看句句切實。這詩的內容精要而全面。細述了加拿大的地理、豐富資源、美麗的大自然、國旗、省獸等，又細述它美麗的城市、工農業、藝術、文化、建築、多元文化、尊重歷史、熱愛和平、維和貢獻、聲援弱者、保護人權。

万沐〈國殤——清明節給前線陣亡加軍〉：「自由世界就是你的國家／渴望自由的人都是你的兄弟姐妹／／你為了民主世界開疆拓土／血灑疆場」「在專制的堡壘，恐怖份子的基地／播散著自由的種子／從空中、地面和海上／捍衛著民主、人權的世界」

風動〈加拿大生活・School Bus〉：「紅色的警戒燈不很囂張的閃動／往來的車倏然截停／兩條長龍翹首／加拿大沒有首長／啊　是咿咿呀呀的學童／上下校車」

〈一國兩制〉:「加拿大實行一國兩制／小孩　老人　女人　狗　男人　是一制／殘疾人士是二制／所有的公交車　一國兩制」

〈午餐〉:「午餐票不包括酒水／只包括主食／飲品　以及／和總理握手和拍照」

〈釣魚〉:「她釣了魚／放了魚／一尾又一尾／忙了一個上午／為甚麼只帶回兩條／夠吃就行」

韓牧〈加拿大運動員・摔角手〉:「這個新移民／為加拿大　爭取到／摔角史上第一面金牌／／幾年前　他來自尼日利亞:／『我從貧窮沒有機會的地方／來到加拿大　不能期望／可以有更好的國家了』」

〈詩意的溫哥華「冬奧」・兩類制服〉:「這真是個全民的盛事／似乎三千兩百萬人口／只有兩種人／／世界上唯一的／義工與運動員組成的國家」這詩歌頌了加拿大核心價值,義工精神。

〈友善的環境〉:「左邊的車與我車齊頭／駕駛座上年齡若我的白人婦／向我微微甜笑／我除下墨鏡／還以顏色」「母親教女兒向我揮手／母女一起說『bye-bye』」「一對白人青年男女相對坐著／意外　女的覥腆向我點頭」「一個小時內,遇到友善的老、中、青、幼。」

〈海上餐桌攀談・烈治文同鄉〉,在遠遊的郵輪上遇見熟人:「是在烈治文最平價的茶樓／推點心的／與丈夫同來度假／／如果換了在香港呢?／誰都說職業無分貴賤／不過／貧富和地位是大有分別的」

〈真情的紀念──記關慧貞〉是寫一位國會議員在國殤紀念會上的真情。「她　全程沉默神色凝重……／她雙手持花圈／先

向紀念碑一鞠躬　放好／然後垂頭　沉思一會／再抬頭仰望碑旁
的銅像／／刻苦的華工　英勇的華兵／然後她轉過身來／向坐在
前排那一群華裔老兵／深深鞠躬」

　　此輯共四人，十一首，是最少的一輯。看來都發自真心，
是移民對加拿大的感謝。〈啊，加拿大〉詩題正是國歌的歌名。
全面、詳盡、熱情的讚美加拿大這個美麗而民主的國家，一一與
非民主國家比較。〈國殤——清明節給前線陣亡加軍〉，眼光更
寬更遠，不但讚美加拿大，也讚美它的子女「為了民主世界開疆
拓土／血灑疆場」，「捍衛著民主、人權的世界」。寫加拿大日
常生活的〈School Bus〉〈一國兩制〉〈午餐〉〈釣魚〉，寫慈
幼、保護弱勢人士、總理親民、珍惜地球資源，都是十分切合實
情的。他眼光獨到，注意於人人都見、日日都見的日常生活，但
罕有人去寫。可謂道人所未道，卻讓人感到親切，很能引起共
鳴。相信對初學寫詩的加拿大青少年，有所啟發。

　　不約而同，以上頭三位作者，都有寫到國家領導人，總理。
因為情真、實在，就沒有「歌德派」之嫌。讚美的詩容易空洞，
比較難寫，這幾首都有相當的內容和藝術性，可喜。無獨有偶，
三位詩人都是加東地區的。另外，是寫來自「貧窮」「沒有機
會」的地方的新移民，獲得了國際級的成就，熱情感激新家園。
此外是讚美加拿大的義工精神、貧富地位平等、在先僑悼念會上
顯露的真情。

六、批評負面的社會現實

　　從詩史所見，「刺」的詩比「美」的詩數量多很多，好詩
也多，作用也大，影響也深，價值也高。不單是可發洩以舒解個

人情緒，也可以促使社會注意、關心，從而讓社會、國家改進。在加拿大這民主國家，對政府批評、建議，反為是個重要的公民責任，不只是要投票。這在入籍考試時也考到的。除了針對政府的，有不少是對社會歪風的批評。

何思豪〈大麻黨競選·五律〉：「馬尾梳頭上，蝦鬚二撇留，大麻為政務，他事不謀求。……」

〈文壇雜感三則之三〉：「儒士相輕古已然，於今互捧上摩天，歪章拗語還誇好，卻露雙方未夠專。」

〈今之婦妝·七絕〉：「面白唇鬈髮染黃，一身上下黑衣裳。時髦婦女隨街走，倒似全城趕弔喪。」

〈時下歌星〉，調寄〈憶江南〉：「象吸音高尤勝笛，鯨呼聲壯大於鑼，今日又登科。」

〈小女孩演唱·七絕二首〉：「橫眉瞪目威風甚，做作猶如小老人……」「……文革十年應遠逝，無端今夜見江青。」

馬新雲〈候診室之詠嘆〉，調寄〈聲聲慢〉。原註：「在醫院急診室苦候四個半小時才獲醫生接診。」「停停轉轉，出出回回，詢詢問問盼盼，急診室中候診，眾人心亂。夜深焦躁更甚，痛難挨，奈何不怨。婆婆吵，老翁煩，哎哎幾聲長短……」

〈感慨〉，調寄〈采桑子〉。原註謂：兩次砸碎窗戶玻璃，夜間撬鎖偷盜，光天化日之下摔壞收銀機搶錢。又多次搶香煙，苦不堪言，憤而抒懷。「從容賊子飄然至，小店遭殃。小店遭殃，店主新愁伴舊傷……」

杜杜〈聽說〉：「聽說那些豪宅裡只住著富翁的錢／或者還有二奶、三奶／或者還有一隻看家狗／天黑了，那裡沒有露出燈光／連狗也吃了啞藥」「聽說許多黑暗和沉默看守著那些空宅／聽說裡面藏著罪惡、腐朽和秘密」讀者可以聯想到加拿大以

至美、澳、紐等，許多空置的豪宅，是財富來源不明的華裔富豪所擁有的。

青洋〈無題〉：「佇立／唐人街的十字路口／男男女女，嘈嘈雜雜，熙熙攘攘，匆匆忙忙／／人們看我，我看人們／互贈一道萬里長城」前四行似乎平淡無味，末行突兀，使人終生難忘。寫出華裔同胞之間的冷漠，互相防範的心態。照常理，異國遇同胞，應感到高興、親切才是。何以致此？我想是由於：一、中國在過去幾十年的分裂，中國人分處幾個不同的環境，各自發展，形成了不同的心態，不同的習慣，不同的價值觀。變成外人了。二、文革十年，傳統的美德遭到歷史上最大的破壞。人性淪喪。

万沐〈多倫多〉：「冰冷是你永久的表情，／蕭索是你最大的特徵。／春天裡有著秋天的落寞，／即使夏天也擺不脫冬的噩夢。／運動中感覺不到生命，／綠色裡也透露著淒清。／黑色代表你的情調，／白色是你不變的背景。／花兒只是匆匆走過，／枯枝卻在這裡永生。」作者眼中、心中如此。寫大自然，其實是影射社會。心中憤然，末句可證。

曹小莉〈請不要代表我好嗎？——寄語一部份海外僑領〉：「請不要代表我氣憤填膺」「氣沖霄漢」「無限自豪」「無上光榮」「熱烈歡呼」「縱情歌唱」「因為這屬於我個人的情感」「請不要代表我堅決抵制」「嚴正批判」「熱烈支持」「衷心擁戴」「奔走相告」「歡呼雀躍」「因為我自己會表達自己的主張」。被代表著、發出了「全體僑胞」「廣大海外華人」的心聲。

韓牧〈芬蘭泥沼〉，是埋怨政府沒有計劃去保護這個百年歷史漁村：「遲滯的泥水似乎在流著／泥水難分　水陸難分／殘破的高腳屋危立其上」「只有請願信上一個個人名／留在政府檔案

裡」「今天烈日下我所見到的／一百年後　將升格為／一個虛假的傳說」

〈黃色的雙拱門〉是寫全球最大的快餐店在加拿大的第一間分店，文化侵入。「南方強鄰不知用了甚麼戰略／向這片地球上最遼闊的疆土／進攻　在西南端／建立了第一塊殖民地」「世界大同了／全球陷落」

〈Hello消失〉不少華裔新移民感情冷淡，與本地人以至舊移民的熱情相反，導致社會風氣變壞。「十年前　也是在這海隄上」「總是互相爭取主動般／第一時間／向對方微笑說：Hello」「如果迎面來的／是華裔同胞／我會側頭而過／因為我試過很多次：／Hello　卻得不到回應」

〈太好了，不必知道〉寫華裔新移民狹隘的民族主義，心目中只有祖國，無視其它。華裔記者寫道：「太好了，中國金牌，加國銀牌，這是對華裔加人最好的結果／即使加國金牌，中國銀牌，也不錯」一個運動項目中，只報導得到銀牌、銅牌的中國選手，「站在當中冠軍台階上／是一個白種女子／她是哪一國的選手？叫甚麼名字？／中國人不必知道」

〈最宜居住的城市〉，寫華裔新移民帶來的壞作風，使十年來穩佔全球最宜居住城市首位的溫哥華素質和名次下降。「炒賣圖利推高屋價」「砍樹　拔花　剷去草地」「浪用地球資源」「濫用政府福利」「冷漠」「當眾喧嘩隨地丟煙蒂」「插隊奪門隨意橫過馬路」「明知故犯擅餵野雁野兔」「厲聲辱罵茶樓侍應」「最會壓價完工後剋扣工錢」

〈第一櫻之死〉，慨嘆富有的華裔新移民不愛惜花木。「陷我於季節迷思的青松／風雨中微微顫抖／悼念遽然早逝的同伴……／旁邊的老柳也同樣被斬去／柳　不也代表中國嗎？」

「生意盎然的青草地／變成一幅冷硬的水泥／兩輛名車停泊其上／車牌上都有一個『8』字」

〈紫丁香・Shadow〉，寫華裔新移民隨意砍伐花木，炒賣房屋。空置的房屋引來野獸浣熊，使家貓遭殺。「如何排解紫丁香的惆悵？／我從腰間抽出攝影機／留取證據／為這一宗兇殺案」「人類謀殺了芬芳的花朵／野獸佔據了人類的居所」

〈城樓倒塌，華表橫臥〉，是寫大陸來的移民隨地拋垃圾，多的是空香煙包，其中有「中華牌」，本地白人側目。「竟然是／城樓倒塌／華表橫臥／／天安門熔化／成為一小片／長方形的中國紅」「進進出出的洋人／驚異於／這一個景象」

〈同胞互辱記〉，記下了大陸來的新移民的野蠻、不守法。傷害野鳥：「縱容她的孫子／不停向加拿大雁投擲石子」，旁人阻止時，反遭她辱罵。又有粗暴對超市收銀員：「那潑婦破口大罵／哪有買東西膠袋也要錢的」又辱罵好心主持公道的顧客。講不過就動粗，以肢體非禮男顧客：「她非但不讓路／還用屁股連續不斷的／撞擊我的下體」

〈中國式甜豆〉，無良湘菜館，把「客人吃剩的菜」「辣椒」「白飯」「回收再用」「是亞洲大陸的風／吹到美洲大陸的加拿大」「中國甜豆比本地的便宜一半／／清炒一嚐／苦的」

〈新型殖民地〉，寫華裔新移民的囂張，不尊重所在國。「加拿大國慶遊行／各族裔組隊參加」「領頭的都是兩面國旗／同樣大小　並排前進」「而中國某省或某市同鄉會的／就只是一面特大的五星紅旗／強壯的旗手不停的左右揮舞」「中國某個富貴城市同鄉會會所／正門之上　三枝旗幟飄揚／／中國國旗向左／加國國旗向右／拱衛著／中央矗立的同鄉會會旗」「第一個實行多元文化的國家／如今　淪陷為強國的殖民地」【6】

〈網紅臉〉:「當今美少女的臉／有標準的模式:／眼睛大如雞蛋／下巴尖如刀削／／萬人一面毫無個性／只有這畸形的共性／這畸形何來?／自拍」

〈2016年加拿大的『政治正確』〉,英文雜誌文章說,加國校園「有亞裔化傾向」「文章被迫刪改」「敘利亞難民學生／欺凌一個女生／同時威脅在場男生／他高聲喊口號／『穆斯林統治世界!』／當地報章報導此事／旋即被迫更正淡化」

「烈治文市出現所謂／霸凌華人傳單／華人組織了上街示威聲討……」

「他們完全不去反省……傳單所說華裔移民的壞影響」「有『政治正確』為擋箭牌／為後盾 一句『歧視』／就永立不敗之地了」

「作者要讀者／傳媒要廣告／議員要選票／群眾　是地球上最恐怖的／／用一套媚眾／而近乎偽善的道德標準／凌駕於法律與言論自由之上」

此輯共七人,二十三首。〈大麻黨競選〉〈文壇雜感〉〈今之婦妝〉〈時下歌星〉〈小女孩演唱〉,這五首是舊體詩詞,除第一首論及政治外,其餘有寫文人互捧,此風,在當今的詩壇上,實在甚盛(溫哥華的書畫界也有此情況),不論舊詩、新詩。好像人人是才子才女,而大師很多,泰山、北斗,是不缺乏的。又對奇裝異服、藝低卻得獎、唱文革紅歌等歪風,語帶譏諷,正合「刺」字。〈網紅臉〉寫被歪曲了的審美觀。加拿大的醫療制度,常為外國讚賞、羨慕,其實也非完善。〈候診室之詠嘆〉寫輪候看病之苦。〈感慨〉見治安之壞,兩首都是民怨。〈無題〉及〈Hello消失〉,寫華裔同胞的冷漠,無人情味,更而帶壞整個社會。〈多倫多〉寫這個城市的「冰冷」「蕭索」

「落寞」「淒清」，作客觀的描繪，嫌未夠具體：或許是主觀上的不滿的反映而已。〈城樓倒塌，華表橫臥〉及〈同胞互辱記〉，寫中國大陸移民的粗暴野蠻，不守法，令人側目。〈中國式甜豆〉寫亞洲來的毒食品、亞洲風的無良餐館。〈黃色雙拱門〉，寫文化入侵，及於全世界。〈太好了，不必知道〉及〈新型殖民地〉、〈最宜居住的城市〉，寫華裔的不守法，財大氣粗，自大。〈聽說〉〈第一櫻之死〉〈紫丁香‧Shadow〉，寫華裔新移民亂砍花木，炒高房價。這是急待解決的社會大問題，而有關當局優柔寡斷，太過天真仁慈，敵不過老練狡猾。〈請不要代表我好嗎？〉，批評一些「僑領」動不動竊用「廣大海外華人」名義發聲明，其實是欺騙了「廣大海內華人」。〈2016年加拿大的『政治正確』〉一首，列舉多個具說服力的事實，證明已為害歐洲的「政治正確」的不合情理，其實是以一套道德標準，凌駕法律之上。這是全國性以至全球性的特大問題了。

七、社會現實詩作數量稀少的原因

1. 詩人對新家園缺乏關心

許多新移民，鄉愁病重。身份改變了，心理上仍以僑民自居，「影響自我定位與法理定位分歧的重要因素，或者說，使詩人自我定位為『僑民』的重要因素，是對原居國的依戀，其表現樣式為『鄉愁』」[7] 既不以此地為家，自然缺乏關心，即使勉強寫詩，也不可能有深入的觀察、深厚的感情。論者認為：「新移民作家要過的關有兩個：第一個是對客觀現實世界的深度認識，……第二關更重要，是身份轉變的自我定位。」[8]

2. 詩人對寫社會現實的詩沒有興趣

詩可分為主觀的和客觀的兩種。當然,主觀的詩也一定要有客觀觀察為其基礎,否則只是胡言夢囈。而客觀的詩也一定要有主觀的感情和見解,否則只是純粹記錄。要兩方面結合。前者、後者,各有其所側重。前者所重為個人內心,起的是愉己娛人的作用。後者所重為社會現實,容易讓社會共鳴,產生社會影響。有正義感、有使命感的詩人,以及關心到社會大眾所關心的社會問題的詩,當然容易受到社會大眾的歡迎,近於所謂「接地氣」。

可是,就目前所見,似乎絕大多數的加拿大華文詩,都不屬於此類。另一原因也許是加拿大樹多人少,大自然蓋過了人類社會。社會上也不如在亞洲時的複雜。人與人之間的摩擦相對不多,社會問題也相對較少。於是,可以說,李白多,杜甫少;李商隱多,白居易少;郁達夫多,黃遵憲少;徐志摩多,聞一多少。

3. 社會現實的詩難寫?

台灣著名詩人簡政珍說:「一個超現實事件,讀者無以辨識其真偽,但一個現實的題材,卻可輕易洞察其深淺。詩和音樂一樣,聽眾最熟悉的曲子最難彈奏。」[9]若只是記錄社會現實的現象、事件,是最容易的,但理想的社會現實的詩,不但要描寫得真實,還觸及大眾關心的問題(最好是前人未有提出過的),還要有自己獨特的見解,以至答案。

4. 報刊編者不鼓勵

這些年,見到許多報刊沒有重視這一類詩,甚至沒有重視

本地、本國詩人的詩作，經常刊登的是一些祖籍國作者的來詩。那些詩，不是本地、本國的題材，當然沒有本地、本國的社會現實，更沒有本地、本國的立場了。想來，也許是為了遷就讀者的閱讀興趣。讀者看慣了、有興趣於所來自的祖籍國的題材及文風。文風暫不談。題材是祖籍國的而非本國的，導至讀者長久沉醉於過去，沉醉於國外。照理，作為大眾傳媒，刊物既是本地的、本國的，就應以本地本國為本位，有責任引導新移民關心新家園，融入新家園，而不應媚眾。應該鼓勵本地、本國作者多寫本地、本國的題材，本地、本國的社會現實。

廣義的「古典詩歌」，除古典詩詞（舊體詩詞）外，還有對聯，也可一談。這幾年，加西地區常有對聯比賽。約三年前，有一報社在春節前，舉辦首屆春聯大賽，用意很好，是讓加拿大的華裔，向祖國同胞拜年。那次辦得甚好，應徵來稿很多，不少作品有加拿大華裔的立場、角度，因而有加拿大的地方色彩，內容新鮮可喜，藝術性也高，令人喜出望外，頒獎禮也十分盛大隆重，三級政要、文化賢達蒞臨，可謂冠蓋雲集。但不知何故，往後的兩屆卻突然改了立場、變了質。不論選稿、評委，壓倒性的以祖籍國為主，完全喪失了地方色彩，以至時代氣息（文學作品，地方、時代，有時是會綑綁在一起的）。作品失去特色，也失去了海外華人向祖國同胞拜年的美意，失去作為加拿大華裔傳媒的責任，變成與中國國內的春聯比賽無異，只屬單純的對聯藝術技巧的比賽，令人感到惋惜。

5. 模仿古人舊體詩詞蔚然成風

近幾年所見，舊體詩詞如恆河沙數，與新詩不成比例。所見的今人所作的舊體詩詞，其中部份在平仄、對偶、韻律上不合格

者不談，絕大多數模仿古人所作而無己意，更無新意，是「假古董」。新詩無詩律，無固定格式，較難抄襲模仿，一眼就看穿。舊體詩詞，有先設固定格律，重點在此，好像依格式填入就成，己意新意，是其次的事，造成常與古人所作相仿、相似，甚至相同。王國維說：「一代有一代之文學」。以古代之瓶，若要裝現代之酒，談何容易？何況相信所見大部份作者也無此志，這就使絕大部份的舊體詩詞欠缺社會現實題材。我們應如何對待優秀的傳統古典詩詞？本文下一章作探討。

八、對待古人所作古典詩詞的幾種態度

1. 模仿傳統古典詩詞

　　近幾年，提倡舊體詩詞寫作的詩社、團體，如雨後春筍，報刊版面以大篇幅刊登舊體詩詞，絕大部份題材、內容一如古人，甚至詞句亦然。王國維說：「一代有一代之文學。……而後世莫能繼焉者也。……余謂律詩與詞，固莫盛於唐宋。」[10] 當代人寫不過唐宋人、古人，是不爭的事實。除非天賦特高，在題材上、內容上以至形式上、技巧上能有所突破，有現代意味，否則只能算是二流、三流，甚至不入流。文學、藝術最重創新，即使有志於專心寫作舊體，志氣也應大些，不作井蛙池魚。學習，是學習古人的精神，而非詞句。不應以不斷互相唱酬、互相讚美吹捧，或沉緬於文字遊戲為滿足。

2. 修改古人的舊體詩詞

　　有對舊體詩詞深入研究的作者、學者，愛將唐、宋大詩人、大詞人的名作，一一修改，毛澤東的大量詩詞，也在修改之列。

平心而論，大詩人、大詞人、毛澤東的作品雖已登峰造極，但文學、藝術沒有滿分，偶有瑕疵是不免的。前人詩詞不是絕對不可以修改，但應給予相當的尊重。詩家、詞家各有自己的風格和習慣。文學、藝術作品，並非黑白分明，好壞對錯常是難以分辨的。以一己之意去判定，有時是未瞭解到古人特殊的用意，甚或誤解。

　　唯一能定對錯的，是詩律、詞律。它們是固定的、死的。因此，就常在平仄、對偶、用韻上動刀，動手術，把古人的作品修改到完全合符詩詞格律。其實，詩詞格律，古人也不是不懂、不察，他們這樣寫，也會知道是破了格。詩意既好，就寧可破格，不「以詞害意」。【11】若一定要改成合符格律，常常會損害了他們的原意、美好的詩意。

　　何況，詩詞格律只是古人總結出來的，平仄、押韻，其立意是要讀起來順口，聽起來悅耳。不能武斷說，不依此就一定不順口、不悅耳。詩意既好，破格何妨。

3. 給古典詩詞「解構」

　　當代著名詩人洛夫於2014年出版了《唐詩解構──洛夫的唐韻新鑄藝術》一書，在兩岸四地以至加拿大，都造成很大的反響。誠如李瑞騰在書序中說：「洛夫取被視為中國古典文學精華之唐詩來再創造，自有其孺慕古典文化的浪漫情懷，一位現代詩人與一群名留千古的唐代詩人的詩心交會，自是一段佳話；我認為洛夫的實驗是成功的。……」【12】洛夫說：「環顧今天年輕詩人的走向……對古典文學嗤之以鼻，對唐詩不屑一顧。」【13】所以他希望能「利用詩體解構這一招，或許能引起年輕詩人的注意而逐漸接近唐詩、喜愛唐詩。」【14】

從這段話，可知洛夫有他的感受和期許，用心良苦。他說「或許能」，固然由於他的謙遜，相信對成效也是存疑的。以我自己幾十年來對華族青年的認知，包括兩岸四地中、台、港、澳，以及南洋星、馬、泰、菲、越、印（尼），不論他們對新詩是否有興趣，但對唐詩宋詞是興趣滿滿的。一方面當然由於唐詩宋詞的生命力強，影響力大，誰都從小就接觸到，也由於唐詩宋詞的藝術魅力，誰都沒法抵擋。「五四」新文化運動以來的新詩，至今是難以比擬的。這也導至當今的中青年，大量投身於寫作舊體詩詞。這現狀，本文前半部份已予詳述。很難得見到寫舊體的詩人，進入老年改寫新詩；卻有很多新詩人，老了改寫舊體。這也可見舊體的魅力。新詩大詩人聞一多是令人感到意外的例子。他約在1924年寫過一首七絕，詩題〈廢舊詩六年矣，復理鉛槧，紀以絕句〉：「六載觀摩傍九夷，吟成鴃舌總猜疑；唐賢讀破三千紙，勒馬回韁作舊詩。」[15]

　　我更覺得：出身於中國大陸的中、青年尤然。過去幾十年，中國大陸對外國文學、海外文學，沒有採取放任的態度，不像台、港、澳、南洋，可以自由地、廣泛地接觸、學習，導至大陸年輕人只好專注於中國文學，尤其是藝術魅力無法抵擋的唐詩宋詞。還有是《三國演義》《西遊記》《紅樓夢》等經典小說。他們對這些，爛熟如泥，寫信、寫詩、作文，不但常常引用詩詞，也常常引用、利用這幾本經典小說。這方面，港、澳、南洋青年望塵莫及。

　　我還覺得，出身於大陸大學中文系的，對唐詩宋詞的喜愛尤烈，他們愛在他們的散文、小說、新詩中引用、借用，以此為榮的樣子。雖然他們對古典詩詞的認識不一定很深，更不一定會合格律的寫作。私下覺得，在新詩中引入一兩句古典詩詞的名句，

借用、襲用幾個古典詩詞的詞語，並非好的新詩的寫法。只能向讀者顯示：他們愛古典詩詞，他們懂古典詩詞。

文學、藝術最高價值，在於創新。依照、依循、依隨、依從，以至依賴、依靠、依據、依存、依傍、依附，都不是純然的創新。當然，再創作的作品也可以青出於藍，例如魯迅的《故事新編》，是依據古代神話、傳說而寫成的小說，成就驚人。但一般認為，還是不能與《阿Q正傳》相比。

這種「解構」無疑不是「解讀」、不是「解釋」，更不是「今譯」，而是將古典詩「解放」，卻是值得嘗試的再創作。

4.「借古」，兼論俚俗化、口語化、方言

有詩人學者認為：「改革開放之後，在商業化和網絡化的影響下，白話更進一步而粗礪化、口語化、低俗化。因此，如何傳承古典文學，從古典文學中汲取營養，成了當代文學的一大課題。」[16] 又說：「文學復古運動自古有之。較有影響的有：唐宋時期的古文運動……」「利用古典，對古典文學進行再創造，我稱其為：借古。」[17]

中國文學史上最重要的復古運動，是唐宋時的古文運動。韓愈、柳宗元等首先提倡，反對魏晉以後講求聲律、辭藻華麗、空洞浮泛的駢體文，而取法先秦、兩漢的質樸自由、平易暢達、反映現實的散文。內容提倡「載道」，重視作家的品德、真情實感、「不平則鳴」。形式上「陳言務去」、「詞必己出」、師古是「師其意，不師其辭。」[18]

以「文起八代之衰」[19] 的韓愈為首的唐宋八大家的主張及其作品的成績看，是成其大功，扭轉方向，影響深遠。這次「古文運動」與現在所提出的「借古」，最大的相異處，是「古文運

動」除了著眼於形式上的用詞，更重視思想內容，兼有思想革新、社會運動的性質。而「借古思潮」所重僅及用詞、「對古典文學進行再創造」，未明顯提到思想內容。

在用詞方面，提倡「借古」者反對「粗礪化、口語化、低俗化」，說：「唐詩語言的凝練，意境的優美也帶來文字的典雅。……直接採用原詩中的用語，比如……蓬門、草堂、群鷗、春水……花木、禪房、山光、潭影等等。唐詩典雅的文字是解構詩汲取不盡的美的泉源。」[20] 論者又對「俺」、「老兄」、「窮叫」，這些「俚俗化」「口語化」「方言」不滿，認為「文人詩非竹枝詞一類」，用入，「傷害了詩歌的典雅格調。」

我另有意見。首先，「直接採用原詩中的用語」，與「陳言務去」、「詞必己出」、「師其意，不師其辭。」正正相反。唐宋古文運動，也正是反對駢體文華美的辭藻。現代人寫的是現代詩，最宜用現代的語言。像上文所說的「窮叫」，文語也有「窮追」、「窮怒」。其實有時口語、文語；方言、國語；今語、古語、白話、文言，難以、也不一定要分辨的。像「其實」「總之」，這些我們天天在說的現代口語，分明是文言。廣東話現代方言「卒之」、「盛惠」，文盲者也這麼說，分明是古語。又如「豹死留皮，人死留名」，這有意思的成語，原是古代的俚語。[21]

鑄造新詞，正是各代詩人的功課和責任。新詞從何鑄造，正是從俚語、口語、方言提煉而得。史前，文字出現以前，只有口語，而文語，凝煉也好，典雅也好，都是從口語提煉而來。正如家畜、家禽，都是將野獸、野鳥馴養而成。

我們現在說的「國語」（普通話），與方言比，其實是單調、貧乏的。我友陳耀南教授說：「筆者清清楚楚記得，有年親

耳聽到當代講國語的文豪大家余光中、白先勇，一先一後說過：『嚴格來說，國語是貧血的』」【22】此言非虛。國語、文語何來？也不外從全國各地方的方言、俚語提煉而來。這是古今詩人應負之責。

最近一、二十年，出現了一些新詞，就是用「方言」「俚語」提煉成功的例子。例如「打的」。「的士」原是粵語依英語的音譯。將「搭乘出租車」或「乘搭計程車」簡成「打的」，乾淨利落。又如「買單」，是由粵語「埋單」而來，原意是「結帳」，粵音「埋」全同於國音「買」，相信因而誤會了，卻反而豐富了含義，這「打的」、「買單」，天天在說、在寫，現已成為全國、全民族的通用語了。

「五四」時期，對於「新名詞和『不美』的名詞是否可以入詩，曾引起爭論。……梁實秋說：『詩的目的是美，……西湖邊的洋樓：洞庭湖裡的小火輪，恐怕不久要被詩人吟詠了！』現在難以想像，吟詠洋樓、小火輪，用入『電報』這些新名詞，都有人反對。當時周作人作回應：『何以瓜皮艇子、茅屋、尺素書……是美，而小火輪、洋樓；電報……則醜？』」【23】

有些詩人會在詩中用入方言、俚語的。「用入方言，理由有二：一是為了準確表達，二是一些方言的詞語很妙，難以甚至不能翻譯，我們要努力把它們提煉，融入白話文中，以豐富漢族共通的『國語』。……讓全國各地方的方言的精粹，一起融入，以豐富國語吧。」【24】當然，方言入文不是隨意用入，是有其必要，不宜濫用。行文用字，也要考慮到讀者。【25】

所謂「對古典文學再創造」，也不是輕易的。人們對原作已有先入為主的印象，主觀的印象。西施的美貌，林黛玉的病態，人們早已從文學作品中，據各人的想像，在心中形成不同的樣

子。一旦拍成電影，就把面貌、體態都固定為一個樣。與心中想像差異大的，很難接受。像唐詩中的「千山鳥飛絕」、「空山不見人」、「野渡無人舟自橫」、「唯見長江天際流」。原作氣氛是空寂、空茫，如果再創造成稍為狹隘、熱鬧，讀者就很難接受了。

論者又說：「利用古典，用現代詩歌的瓶，裝古典詩歌的酒，能否成為潮流呢？」【26】這裡所謂「瓶」與「酒」，應是「形式」與「內容」的此喻。其實，為甚麼要裝古典詩歌的酒、而不裝現代詩歌的內容呢？我想，非但現代詩不能代替古典詩，同樣，古典詩也不能代替現代詩。

5.學習古典詩詞以為今用

目前所見，對待古典詩詞的態度，如上所述，有模仿、修改、解構、借古等。我以為最實在的，還是最傳統的做法：善於學習，以為今用。這其實是最簡單明瞭的，自古皆然。學古而不泥古，學其精粹，學其精神。例如，中國古典詩詞有一神髓，是主觀的「意」與客觀的「象」融合成「意象」，用詞凝煉準確，表現明晰生動，要言不煩。

美國詩人龐德（Ezra Pound 1885-1972）就是從中吸取而形成「意象派詩」。外國詩人從我們的詩中學習而成功，我們自己反而忽視了？這也向我們提醒：我們應該注意、學習外國詩的精粹。這樣才能得到「混血之美」，讓我們的詩豐滿、豐碩、豐厚。

其它如儒家的仁義，道家的自然，佛家的禪機；又如結構嚴密或出奇，詩意含蓄或餘韻不絕，聲調自然或悅耳或與內容相應、交融，還有是中國古典詩詞特有的對偶，這些都是古典詩詞

的優點，實在有許多值得學習之處。

清代畫家石濤說：「筆墨當隨時代」，[27]當代詩人更說：「最好的詩可以帶領時代，起碼要與時代並進。」[28]我們的詩也應如此。要學習古人的是其精神，其精神內容、包括「寫自己的時代」。從《詩經》起一直到民國，到現在，最優秀的詩都是如此。目前所見許多舊體詩詞，內容與古人的無異，見不到時代氣息、現代特色，那等於複製古人的時代而已，這就難怪寫不過古人了。如果，那怕用的是古人的形式、技法，只要題材、內容是現代的，舊瓶新酒，也可以說是高於「奪胎換骨」和「點鐵成金」了。[29]

九、結論

綜觀目前加拿大描寫本國社會現實的詩，有如下特點：

1. 新詩數量稀少

原因已如上述。改進之途，不外乎詩人要對社會關心；社會，尤其是報刊編者，首先要對描寫社會現實的詩重視、關心。仿古、空泛、無己意的舊體詩詞不談，舊體詩詞中也有言之有物、真確反映社會現實之作，可惜太少，又只局限、集中在極少數個別詩人所作。新詩也有此現象。

2. 切實

大致都忠實於歷史或客觀現狀，不論讚美、批評，都發自真情，洽如其份，沒有誇大。

3. 敢言

加拿大是民主國家，不致以言入罪，詩人們都夠膽直言。針對政府的也無所顧忌。如第一民族的被利用、受壓制，醫療的不善，治安的缺失，所謂「政治正確」的猖獗，政府對炒賣房屋的放任、無能、優柔寡斷，「有人無屋住，有屋無人住」的情況嚴重，都有描述。[30]針對民間的壞風氣的，就更是絮絮不休了。

4. 題材多樣

詩作數量雖少，題材卻多樣。小至緬懷先僑、記述民俗、某次車禍、商店遭竊，大至批評「僑領」、批評政府、批評外國、英美戰爭。涉及形形色色的社會現象。但因對主流社會欠缺瞭解，罕有反映。題材大致局限於華裔社會。

5. 形式、手法多樣

新舊體兼備。有嚴謹的、精簡的，也有隨意的、詳盡的，有含蓄的、比喻的，也有直露的、疾言的，有格律體、商籟體、半格律體、也有自由體。

6. 華裔自省不足

對華裔自身的缺點、從祖籍國、原居地帶來的壞習慣、壞作風、壞風氣，壞影響，雖有反映，仍嫌自我反省不夠。[31]當今加拿大社會正被「政治正確」陰雲籠罩，異族人士唯恐涉「種族歧視」之嫌，不敢批評我們這些少數族裔，華裔更應多作自我批評，以期改進。詩人們不必自卑，我們寫的這些詩，也不是沒有影響力的。[32]

【註釋】

1. 2012年，加拿大華裔作家協會銀禧年，第九屆「加拿大華人文學國際研討會」論文。
2. 張錦宗：〈文學離散與馬華文學的寫實主義〉，文中說：「和中國寫實主義一樣，馬華文學的寫實主義，以『社會現實主義』為名，顯然南渡離散的不只是華工、華商、文人，還有中國文學的寫實主義。」
3. 姜安道、黃國彬：《香港詩歌》，朗斯德爾出版社（Ronsdale Press），1997，頁24
4. 刊於溫哥華《環球華網・加華文學》，2006.11.17.
5. 韓牧：〈住所〉，《分流角》，香港：華南圖書文化中心，1982，頁32
6. 此詩發表後數月，見中央矗立的同鄉會會旗已除去，只剩加、中兩國國旗。另外，仿此，溫哥華《星島日報》曾有專欄文章〈烈治文市府國旗說起〉，批評旗杆太短，「國旗隨風斷續揩抹塔邊。日前杜魯多逝世下半旗，更是不成體統。」該文「刊出數周，見市政府開始作改設高旗杆的工程。」見韓牧：《剪虹集》，香港：紅出版社，2006，頁44
7. 同註【1】
8. 韓牧：〈對徐康論文的講評〉，《韓牧評論選》，香港：紅出版社，2006，頁404
9. 李癸雲：〈來回於詩與現實之間——論簡政珍的詩語言〉。
10. 王國維：《宋元戲曲史・序》
11. 清・袁枚：《隨園詩話・卷七》
12. 李瑞騰：〈洛夫解構唐詩的突破性寫作〉，《詩心與詩史》，台灣：秀威經典出版，2016，頁105
13. 洛夫：〈詩性的另類思考〉，《唐詩解構・後記》，台灣：遠景出版事業有限公司，2014，頁228
14. 同註【13】
15. 楊華：〈論聞一多的中國文化史研究〉，武漢大學中國傳統文化研究中心，2009
16. 青洋：〈洛夫《唐詩解構》與借古思潮的萌芽〉
17. 同註【16】。此處「借古」的「借」字，相信作「借古諷今」的「借」字用。繁體「借」「藉」二字，字義不全同，可是因國語發音相同被簡化成一字「借」，有時會引至混淆。
18. 「載道」、「不平則鳴」、「陳言務去」、「詞必己出」、「師其意，不師其詞」，皆韓愈語。
19. 蘇軾：〈潮州韓文公廟碑〉
20. 同註【16】

21. 歐陽修：《新五代史・王彥章傳》：「彥章武人，不知書，常為俚語謂人曰：『豹死留皮，人死留名』」
22. 陳耀南：〈傍住幫主綁豬〉，《讀中文，看世界》，香港：三聯書店，2009，頁224，又見左丁山：〈生鬼生動廣東話〉，香港《蘋果日報・GG細語》，文字略有出入，但意思全同。
23. 韓牧：〈「如廁」可否入新詩？〉，《韓牧散文選》，香港：藍天圖書出版，2008，頁96-97
24. 韓牧：〈提煉方言入新詩〉，《韓牧散文選》，香港：藍天圖書出版，2008，頁114-115
25. 王亭之：〈方言入文〉，《王亭之專欄》。
26. 同註【16】
27. 石濤題跋語：「筆墨當隨時代，猶詩文風氣所轉。」
28. 韓牧：〈時代大事入詩〉，《韓牧散文選》，香港：藍天圖書出版，2008，頁88
29. 宋・黃庭堅語。
30. 據2016年統計，因外國人炒房，多倫多地區空置房屋99000所，溫哥華地區為66000所。據2017年統計，溫哥華地區無家可歸者3605人，僅溫哥華市，達2138人，數字繼續上升。
31. 韓牧：〈十年詩〉：「華裔帶來原有的、特有的中華文化。中華文化因其深厚，多糟粕，……」，《梅嫁給楓・自序》，溫哥華：加拿大華裔作家協會出版，2012，頁7
32. 同註【6】

2017年5月，加拿大，烈治文。

港澳與南洋文友的情誼及「澳門文學」的覺醒

論文提要

　　本文作者依自身經歷，細述自二十世紀六十年代末開始，身在香港，大量向香港及南洋的文學雜誌、報刊文藝版投稿，從而結識了不少南洋各國的詩友、文友，建立友誼。又盡量閱讀南洋的文學書籍、雜誌，對南洋華文文學及其歷史有所瞭解，從而深深感到文學的本土性及獨立性的重要。

　　作者出生、成長於澳門，對澳門有感情，據此觀照澳門的文學，有所感悟，於1984年春的一個機會，率先提出一個新名詞：「澳門文學」，並闡述其概念，呼籲「建立『澳門文學』的形象」，獲得澳門文學界廣泛響應，旋即導致澳門文學急起發展。

　　本此，南洋的華文文學，實在對「澳門文學」起了「喚醒」的作用。這是本文最重要的論點。也是循常理難以料到的。

　　作者於二十世紀八十年代末移居加拿大後，再以從南洋文學史瞭解到的本土性及獨立性，對比加拿大文學，尤其是加拿大華文文學，發覺在這方面，以及作家身份認同方面，比南洋落後得多。這些年，我不停為文批評，期望一如南洋的華文文學，努力爭取獨立的身份，以造就出具加拿大本土特色的「加華文學」，

使之成為「加拿大文學」中傑出的一環。

關鍵詞 文友　詩友　情誼　南洋華文文學　本土性　獨立性
　　　　　澳門文學　加華文學

一、前言

　　據我個人經歷，二十世紀五十年代直至八十年代，香港與南
洋的文化交流密切而頻繁，以香港電影為例，首先是粵語片，接
著是國語片，題材、取景不少是南洋的，如《檳城艷》、《獨立
橋之戀》、《榴槤飄香》、《過埠新娘》、《蕉風椰雨》、《南
島相思》等。一些主題曲，如芳艷芬原唱的《檳城艷》、林鳳原
唱的《榴槤飄香》，一直傳唱至今。七十年代，一些粵語片為了
「賣埠」南洋，插曲的歌詞，要由粵語詞改成國語詞[1]。

　　文藝方面，我友譚秀牧主編的文學雜誌，在香港製作出版，
卻名為《南洋文藝》，有專人負責在新加坡組稿，大量刊登星馬
作品。徐速（1924-1981）主編的暢銷月刊《當代文藝》，也大
量刊登星馬作家的作品，如溫任平、雅波、溫瑞安等。

　　我在六十年代末開始，大量向香港的文學雜誌投稿，最早是
《伴侶》、《文藝世紀》和《海洋文藝》，一直投稿到這三刊的
終刊。前二刊是六十年代末至七十年代初、後一刊是1980年終刊
的。這三刊都面向南洋，也刊登不少南洋的來稿。我由此結識了
不少南洋的文友、詩友，建立了友誼。

　　本文先回顧、細述這三種文藝雜誌及藉此而結識的文友、詩
友，同時，我常有詩文在南洋的文藝雜誌、報刊文藝版發表，又
有詩集在南洋出版發行，那邊的文友詩友因而認識我。馬來西亞

有過一場激烈的新詩論爭，也涉及我的詩句。還有，是南洋作者來香港開會、探親訪友或路經而相識。再一個是香港的文藝雜誌如《香港文學》、《詩雙月刊》、《詩網絡》等，我常投稿，這些雜誌也容納一些南洋的來稿。四十多年過去了，認識的文友詩友中，好幾位已先後離世，讓我特別懷念，本文，凡我亡友，我標出生卒年份。

最後論述因廣交南洋文友詩友、又大量閱讀南洋華文文學作品，包括評論、論爭及理論建設的文章，由此萌生出「澳門文學」的概念，並延至加拿大華文文學。

二、《伴侶》、《文藝世紀》、《海洋文藝》

1.《伴侶》

創刊於1963年1月1日，雖是綜合性半月刊，但著重文藝，最初是由吳山、王鷹夫婦、舒樺（李怡）、雙翼（吳羊璧）主理，後來易手。封面下沿，印有「暢銷東南亞唯一輕鬆活潑別具風格之青年讀物」字樣。確然，它輕鬆活潑，高峰期銷量在一萬以上。[2] 它的版權頁印有：「星馬婆砂總代理，東亞文化事業有限公司，零售港幣六角，叻幣三角。」

「影劇」、「學苗」等版面，有不少南洋來稿，來自星、馬、砂勝越、寮國等。

最受文藝青年歡迎的，是「新詩園地」，佔四頁，由陶融（何達1915-1994）主持，每期修改、評論來詩，由於他親切、熱情的鼓勵，引來大量港澳、南洋青年的試作，對培養文藝青年，是功不可沒的。詩稿來自各地，除了新加坡、吉隆坡、檳城、越南、柬埔寨、文萊、馬六甲，我也由此知道不少比較陌生

的地名：柔佛、吡叻、居鑾、丹州、怡保、新山、北海、太平、沙巴、吉蘭丹等等。

就我當時印象，寫得比較好的詩作者，新加坡有蔡欣、英培安、藍平昌、詹蕪、秦林等，馬來亞有何乃健，香港有飲江、葉輝、藍偉、石依琳、向新（凌亦清）、石荒、巫濤、蒲公英等，澳門有汪浩瀚、江思揚等。香港和新加坡寫得最多，當時曾有編印兩地詩友合集之議，定書名為《雙島詩群》，可惜不成事。除了「新詩園地」，別的版面，也有南洋作者的散文、小說。

《伴侶》創刊於1963年是無疑的，但終刊於何時呢？也許因為《伴侶》是綜合性的青年刊物，不是純文學的，因此，有學者說：「此四份期刊業已停刊（韓牧按：指《文藝世紀》、《當代文藝》、《伴侶》、和《海洋文藝》。）《文藝世紀》和《海洋文藝》，香港大學馮平山圖書館庋藏，《當代文藝》中文大學新亞錢穆圖書館有存，《伴侶》雜誌則遍查港澳圖書館不獲。」[3]

香港文學史家許定銘說：「在香港中文大學的『香港文學資料庫』中查到，他們存有1971年10月16日的《伴侶》第212期，內容多為南洋及本地學生的文章，也有陶融（何達）和韓牧的新詩，如果有心研究《伴侶》的朋友，則要耐心等候，看看是否再有『212』期以後的《伴侶》出現了！」[4]

第212期刊有我的兩首詩作[5]，我自己也存有，我相信是最後一期了。因為：在第207期（8月1日），已通知讀者停止訂閱、退款，或把餘款改購別的書，後來又催促作者收取稿費。還有，我的連載旅遊長文〈在世界屋脊的旁邊〉也剛好安排在第212期刊完。在「編者簡覆讀者」欄中，編者拒絕了老搞讀者，說「封面的彩色照片暫時不需要了。」《伴侶》的停刊，實在對

東南亞的青年讀者很大的打擊，尤其是偏遠鄉鎮的。到底第212期是否《伴侶》的終刊號呢？這第212期的封面是畫家王鷹的畫作，畫的是青年踏單車郊遊。日前我和身在多倫多的《伴侶》創辦人吳山、王鷹伉儷聯絡求教，他倆說時日久遠，記不起來了。由此可見保存史料的重要。

《伴侶》詩頁有一位作者名「浩潮」，他寫詩很少，也不突出，像淡淡的彩虹，一瞬間就沒了，但卻令我終生難忘。由於他的一首寫攀九龍獅子山的詩，導致我對攀山涉水產生濃厚的興趣，每個星期日必去，由此寫了不少山水詩，詩選選我詩，多屬這一類。

2. 《文藝世紀》

它是1957年6月創刊的，由夏果（源克平1915-1985）主編。它水準較高，我在1968年開始投稿「青年文藝之頁」。這欄版位，從兩頁增多到後來的十四頁。容納了港澳以及南洋青年大量作品。新加坡、馬來亞、越南、寮國、印尼、柬埔寨等地。小說、散文、詩都有。每篇小說和散文的後面，往往還附了不短的「短評」。在「青年文藝之頁」後面，有一欄「文藝信箱」，解答文藝青年來信。十多年來堅持這樣做，對培養港澳以及南洋文藝青年的現實主義寫作，起了很大的作用。

《文藝世紀》作風嚴肅正派，「成為新加坡教育部指定的二十種學生課外良好讀物之一」[6]。

3. 《海洋文藝》

《海洋文藝》在1972年11月創刊，不定期，到1975年才定為月刊，直到1980年10月為止，一共出版了七十九期。從創刊到

停刊，主編一直是吳其敏（1909-1999）。記得發刊詞的第一句是：「生活是一個無邊無際的海洋。」《海洋文藝》一直沒有標舉「現實主義」的文藝大旗，但從它八年間的表現看，它是嚴肅的、寫實的、從社會生活出發的。這使我想起了《文藝世紀》。《文藝世紀》在1969年停刊後，市面上的文藝期刊，除了《當代文藝》，似乎難得見到甚麼了。《海洋》好像是來填補《文藝世紀》似的，但它的姿態比較清新，有朝氣[7]。

記得在初期，星、馬、泰、印尼等南洋地區的稿用得不少。如李向、許雲樵、蔡欣、英培安、石君、莎克、常追風（秦林）、康靜城、符肇流、沈逸文、鄭遠安、柔密歐‧鄭（1924-1995）等，都有稿。[8]

《海洋》有一個成績，是培養、扶植後進，我自己就是例子。早期的《海洋》有「青年之頁」，1975年改為月刊後，就取消了。這一來，青年發表機會減少，又導至作品的質素參差。早期有過由作家答覆青年來信（主要是星馬的），後來好像沒有了。現在看來，答覆來信不一定要有，因為可能會限制了自由的想像、多方的發展。但保持「青年之頁」比較好。[9]

《海洋》的影響是奇怪的，是外地大於本地。主要影響還在東南亞，據報導：新加坡電台常會改編《海洋》的小說為廣播劇，一些詩文也經常為星馬報刊轉載，甚至涉入當地的文藝爭論中[10]。

香港的書刊行銷東南亞，要避開當地政治、宗教的禁忌。以上三刊，沒聽說出過甚麼問題，而徐速主編的《當代文藝》，1974年2月號，我友陶里〈平安夜〉一詩，觸及馬來西亞宗教禁忌而遭禁銷，損失慘重。

三、與新加坡文友的情誼

下述與各國文友的情誼，都是憑記憶、依認識先後為序。

1. 藍平昌

是在《伴侶》的文字交。他在1969年寄贈我詩集《山》，封面有他的照片，他才十七歲，是早熟的詩人。從〈自序〉可見當時馬華詩壇的狀況：「詩的派別在馬華文壇上名目雖多，而彼此間爭辯得最激烈的自然首推現代詩與現實主義詩歌之間的論戰；如果某一方的詩人強調唯有某一家的作品才是真正的詩藝術的作品，……這麼一來，詩藝術走入了死胡同，我們不應漠視或完全否定現代主義文學這一股新生的力量的存在，……近年來馬華文壇出現好幾位現代詩的歌手們，他們的成就，他們的才華，他們的作品的價值不容許我們去否定與抹煞的。例如牧羚奴，英培安，賀蘭寧等人。……現實主義詩歌的陣營裡，也的的確確出現了好多傑出優秀的詩人，鍾祺，杜紅，苗芒，蔡欣等，……」

「一九六六年十二月十五日，北馬的乃健在一個……文藝座談會上也說：『我覺得，現代主義和現實主義有匯流的可能性。』乃健這一段話是頗為精闢的，他本身在詩歌藝術方面的成就正說明了這一點。」[11] 藍平昌這句話，相信是覺得乃健的詩有「匯流」的表現了。

文中的「乃健」，就是何乃健，那時他也只有二十歲，同樣是早熟的。藍平昌是有心人，他寄給我新加坡《新社文藝》季刊。在1969年9月的是「詩歌專號」，有他一首小詩，他特意在扉頁上寫上：「韓牧先生雅正　藍平昌購贈」，那首小詩名〈窗

裡・窗外〉：「窗裡／有一個人／他想得很多／很遠／／窗外／
有一個人／他看得更遠／／更多」。

2. 秦林

秦林也是六十年代末在《伴侶》上認識的。他很熱情，與
我頻密的通信，也許他太忙，信上的字很潦草。他也和舒巷城
（1921-1999）通信，一些字太草了，舒和我常常要一同斟酌猜
度，也難以辨認出來。他是屢勸不改，不知有甚麼苦衷。

1969年秋，他與幾位文友要創辦雜誌《南方文藝》，來信
約我稿，我寄去一首詩給創刊號用，〈遙寄南方的朋友們〉：
「我曾攀上本港第一高峰／極目南望／浩瀚的海洋卻遮住了視
線／我知道／你們就在彎彎的水平線下面／我埋怨地球為甚要
圓／／南來的雲陣是你們的詩行／安慰我以豐富的形象／亞答
屋　椰樹　豪雨／膠林和高原／以及一片片陽光寵愛的地面／
雲　太高了／我只好擁抱／一陣陣南來的溫暖／／我曾遠航到本
港極南的荒島／跋涉到荒島極南的崖下／陶醉於南太平洋早熟的
熱情／又附耳岩壁／傾聽赤道的巨濤的回響／／我妒忌著那白色
的燕子／生活拖累不了牠們的輕盈／現在出發／明天就抵達你們
的邊境／毋需旅費／毋需入境證／／你們操著我的方言／我現在
書寫著你們的文字／我們的膚色容貌／也一定很相似／可能在五
百年前／我們誕生在同一個家庭裡／／五百年後／你們變成了雲
變成了風／我也變成白色的燕子／宇宙的疆界才是我們的疆界／
我們將永遠／飛翔在一起」【12】

接著這詩之後，是蔡欣的詩〈南方的歌〉，似乎與我南北互
相唱和：「呵　北方的朋友們／你可曾夢見熱熱的南方／孩子們
吹著響響的椰笛／乘著棕櫚葉做成的夢船」【13】

舒巷城是不少港澳和南洋文藝青年尊敬佩服的香港前輩作家，《南方文藝》創刊號刊出他寫給秦林的書信多封、合成長文，取題〈談談小說與詩歌的創作〉作為頭條。這些信，坦率而具體的評論到南洋青年作家郭四海、詹蕪的小說，因為是私函，毫不客氣。其實他們兩人當時已經有名，甚至有現在所謂的「粉絲」，該期同時刊出郭、詹兩人的回應，回應得十分謙遜。這可見南洋青年的力求進步，不怕失面子。該期有不少作者是熟悉的，那是在香港的文藝雜誌上見過的，除了上述的蔡、舒、郭、詹，有藍平昌、秦林、浩泉、藍偉、藝草雲。

我的第一本詩集出版後十年，才出第二本《急水門》，1979年新加坡萬里書局，簡體字版。那全靠秦林拉的線。此書出版後，在北京的美學大師朱光潛先生見到，還誤會韓牧是新加坡人。他回贈了他的《談美書簡》。

秦林的書，寄贈我不少，如《新星集》（有陶融代序）、《小陽春》、《噴泉》（有舒巷城代序）、《登高吟》、《蘆葦集》、《秦林詩抄》、《永恆的雲》、《秦林詩選》、《驚起一灘鷗鷺》（與何乃健合集）、《奔向南方的河流：印華詩歌點評》等。也許因為他讀的書多，我覺得，他的評論寫得比詩還好。1980年出版的《秦林詩抄》中，有〈寄韓牧〉一詩作為〈代序〉：「你可聽到我的心／在岑寂的夜裡／低吟你迴腸的詩／（我的詩在一千重海上飛越嗎？）／彌敦道的燈火輝煌透夜／旺角的人群好像蟻群／來自東京的電器／來自歐美的服裝／炫耀得令人睡眼惺忪……」[14] 在這之前秦林曾來香港，我和他走在人來人往的彌敦道，他的問題令我失笑：「香港今天是不是放假？」可知香港比新加坡熱鬧得多。

《秦林詩選》中，有一首〈太陽下山了——悼念舒巷城〉，

只有兩行：「天邊的靜寂傾訴我的吟泣／我卻像鯉魚門永遠傾訴太陽下山的呼吸」。〈後記〉說：「1960年代，舒巷城先生即在《伴侶》上提攜我。他為人熱誠、正直、親切、淡泊名利，深深影響我的文學道路……」[15]。

書中有一組《懷念集》，其中〈舒巷城〉：「拂曉在荒蕪的田野漫步／你在人們的視線外播種／舞台上燦爛燈光與掌聲／人們爭相羨嘆而你走開」[16]

這組《懷念集》一共懷念三個人：魯迅、杜運燮、舒巷城，可知舒在秦林心中的地位。秦對舒的敬重不但因為舒的低調和提攜後進，還在舒無私的心胸，秦林曾說：「我們都非常尊敬他，因為他無私心的關心和提拔年輕人，完全沒有擔心年輕人青出於藍而勝於藍的心態。」[17]由此可以想到，秦林一定覺得，有些前輩是有私心的。

我在1989年移居加拿大後，與他聯繫少了，不過他常在文章中提到我。例如在〈憂患心情——寄劉再復〉中說：「溫哥華給你的感覺是溫暖與親切，『有山有海，還有掛滿大地的楓葉，天空是完整的，地上是乾淨的，到處都有草香和海香』，此外，『還有在歲月的風乾中依然保持著正直與真誠的朋友』。『九七』將到來，我的一些好友，包括著名詩人韓牧和陳浩泉等，都先後移民到楓葉國了，難道那裡才是他們扎根的地方？」[18]

3. 周粲

忘記是何時、如何認識的了。他與我通信，字跡左傾，既整齊又自信、豪放，風格獨特。我忝屬書法家，對古來名家，並不陌生，這種寫法未曾見過。他常寄贈詩集、文集，如詩集《多風的早晨》、《會飛的玻璃球》、《捕螢人》、《時光隧道》，文

集《蹤跡》等。讀周粲的詩,自然、清爽、晴明,是一種享受,是一種回味,是一種休息,是一種學習。例如〈夢的年紀〉最後一節:「如果在夢的年紀/夢的季節/化夢為真/那麼/彩虹是甜甜的九層糕/星星是硬幣/可以買一個太陽」【19】

1987年12月,香港《文學世界》雜誌社召開了「作家詩人座談會」,見到了多位聞名已久的外地華文作家,我寫了組詩《作家群像》,一共寫了十七位,當中〈周粲〉一首:「十八年前通信/今天見面/那個高高的雕像/平視著這個矮矮的雕像//聖誕假期/那些閣樓書店都休息了/兩個雕像/鑽進地牢裡的『天地』/發現了陳映真的《人間》」。詩中的「天地」是書店名,《人間》是雜誌名。【20】

詩人周粲被譽為「新加坡國寶」,他除了有詩名,寫作全面,散文、小說、論文、兒童文學、翻譯,件件皆能,有大成就。他高個,我矮個,我詩中說:「那個高高的雕像/平視著這個矮矮的雕像」,表示兩人都比較沉默,還表示他無視年齡、成就的差距,平等待我。

不約而同,周粲也寫了組詩《作家詩人印象記》,其中〈韓牧〉一首:「會一開完人都散了/只留下韓牧陪著我/這一來既不用怕迷路/也不用擔心孤單寂寞//只要有地鐵票一張/我們連大海也能穿得過/還嫌書本太少嗎?/又鑽進書堆裡造窩//遂想起多年以前/他送第一本詩集給我/轉眼髮都快白了/他還在意象裡討生活//可見寫詩是很危險的事/被逮住了就無法逃脫/不如硬著頭皮跟詩過一輩子/也許這個安排也很不錯」【21】這詩與他原來的詩風大異,隔行押了韻,押得自然,不著痕跡,可見他詩技全面。

詩中的「安排」是「跟詩過一輩子」,他說對了。我倆1969

年認識到1987年見面，只是十八年，但1987至今，足足三十年了，人都「八十後」了，他和我兩人現在還不停寫詩。

4.蔡欣

　　蔡欣在《伴侶》時代就互相認識，大家也都是《海洋文藝》的詩作者。他的詩、散文，清麗、精美，同時為新加坡的周粲、林瓊，香港的舒巷城、何達讚賞。他也寫談論藝術的隨筆，又擅書法，這兩點與我相同。我想，他的詩文清麗精美，是由於他的藝術修養。

　　蔡欣對舒巷城，也像當時大部份的港澳、南洋文藝青年一樣，尊敬、佩服，甚至學習。三十年後，蔡欣成為新加坡教育部「中學高級華文教材組」成員，倡議在《中學高級華文》課本中，收入舒巷城散文〈石九仔〉，由蔡欣重寫，改名為〈聽故事〉。是香港作品首次選入新加坡課本，可惜，舒巷城來不及見到了。【22】

5. 南子

　　南子是新加坡重要的現代主義詩人。他常寄贈著作給我，如詩集《夜的斷面》、《蘋果定律》（〈蘋果定律〉是首名詩，我有一首〈水仙定理〉，詩題相近，或許是仿他的）、《南子短詩選》（中英文），散文集《八方風雨》、《南子評論集》等。他是為數不多、我移居加拿大後仍然寄書及雜誌給我的文友。

　　南子是新加坡《五月詩刊》半年刊的編委、執行編輯，我每期收到該刊，都是他寄贈的（後來的《新華文學》也是）。關於《五月詩刊》，本文第八章第6節會詳細論述。

6. 石君

詩人、散文家石君，曾贈我她的第一本詩集《綠苔》、及第二本詩集《吊住的黃昏》。分別出版於1972年和1979年。相隔六、七年，詩風大異。前者重格律，後者是不加標點的自由體，書中錯字一一用藍色細筆校正，可知她嚴謹。

石君與蔡欣一樣善書法，封面書名《綠苔》二字極佳，看來是用狼毛筆（黃鼠狼）自書的褚遂良體。她曾來香港，有一面之緣。

1977年，我曾寫一首七絕寄贈她，詩名〈答石君〉，小序說：「詩集《綠苔》作者，新加坡詩友石君來函嘆題材缺乏，戲擬一絕答她。」詩云：「誰言石上只生苔，我道紅橙藍綠開，眼是陽光心是土，秋來無處不詩材。」[23]

1983年12月，她在她的專欄《水漣漪》上，寫了一篇〈回魂夜〉，說「洋溢著韓牧狂亂的真情」。

7. 寄贈著作的文友

新加坡一些詩友、文友，無緣會面，卻給我寄來著作，大多是詩集。客氣的說「正之」、「賜正」、「指正」、「雅正」、「惠正」、「斧正」、「教正」、「評正」。此節依著作出版先後，記錄文友們的友情和謙虛：

詹蕪《青銅代之歌》、《無花果》（小說集）、羅波浩《鮮花·詩人》、李擒白《柴船頭——我生長的地方》、康靜城《長櫓集》、垂仰《金山頂上迎朝陽》、賀蘭寧《音樂噴泉》、董農政《一抹芙蓉泣斷水鄉外》、史英《詩苑短笛》、《花開在掌上》、《詩文合璧》、馬德《隔著長隄》、《苦難的航程》、楊涌編的十九人詩集《撥弦，在赤道》，作者為李販魚、喀秋莎、周天、葉苗、嚴思、楊涌、佟暖、史英、秦林（此書秦林寄

來）、林康、連奇、韓弓、耕夫、古琴、方然、陳劍、常枚、長
謠、長沙，共十九人。另康靜城、垂仰、秦林合集《城市與蘆葦
的夢》。

8. 與諸友的合集：《裁風剪雨》、《啁啾集》

　　1984年，新加坡「文學書屋」出版了一冊詩集《裁風剪
雨》，是馬來西亞的何乃健、新加坡的秦林、香港韓牧的合集。
這書印製精美，封面設計和採用的水彩畫清新悅目，主色調是輕
淡的黃綠藍，一人撐傘靜立，那是名詩人謝清的傑作。此書出版
得新加坡詩友陳松沾之助。

　　作者簡介真是「簡」，只有原籍、出生地和出版書名三項。
〈前言〉是秦林寫的，說：「認識韓牧，始於何達主編『伴侶』
詩頁。……經過時間的淘汰，只剩下他仍繼續寫詩。其才華愈來
愈煥發，創作愈來愈多，也愈來愈光芒四射。……」「真希望他
住在南方，不必讓人時常引頸望北，望長空望大洋而興嘆！」
「有人以為，他的詩缺少『美』。這點，我不同意。但他們卻
不知道，韓詩的最大特點是『真』。不信，讀一讀他的『回魂
夜』，那真是令人感動流淚的詩。」「這些年來，他的種種不幸
遭遇，我無法伸出援手，令人一直耿耿於懷。我希望，他能忘
掉『回魂夜』，也忘掉別人的誤解，為人類創作更多更好的詩
來。」【24】

　　就看這一段，可證秦林真誠的友情。「真希望他住在南方」
一句，真令我感動。他看透了我，我的詩，多的是「真」，缺的
是「美」。「真善美」的排列，不是「真」打頭、「美」押尾
嗎？我記得何乃健曾寫過：「我想起楊牧翻譯濟慈講過的一句
話：美就是真，真即美，即是人間的一切。」秦林說的「他的種

種不幸遭遇」，其實只有兩種，一是喪妻，一是在香港詩壇遭某前輩打壓。他希望我「忘掉」，我讓他失望。至今四十年了，我忘不了。放下是有可能，怎能忘掉呢？他說「創作更多更好的詩來」，我倒是能盡力去做，不讓他失望。

在這篇〈前言〉中，秦林對何乃健的詩的評說，是恰當的。「他的詩的營養或許來自印度詩聖泰戈爾和中國的冰心」，「不但存真，也很注重文字的純淨。⋯⋯他的小詩早期較多抒情，哲理的成份較少。後期似乎有些改變。」「乃健同韓牧一樣，都是十分誠懇的人。他們二人至今仍未見面，但在書信中卻似多年老友。⋯⋯」

〈前言〉又說：「周圍險惡的環境，也使他（韓牧按：指秦林自己）暫時疏遠了詩。」這一句，我當時耿耿於懷，不知底細，也不好問。總之，原來比香港淳厚的新加坡，詩壇也像香港一樣，會讓青年詩人洩氣的。

〈前言〉最後說：「取名『裁風剪雨』，含有互相鼓勵的意思。燕子，是一種形象，我們三人雖然來自不同的地區，然而卻翱翔在同一片藍天，同一個太陽下，追尋共同的理想。」

這書名不是我擬的。但我在書中〈遙寄南方的朋友們〉一詩最後一節，說的就是雲、風、燕子。「五百年後／你們變成了雲變成了風／我也變成白色的燕子／宇宙的疆界才是我們的疆界／我們將永遠／飛翔在一起」[25] 這白色的燕子，是我在「本港極南的荒島」「荒島極南的崖下」發現到的。

書中，我的部份除了上述一首，還有組詩《個人資料》共15首，組詩《鄉野小品》共51首。分別初刊於新加坡《南方文藝》，及馬來西亞《星洲日報》。《鄉野小品》發表後，曾得到南洋方面的評論，評論者好像是周粲。

記得三個作者的排名先後，曾有過激烈的爭論。秦、何兩位，一定要韓帶頭，也許因為我年紀最大，我1938年生，秦1944，何1946，但我堅拒。因為何乃健的詩最精煉，最抒情，我堅持由他打頭陣。如果這詩集韓詩帶頭，讀者難以卒讀。當時我還用筆劃序作為附帶的理由，幾經「筆戰」，我勝。

《啁啾集》是新加坡「風雲出版社」於1983年出版的，李拾荒主編。此書製作同樣精美，封面歡快熱鬧，一群麻雀在枝間爭鳴，是名詩人蔡欣的設計。

全書僅120頁，卻是各種文體幾乎一網打盡。包括新、馬的作者。詩：史英、蔡欣、韓牧（唯一外賓）、丘克難、莎克、田思、李擒白、康靜城、何乃健。寓言、散文、評論：葛凡、葉苗、徐凡、林高、曹鈞、風沙雁、洪生、秦林、青峰、林言、適民、林臻。小說、相聲、翻譯：懷鷹、岳典、吳登、呈向風、尤琴、雷霆、馬木迪模、金發。

書中選刊我組詩《獨吟三首》：〈窗〉、〈停頓處〉、〈樹〉。其中的〈停頓處〉：「時代的停頓處／有爭持／之後／就成為歷史的轉彎／／是時代的勇士／還是歷史的罪人／就差這麼一念／／浩瀚的典籍／繁雜的雜誌和報章／變化萬端的現象／思想家苦思默想／／作為一個愛詩的人／還要加上／敏感／／像一隻青蛙或者螞蟻／預示著洪水／或者地震」[26]

四、與馬來西亞文友的情誼

1. 何乃健（1946-2014）

乃健是在《伴侶》時期就認識了，他自擬的簡歷常常強調出生於泰國曼谷，祖籍廣東順德。我亦祖籍順德，同姓何，同寫

詩，可謂「三同」了。順德自古文風極盛，出了不少進士，甚至有狀元。我居港時，移加後，都認識當地不少同鄉前輩文人雅士，如蔡伯勵（《通書》編撰者）、何叔惠、何幼惠、何竹平、胡曉風、梁石峰、梁錫華、麥冬青等。

他早慧，十幾歲已出版詩集《碎葉》，詩集〈後記〉還是寫於一年前，寫於檳城韓江中學，可知當時還是個中學生。他對大自然有細緻的觀察，後來成了國際級的水稻專家，又對佛學有湛深研究。《碎葉》一書是「星洲世界書局有限公司」印行，卻是「香港九龍順利印刷公司」承印。雖說發行是吉隆坡和檳城的世界書局，但定價只用港幣，一元八角。他寄贈的著作，除了詩頁《仙人掌的召喚——何乃健詩選》，詩集《流螢紛飛》、《雙子葉》（與秦林合集），有散文集《那年的草色》、《稻花香裡說豐年》、《逆風的向陽花》，科普書《轉基因，轉乾坤》。早年的詩集、散文集，常有複本，我把它們轉贈給公立的或大學的圖書館。

早年，他還寄給我一冊《韓風》第二期，是檳榔嶼韓江中學文藝研究會出版的，內容十分豐富，有小說、論文、詩歌、散文、戲劇，絕大部份是學生的作品，水準卻出奇地高，仿如作家。高中一的何乃健有散文〈大海的童年〉、詩〈我的短歌〉。他當時只是高一學生，卻當上該校「文藝研究會」的副主席，又是《韓風》五位編委之一。

八十年代，我與他經常通信，交流心得。現舉一例：「乃健兄：你的信收到了。《碎葉》、《流螢紛飛》、散文集《那年的草色》，都看了。……從前聽人說，周粲是新加坡的國寶，如果這話成立，就可以說：何乃健是馬來西亞的國寶。我覺得我要對你說的話很多很多，我的時間，我的紙筆，都不足夠，請你諒解

我寫得簡括、潦草。我預計明年下半年到貴處一遊，到時，希望得到你的家人的允許，與你促膝夜談。……你的散文，我認為可以作為形象思維的範例，是傳世的。我們這裡，近年充斥著一些所謂『散文詩』，……你的散文，恰恰相反，或者可以說是『詩散文』吧。看了你的三本書──今生無緣了，下一生如果選科，一定入農學院。我與你其實有不少相同之處：愛大自然，愛爬山涉水，愛植物。……牧1982年8月7日，夜。」【27】

　　我移居加拿大後，聯繫少了，但還偶有通信的。例如在2004年6月的一封信中，他說：「從中國出差回來，閱讀了你的影印詩稿，內心非常感動，……我很欣賞這些日記式或書信式的詩，在淺白如話的詩行中深蘊的真情與實感，令人讀後回味不已。當我讀到第一節最後四行，尤其是『白髮對稀髮』時，不禁熱淚盈眶。我們開始在《伴侶》互相閱讀對方的作品之後二十年（1986）才第一次見面，轉瞬間，又過了18年。逝者如斯乎？不捨晝夜。秦林、你和我雖難得相聚，然而對文學的熱情，尤其是詩，卻一直為友誼保溫，確實難能可貴。」

　　「年少時覺得詩一定要強調形象思維，年歲增長之後才發現，真情直接流露也一樣感人至深，李商隱巴山夜雨憶友的詩，以及艾青的詩：『為甚麼我的眼裡常含淚水，因為我對這塊土地愛得深沉』，真正做到蘇東坡所說的平淡而有味，也最能喚起共鳴。你的詩藝已能將平凡的碳轉化為令人驚嘆的金剛鑽！」【28】

　　上面提到的詩，是〈二十年後初見乃健〉，詩很長，錄最前和最後的幾行：「你的慈和我這一輩子也學不完／你的記恩和我的記仇一樣是難忘的／難忘就是永恆的意思嗎？／紙上的詩到會員冊上俊俏的相片／太短的信到太長的農學論文／偶然經香港在機場匆匆打來的電話／出乎意外尖脆的齒音和鼻音／會比怡東酒

店大堂的第一眼更難忘嗎？／白髮對稀髮」「一千個人寫詩是你的最好／二十年前你芭蕉葉上沉思的蝸牛／還在咀嚼二十年後的月光嗎？」

「送你們回酒店不是為了禮貌／是為了在匆匆的旅途中能多談幾分鐘／⋯⋯送機回來下巴士正是九時零一分／還來得及電梯直上天台再送一次飛機／當然也不是禮貌但不知是為了甚麼了」【29】

2001年，他與秦林要出版一本散文合集《驚起一灘鷗鷺》，特地來函請我題寫封面書名。書籍、雜誌、報刊的題簽，我寫過不少，題簡體字的就只有這一個。

乃健幾年前走了，走得太早了。我記得他年輕時寫過一首詩，《停了，心跳》，那種詩，照理應該由老年人寫的，因它看透了人生的無常以及真情藝術的恆久：「如果一旦我的心脈／像突然停頓了的鐘擺／你不要哭泣／也不要悲哀／就是淚水洶湧成海嘯／也不能把我喚醒／／回歸到太初的混沌裡／像一灘水變成一團蒸汽／當你哭泣時我是混著淚痕的塵埃／燕子築巢時或許／我會滲入你簷頭的春泥／／你也無須在夢裡把我尋找／即使閃電也追蹤不到我的行腳／其實我恆在你的身旁呢／只要你翻一翻我給你寫過的詩行／每個字裡都有我的心跳」。乃健不在了，他的詩永在。他永在他的詩裡。因此，說他不在，其實是永在的。雖然如此，我還是黯然。

乃健與我是小同鄉，是少數交談時用廣東話的詩友之一。他記憶力特好，唐詩宋詞背誦如流，讓我佩服、羞愧。他的母語是粵語，粵語用詞、發音等，近唐宋漢語。在他的詩文中，也見到這種影響。就是說寫的雖是現代詩文，用詞，尤其聲韻和節奏，有唐詩宋詞的痕跡。這是不熟悉唐詩宋詞、又不會粵語的讀者難

以欣賞到的。我的母語同樣是粵語，我寫詩作文時，思維用的也是粵語，我想，乃健應該比別人更能欣賞我的詩文，尤其在聲韻、節奏方面。

2. 伍良之

1979年12月，他來香港，見了面，詳談，後來他寫了極為忠實逼真的記敘文章，說：「我在全神與杜漸談話，這時在我座旁的空椅上，已多了另一個鬢角頗有銀白髮絲的年青人，彥火說，他就是韓牧。韓牧對星馬的讀者來說是不會陌生的，他的詩句『鳳凰山龐然巍立在東是這麼重是這麼惺忪』，在一場詩論戰裡曾一度被引用。眼前的韓牧，說話時微微翹起的上唇，加上那對有點憂鬱的眼神，襯出一個感情豐富的詩人氣質。」「在席間，韓牧的話離不開傾訴失去愛妻的痛苦……每天回到家裡，看見的東西，不是我的，就是她的，或者是屬於兩人共有的，……有一次，在恍惚中，自己撞向車子，幾乎就這樣沒命！」【30】

伍良之另有一文〈聽韓牧、古蒼梧談詩〉：「韓牧穿著一件紅底黑條紋的背心，臉容比起午餐時的神色開朗得多了。……韓牧說，也約了『八方』的執行編輯古蒼梧。……韓牧向我談起某人對他的詩的看法，他說得很激動，語氣稍帶憤懑；後來他把背心也脫下來，露出一身鮮紅的長袖襯衫，詩人的激情，在那鮮紅顏色映襯中，像股急流向著四處散發，在燈影下，我凝神傾聽……韓牧說，寫詩就是準確的記錄自己的感情，像寫日記，篇篇都要『真』。……韓牧說，一首好的詩，它表達出來的思想、感情既要廣又要深，既要粗獷又要細緻。闊大又精緻，是詩的最高標準。……」【31】

伍良之曾贈我散文著作《冷眼集》、《串鈴集》。

3. 韋暈（1913-1996）

「韋暈是公認的一位博學廣聞、胸懷磊落、出類拔萃的文學家」【32】「尤其是他那純熟的嶄新的藝術風格，給馬華文藝界的影響，實在至深且大。在馬華作家當中，再沒有一個比他那末深刻地、長久地影響馬華文壇的了。」【33】

他擅小說，曾贈我《韋暈小說選》，還有是憶述三十年代後期馬華作家及其論爭的《文苑散葉》，很有史料價值。

他題在贈書扉頁上的上下款，書法秀而勁，我知道他青年時曾在廣州美專習畫，於是求他為我寫一個扇面，他慷慨的畫了一枝紅梅，意外的好，我當為家寶珍藏。

4. 孟沙

與孟沙認識是在八十年代初，他到台灣開會後途經香港，此後魚雁常通，談文論詩，比較深入。1982年初，他寄來詩集《四重奏》，說要我「不客氣的批評指正」，我真的不客氣的逐一指出我認為的缺點。我不知道，其實這之前，他已經寫了二十年的詩，出版過兩本詩集了。好在他心胸廣闊，不但不介意，還繼續的給我寄來以前的、以及新出版的詩集，《青春獻歌》、《櫥窗內外》、以及《山靈》。上款從「正之」改為「教正」和「評正」了。

《山靈》書末附了我寫給他的一封信，取題〈香港詩人韓牧的一封信〉，這信因是私函，我寫得坦率，也涉及別人詩作的缺點，甚至劣行。作為附錄，我事先不知情。不過我所說都是事實，公開發表也是無妨的。

他在〈後記〉說：「韓牧先生是我心儀的一位當代詩人。一

九八零年秒和他在香江『喜相逢』，留下深刻印象。這些年來時有魚雁相通，交換一些寫作心得，給我的裨益尤多。……給我的一封長信，暢談他本人對詩的精湛見解，未始不可當作一篇詩論來閱讀。……」【34】

我那信主要提到：「相信這點是共同的苦惱：詩人未成熟時，詩意足，新意多，但被未成熟的技巧弄壞了，浪費了材料。（所謂「技巧」，只是如何能將自己的思想感情100%準確表達的手段而已，豈有他哉！）但到技巧成熟時，童心漸泯，新意就少了。……所以我們應該一方面提高技巧，一方面要盡量保持赤子之心，這兩點合於一人，才成詩人。」「我們踏入中年了，寫的東西漸漸成熟了，漸漸受讀者注意了，就要防範『虛名心』。第一，不要有虛名心，第二，不要受別人的虛名心所干擾（別人為了他自己的虛名心，會攻擊你或冷待你）……青少年時應以努力學習為主，中年時應以反抗自己的和別人的虛名心為主，老年時應以提攜後進為主。這是我為自己定下的路。」【35】

孟沙對我做了一件大事，是擅自將我的長詩〈回魂夜〉發表。「一九七九年十一月亡妻回魂之夜，一夜間寫成的一千五百行長詩手稿，封面寫明『禁止傳閱』。兩年後偶然借給到台灣開會經港的馬來西亞詩友孟沙看，在一九八二年春被連載於吉隆坡《南洋商報・讀者文藝》，約一年後我才知道，很不高興，好像被脫光了衣服。但這長詩卻為大眾歡迎，經友人說服，索性即時在港出版，由陳不諱編，並寫序。這本書漸漸給人知道，電台訪問、香港盲人協會出版凸字本、澳門舞蹈家吳珍妮將其中一段編成現代舞演出。《回》是我最為人談論的一本詩，這又要感謝孟沙的『出賣』了。」【36】

韋暈先生一次在給我的信中，說：「尊作長詩拜讀，頗具氣

魄。」我長詩不少，幾經琢磨，懷疑是〈回魂夜〉，追問，才知道已在馬來西亞給「示眾」了。孟沙是專業編輯，見到讀者會歡迎的稿件，當然不會放過，他做了他應做的事，我不怪他。

5. 吳天才

詩人吳天才，是博學的學者，著作等身，擅巫文，是華馬翻譯的先驅，我與他結識時，他是馬來亞大學中文系教授、系主任。著作有華文、巫文兩種。他提倡翻譯中國古典文學，配合馬來西亞文化運動以貢獻全民。

他有一次到香港，住彌敦道一間酒店，我家住在彌敦道，頗近，他電話約我相聚，那次在酒店房間長談的長度，驚人，相信前無古人後無來者。他與我兩人，一直連續談了兩個晝夜，都是談文學，主要是詩。餓了，就到附近隨便吃吃，又回酒店。倦了，大家就攤在床上，望著天花板交談。我真佩服他的、我的耐力。他比我大兩歲，兩人正當壯年。事後，我有點不相信，還是我妻提我：「你兩晚沒有回來了。」

記得他曾提到，大學裡學的英國文學、莎士比亞，授課語言竟然不用英文，而是用馬來文。

他贈我的書，有《馬華文藝作品分類目錄 —— 附作者索引》、《中國新詩集總目》（收入我詩集）、《中國現代詩集總目等》。

1978年10月，我寫了組詩《個人資料》，就是吳天才的來信引致的。〈小序〉說：「馬來亞大學一位教授正在編一本《中國新詩選》，日前來信索取履歷和傳略，我感到填寫不易，於是重溫了一下我自己的個人資料。我一向迷信著：作品，應該是作者與讀者的連繫的全部，而且應該自有其獨立的生命的。」

這組《個人資料》共十五首：〈姓名〉、〈性別〉、〈國籍〉、〈原籍‧出生地〉、〈出生日期〉、〈年齡‧詩齡〉、〈相貌（代近照之一）〉、〈髮型（代近照之二）〉、〈掌紋（代指模）〉、〈學歷〉、〈病歷〉、〈傳略〉、〈現職〉、〈著作〉、〈通訊處〉。[37]

6. 梁志慶

南馬的梁志慶，在教育界，擅兒童文學，對推動華文文藝及指導學生寫作，有很大的功績。他為人謙謹，重友情，我在1983年3月寫給他的信，可以得見：

「收信人的姓名、地址，寫得工工整整；發信者的馬來文名稱、地址，用膠印蓋得整整齊齊；用細筆加了『Malaysia』，連一個標點都安置妥當；用粗筆加上『南文會』的中文全稱於其上；左角又蓋上了篆字的、刻得講究的貴會的印章，蓋得很小心，紅印泥的顏色很美。從這一個封套，看得出你們辦事認真，對對方尊重。這一個封套我要永遠保存——啊，「印刷品」那個膠印的位置，也是經過小心選擇的。我們香港人，急功近利，事事講速度，這是搞商業的頭腦和作風，藝術不可能搞得好。藝術是細緻的，藝術，是最細緻的科學。」

「〈黃花鄉鎮〉寫得誘人。六年的感情歸結成四千字。我多麼希望是一九六四年的你，作為它的鎮民啊。將來有機會到馬，一定要設法到那鎮走一走。雖然，我也知道，八十年代的樣貌，一定不同於六十年代的樣貌，但我可以借助你所描述的一些事物，去尋古、去懷古啊。」[38]

他曾寄贈我《成長》，是南馬文藝研究會會友創作合集。《馬來西亞華文文學史料展覽紀念特輯》，是雪蘭莪中華大會堂

出版的。《吾土吾民創作選（詩歌）》，是新加坡《南洋商報》及「新加坡寫作人協會」聯合編選的。其中有我熟悉的新加坡詩人：王潤華、文愷、石君、杜紅、杜誠、李汝琳、李販魚、李擒白、苗芒、牧羚奴、周粲、南子、賀蘭寧、柳北岸、鍾祺、流川、郭永秀、秦林、康靜城、董農政、藍平昌、詹蕪、蔡欣等。

7. 愛薇

她在八十年代初訪港時，曾見面，其後有通信，交流心得。見面時，曾討論文藝書應否打廣告的問題。接來信，我說：「從來信中我才確切瞭解你的所謂『打廣告』的意思。你是包括了在文藝副刊上的新書評介、出版消息和轉載序跋。起初我以為，打廣告只是用錢在報刊上登廣告。你說：『C的想法也只是一廂情願之思吧了。』我看未必。他的一些新書，出版時就曾在香港的一些報刊上『賣』了廣告（付廣告費）。中國大陸書籍雜誌賣廣告的很不少，《人民日報》不知你是否看到，最矚目的廣告是書籍廣告。日本的報紙，書刊廣告也實在不少。」

「假如連在文藝副刊上登登序跋，介紹介紹，也要研討是否恰當，你們也實在太純真了。……」【39】

不要忘記，愛薇是少有的職業作家，靠寫文章吃飯的，連她都這樣，南洋朋友真是天真得「不近人情」了。我記起，我的《回魂夜》的封底，編者安排印上多位香港、南洋師友的讀後感，卻被香港一位職業作家朋友批評。難道職業作家有不同的想法？

8. 陳政欣

曾與這位馬來西亞著名詩人、小說家、翻譯家在香港會面，但我曾送過他一份文藝雜誌嗎？如果不是見到他的記錄，我印象模糊了。那次一定不是單獨會面。

我翻出歷史悠久的馬來西亞文藝月刊《蕉風》，在有一期的「風箋」欄上，刊有他11月7日致編者的一封短信：「十月三十日時我在台北見到李有成及張錦忠。談話間提起你計劃在《蕉風》出William Golding的專輯。十一月三日時我在香港見到韓牧，他送我一本剛出版的大拇指半月刊，裡面正好有William Golding的專文，我想或者蕉風會用得著，所以我把這專文寄給你。『五指之內』都是一些十年前的作品。歡迎你的批評指正。」[40]

陳政欣信中說的「大拇指半月刊」，是香港文藝青年辦的同人雜誌，經常介紹當代西方新的文藝思潮和作家。我也常常向該刊投詩。就在一年後，我幸運獲得「大拇指詩獎」，高興的是，那一屆是和顧城（1956-1993）雙雙同時獲獎。

9. 寄贈著作的文友

一些詩友文友，寄贈著作，可惜無緣見面。現依出版先後：

雅波散文集《深山寄簡》、傑倫詩集《天掉水》、禿橡詩集《荒野・群星》、甄供散文集《麒麟刺》、鍾夏田散文集《市居草》、江振軒詩集《茨廠街》、艾文詩集《艾文詩》（以上兩書是陳政欣持贈）。甄供是《星洲日報・文藝春秋》主編，鍾夏田是《南洋商報・讀者文藝》主編。

五、與泰國文友的情誼

1. 嶺南人

　　1987年12月，香港《文學世界》雜誌社召開龐大的「作家詩人座談會」，我組詩《作家群像》中，有一首〈嶺南人〉，寫與他的緣份，以及他的筆名：「連續兩個早晨／相遇在同一個電梯口／／你說：「就是約好也沒這麼準時啊」／我說：「是啊　嶺南人」／／你的鄉思／從我的唇舌間吐出來／當它進入你的耳朵／也就成為我的鄉思了」。[41] 他生於海南島文昌，我原籍廣東順德，都是廣東人、嶺南人。他比我年長六歲，1957年大學畢業，七月，從中國到香港。我同樣在1957年畢業，是中學，同樣在七月，從澳門到香港。也真巧了！

　　1989年，香港創刊了一本高水準的《詩雙月刊》。「以香港為本，讓不同地域、不同風格的作品，互相觀摩、交流。自八九年八月創刊以來，得到各地讀者、詩友的鼓勵、支持。……」[42]這《詩雙月刊》由王偉明主編。嶺南人和我都有投稿，互相讀到對方的詩作。該刊後來出版《海外詩叢》，第一本就是嶺南人的《結》。嶺南人贈我一本，扉頁寫「韓牧先生雅正　嶺南人敬贈於香港、九二年四月八日」。當時我已移居加拿大，應是出版時作者在香港，書由王偉明代寄。我常常收到王寄來相識或不相識詩人新出版的詩集。我自己在香港出版的詩集，也是他幫忙廣為轉寄的。

　　主編王偉明對詩學有研究，他是我幾十年投稿中，遇到的最尊重作者的三、四位編輯之一。我交過手的編輯，應該上一百位了。他主編的詩刊，從上世紀八十、九十年代的《詩雙月刊》，

到本世紀的《詩網絡》，我認為是全球所見華文詩刊中，水平至高的。《詩網絡》是獲得香港政府藝術發展局資助的，後來資助大大削減（錢跑到通俗刊物那裡去了），王偉明覺得，那就一定要削減作者的稿費，是對作者的不尊重，憤然停刊。在我們作者是大大的遺憾事。其實，我們這些「曲高」的詩人、詩評論者，不會計較萬惡的金錢。有稿費無稿費，是一樣努力動腦、動筆的。如此一來，我們失去一個交流進步的平台，世界失去一份高水平的詩刊。

偉明兄來信的字體，是我友中最工整的，工整到一如印刷用的仿宋體。可知他的為人，也像馬來西亞的梁志慶一樣嚴謹正派，真誠待友。他知道我愛書法，求書，出我意外，他只要三個字，三個單獨的、不相連的字，他說將來可以組合。我加寫給他一個小條幅，撰寫嵌了「偉」「明」二字的文句。

2. 方思若（1931-1999）

就在1987年12月的「作家詩人座談會」中，初次見到方思若。他告訴我一個讓我吃驚的事實，我寫了〈方思若〉一詩，記錄了他的表現和那個事實：「總是緩慢而溫柔／哪怕說的是驚人之句／／「去年我們訪問中國／我對他們說／你們中國／有一個韓牧／我們泰國／也有一個韓牧」／（真的嗎？／請你代我向他致意吧）／／「他在泰南／是寫散文的／也做生意／六十多歲了／姓洪」／／原來／當形式還沒有取得專利權／／就沒有代表內容的資格」[43]

方思若、泰國韓牧，已相繼成為古人了。有機會到泰國時，當到其安息處一聚。

3. 琴思鋼

1989年在香港的文學界聚會上認識，他贈我五人詩合集《橋》，作者子帆、琴思鋼（莊禮道）、張望、張燕、李少儒。

六、與菲律賓文友的情誼

1. 石荒（劉一氓）

詩人石荒原居香港，六十年代已經相識，他性情憂鬱，寫的詩很有哲理，八十年代移居菲律賓，時有通信。曾寄我詩集《小鎮車站》，至今聯絡不斷。

2. 月曲了（1941-2011）

1987年12月在香港認識，我寫了〈月曲了〉一詩相贈，共八行：「忘不了你的詩／更忘不了你的名字／瀟灑得令人迷醉／一彎奇異的新月／／濃密而黑／在唇上微笑著／／唇內有一片／令人發呆的海」【44】

3. 雲鶴（1942-2012）

雲鶴也是在1987年12月見面的。他有一首名詩〈野生植物〉：「有葉／卻沒有莖／有莖／卻沒有根／有根／卻沒有泥土／／那是一種野生植物／名字叫／華僑」。

我贈他〈雲鶴〉一詩，是模仿這名作的：「有點頭／卻沒有微笑／有微笑／卻沒有介紹／有介紹／卻來不及交談／／那是一種野生動物／名字叫／雲鶴」【45】相識後，他贈我詩集《野生植物》、《雲鶴的詩100首》，又常通信。他主編的菲律賓《世界日報・文藝》，發了我比較重要的詩作，如組詩《安素・阿當斯

的第三隻眼睛》。

七、與印尼文友的情誼

1. 嚴唯真（1933-2011）

在那次「作家詩人座談會」認識後，我贈他一詩。詩題特別，沒有文字，是三個方格。註云：「開了天窗的姓名」：「任何一個漢字／都是一篇叛國的言論／／放心請放心／我會記住／不能把漢字寫在信封上／那怕只是你的姓名／／我把十九個大大的漢字／寫在你的紀念冊裡：／我最佩服的／是石上的樹／不論是大的／還是小的」【46】當時印尼還沒有開放，因此，詩在港澳、南洋、美國初刊及轉載時，均未予說明這特別的詩題。可見當時印尼政府對華族的壓制，比馬來西亞更甚。

他在1988年5月，曾寫了一首詩〈詩魂歸來兮！——讀韓牧《回魂夜》〉，刊登在《澳門日報‧鏡海》上，說：「當她回來時／給你帶回豐滿的詩魂／和你擁抱／泄泄融融／在你身上／化成新的詩細胞／變成新的詩的生命……」

2. 胡曉風（1922-2010）、玉文

兩位是印尼歸僑，居澳門。胡原籍廣東順德。他是詩人，最擅舊體，又是雜文家、編輯。移澳前在印尼是報人。在澳門，曾主編《澳門脈搏》，又獨力創辦及主編文藝雜誌《湖畔》，請我題刊名，約我稿。人極低調，但對文藝青年愛護扶掖，甚得青年崇敬。玉文是女詩人，詩風簡約，同樣十分低調。她本名吳珍妮，是舞蹈家，曾將《回魂夜》一段編成現代舞演出。

八、南洋的文藝雜誌、報紙文藝版與我

下述是我曾接觸到的文藝雜誌及報紙文藝版，依認識先後為序。

1. 《新社文藝》季刊

我接觸到的是1969-1970年出版的，正方形開本，設計新穎、格調高尚，藝術性強。主編：韋西。編委：周粲、鍾祺、苗芒、李廷輝、孟毅、陳群等。作者群中，有我友周粲、韋暈、蔡欣等。（參看本文第三章第一節「藍平昌」。）

2. 《南方文藝》

1969年秋創刊，只出了兩期。（參看本文第三章第二節「秦林」。）

3. 《知識天地》

我接觸到的是1976年出版的。雖然不是純粹的文藝刊物，但有不少篇幅容納文藝作品，我的組詩《海外遊》（含〈護照〉、〈懷遠病〉）、組詩《不是漫像》（含〈標準市民〉、〈某書法家〉、〈專欄作家們〉）、組詩《塔國日記》等，都在該刊發表。其中一些是嚴厲批評香港的，當時覺得不便在香港發表。

4. 《新加坡文藝》

新加坡文藝研究會出版。主編駱明。編輯謝克、陳凡、莽原、劉筆農、尤金、寒川、杜誠、成君、尤琴等。

在1982年7月出版的第二期，有「香港作品」之輯，刊出西西散文〈抽屜〉、迅清散文〈廣場〉、何福仁〈小品十篇〉、吳煦斌散文〈海〉、韓牧組詩《追尋杜甫》、梁秉鈞（也斯，1949-2013）詩〈寒夜・電車廠〉、小思散文〈香港節中杞人〉。同期還有杜雪美的〈三月緣牽・小思印象記〉。

1982年12月出版的《新加坡文藝》，在「評論」欄中，經我同意刊登了我給駱明、杜誠的一封長長的私信，取題〈香港來鴻〉，信中，我坦露我的感情，又對新加坡的詩作提出批評，大發議論，節錄如下：

「昨晚的交談，暢快是暢快了，但時不我予，有不少話沒有來得及詳說，現在來補充吧。貴地的詩，兩三年來實在看得不多，原因絕不是甚麼『嚴肅』、『藝術技巧』不高，不是沒有興趣，而是沒有機會，……但由於我熱愛詩，對華文詩尤其愛護備至，總希望它能夠健康成長，在世界文林中開一樹奇花，就讓我說一說吧。

我覺得……大部份詩作，沒有能夠表現出新加坡的色彩。或者說，色彩不濃，其實，新加坡這個朝氣蓬勃的國家，總有不少她自己的特點吧，為甚麼從詩裡看不到呢？反而，我看到一些五十年代到六十年代港台現代詩的回光反照。個別詩作，若另紙抄錄，不抄作者名，說它是中國大陸詩人的作品，我不會相信，但如果說是六十年代初期一位香港或者台灣詩人寫的，我也許信以為真了。由此也可以得知，當時的那些詩作，可能並沒有反映出當時當地的社會風貌。不過這是另外的問題。其實，詩中所寫的那些東西，以及那些寫法，踏入七十年代以後，連港台自己都放棄了，都拋棄了，轉向較為現實、較為社會、較為明朗了。為甚麼要珍惜別人已經拋掉的東西呢？新加坡自有與別

不同之處，……為甚麼不去坦露自己的面貌而去戴別人的面具呢？……再說，這『新加坡薑』，出了口，就不是『本地薑』，就辣了。」【47】

同時在此刊發表的文友，有梁秉鈞、小思、杜誠、犁青、駱明、潘亞暾、林煥彰、月曲了等。印象中，我在此刊發表的有組詩《伶仃兩岸》【48】，論文〈澳門新詩的前路〉【49】，組詩《滾邊海南島》【50】，詩〈兩棲動物〉。其中一些沒有入書，可算是佚詩了。

5. 《文學》半年刊

新加坡寫作人協會出版，我所藏是八十年代中期的。印製精美。編委甚多，有張揮、雨青、鄭霖、郭四海、洪生、賀蘭寧等。我熟悉的主要作者有文愷、周粲、南子、秦林、董農政、吳岸（1937-2015）、林煥彰、黃東平、柔密歐·鄭、孟紫、雅波、喀秋莎、陳劍、伍木、郭永秀等。我在此刊發表過長詩〈惺忪夜〉【52】，是得意之作，另有詩作〈東亞大學圖書館外望〉【53】等。

6. 《五月詩刊》

1978年10月21日，文愷、淡瑩、謝清、南子、流川、喀秋莎六人，創立了「五月詩社」，是新加坡重要的現代詩團體。《五月詩刊》半年刊於1984年5月創刊，直度袖珍型。我存有1984年到1989年我離港移加前出版的。都是南子寄我。《五月詩刊》作者群龐大鼎盛，我印象較深的是：

新加坡：南子、淡瑩、周粲、范北羚、文愷、蔡欣、謝清、郭永秀、陳劍、梁鉞、林方、林也、賀蘭寧、董農政、希尼爾、

華之風、劉含芝、王潤華、史英、喀秋莎等。

馬來西亞：禿橡，陳政欣、謝川成、孟沙、游川等。

菲律賓：月曲了、雲鶴、和權、謝馨等。

印尼：柔密歐・鄭。

香港：傅天虹。

澳門：韓牧（初期算是香港的）

台灣：林煥彰、羅青、舒蘭、張香華、洛夫、吳明興、羅門、余光中（初期算是香港的）等。

中國大陸：顧城（1956-1993）、辛笛（1912-2004）、杜運燮、綠原、流沙河、唐湜、雁翼、陳敬容（1917-1989）、李小雨、柳易冰（1938-2004）、嚴陣、姚學禮等。

刊出手稿者：辛笛、賀蘭寧、綠原、林方、洛夫、陳敬容、南子、淡瑩、華之風、蔡欣等。

從1984年5月創刊，至1988年10月，共10期，一共發詩430多首。作者，新加坡約70人，中國大陸約50人，台灣14人，馬來西亞16人，菲律賓7人，印尼5人，德國、美國、澳洲、香港、澳門，各1人。新加坡本國，作品最多的是郭永秀，共19篇，外國作品最多的是韓牧，共8篇。

《五月詩刊》給我最深的印象有四：一、現代詩與現實主義之爭，當時還沒有停息。二、常將詩作配曲成歌。三、南子在其詩文包括演講詞、編者語中，顯露出他對佛學湛深的修養，像馬來西亞的何乃健、陳政欣一樣。三、有菲律賓、泰國詩的漢譯。四、「五月鱗爪」是詩訊欄目，報導豐富。關於我的也有一則：「澳門詩人韓牧近來專心從事創作與研究。他的八萬字的唐詩研究論文已經定稿。五月同人希望它能早日面世。【54】」

我的重要詩作〈亨利摩爾的兩座青銅〉【55】,〈海角的夜空〉【56】,〈龍洗〉【57】等,就是在此刊發表的。

7. 《赤道風》

新加坡「赤道風出版社」,流軍主編。《赤道風》是傾向現實主義的文藝季刊。我認識的、或有深刻印象的作者:香港的東瑞、陳少華。中國大陸的古華、劉湛秋、熊召政。南洋的韋暈、李過、方修、吳岸、李汝琳、孟沙、韓萌、史英等。

我在《赤道風》沒有發表詩作,卻發表過兩篇詩人特寫:〈初見舒婷〉及〈記流浪詩人蘆荻——兼談《蘆荻詩選》〉。蘆荻(1912-1994)

對我來說,最可讀的一篇文章是〈詩歌座談會記錄〉(方然整理)【58】。這座談會是由潮州八邑會館、赤道風出版社、五月詩社聯合主催,於1986年12月13日,在會館會議廳舉行。主席黃叔麟,出席者:長謠、淡瑩、南子、吳垠、史英、葉苗、長河、陳劍、郭永秀、蔡欣、華之風、文愷、賀蘭寧、嚴思、周文、佟暖、楊涌、成君、馬德、梁鉞、喀秋莎、林康、林方、林也、流軍、黎聲、方然。共28人。

主席黃叔麟開場白說:「很多年來,寫實派詩人和現代派詩人之間常有一些過節。……這一個座談會,可以說是本國詩史上寫實派詩人和現代派詩人的第一次會面……」會後,史英有文章說:這座談會,顯示「這兩種流派之間的冷戰關係初露解凍的跡象……一向對立的兩種流派詩人願意坐下來進行對話,便是彼此惡劣的關係已有緩和的明證。至於在會上交流創作經驗時,雙方有二、三位出席者在文藝觀點上起爭執,那是自然而難以避免的現象。」【59】

在同一期的《赤道風》上，與這座談會有關的文章有兩篇：方然（也就是記錄整理者）的〈繼承傳統，變革進取〉與長河的〈好詩・創新・詩人自我〉，前者繼續著座談會的爭辯。

我在此後幾期的《五月詩刊》中，找不到這重要座談會的報導，但在緊接這座談會之後、1987年5月出版的，由南子、淡瑩作執行編輯的第7期的刊首語，〈眼前是一片更好的風景〉中，見到：「托馬斯・門羅說：這類『批評家』在面對作品時，『僅僅是感覺到它，而不是觀察它……或至多停留在一些零碎和表面的現象上』，對於這類『批評家』的觀點，以及他們幼稚的水平，我們除了悲憫的微笑之外，緘默是最好的回答。」[60] 看來，這是不作報導的原因了。又在〈編者手記〉中見到：「某些人高唱『現實主義』，未必了解甚麼是真正的現實主義。劉再復說：『現實主義的深入，正是深入到人的內心世界，努力地表現出歷史、時代、社會在人的心靈中的巨大投影』，某些人既不了解現實主義，更對現代主義一知半解，這些人最大興趣是開口主義，閉口主義。」[61] 實在的，這種文學觀的大分歧，絕不是座談會就能解決的。後來的互相取長補短，是因為文學、包括詩，遇到強大的共同的敵人，連生存也受到威脅，於是不得不聯合起來，一致對外了。

座談會的最後，詩人林也有一段話，讓我們局外人知道，新加坡詩人所遇到的特有的困難。林也1972年畢業於南洋大學歷史系。他說：「我看，我們還是切實的表現作為一個普通的新加坡人，在這個時代裡的感受，有感而發比較好。……當你寫了真有那樣的時代脈搏的作品後，能不能發表？還得想想作品發表後所帶來的種種麻煩。即使搞業餘的，我們也有個家庭要照顧，這是很現實的心裡話。……南洋大學在關閉後，受華文教育者實際

上已無講話的餘地，也沒有『勇氣』這兩個字了。」【62】他雖然講得有點含蓄，但我認為，能夠講出這種話，林也已經堪當「勇氣」兩字了。我現在聯想到兩點，歷史系，也比較有時代的眼光；加拿大作家有充份的言論自由、寫作自由。

8. 《爝火》文學季刊

1999年7月創刊，馬來西亞Semarak Publishing出版。社長：伍良之。主編：甄供。編委：傑倫、唐珉、春山。顧問：方北方、方修、吳岸。

〈創刊宣言〉說：「（創刊）是為了維護馬華文學的純潔性和獨特性。……自80年代末期以來，馬華文壇頻刮歪風，……有人力圖剔除馬華文學的特徵，……有人凟辱馬華文學，……有人假借文學批評或研究之名，肆意攻擊、毀謗馬華作家，……《爝火》強調馬華文學必須關心國家、民族和社會，反映現實，並具有我國本土性的特徵。」【63】

我存有《爝火》創刊號至第19期，即1997年7月至2006年6月的。印象中我認識的及重要的作者有：黃東平（1923-2014）、吳岸、伍良之、孟沙、方修、甄供、愛薇、傑倫、李瑞騰、杜運燮、林臻、風沙雁、陳賢茂、忠揚、史英等。

前述的《赤道風》似無強調、但就是現實主義的。《爝火》卻是在創刊的宣言就旗幟鮮明批評「游離於現實」，強調「反映現實」，標舉「現實主義」文學。【64】

以我所藏的《五月詩刊》（1984年至1989年）與《爝火》（1997年至2006年）為例，試比較其相異處，很有意思。除前者標舉現代主義，後者標舉現實主義，文學主張分處兩極之外，雜誌形式亦然。《五月詩刊》是7吋半×4吋的直度袖珍本，48頁，

無照片，無圖片，編排簡潔、清雅，重創作。除了每期一篇無署名的卷首語及〈編者手記〉外，僅有評論一兩篇，排在卷末，都是精簡的。而名為〈五月鱗爪〉的詩訊，卻內容豐富。外稿不少，「只有15巴仙是本地創作」。【65】

《燼火》是大十六開本，10又四分一吋×7吋半。圖片甚多，封面封底裡外彩色，評論、雜文不少。大量報導文學活動，尤其是出訪中國大陸的。也許因為「有人肆意攻擊、毀謗馬華作家」，「正派文學頻遭侵犯」【66】，故此，它高調、頻繁、長篇的大量介紹現實主義的馬華作家，前輩如方北方、方修，以至後輩。以讀者興趣言，外訪之類照片，同樣的人重重複複，太多就不珍貴了。《燼火》外稿用得很少，偶然一見，台港方面，未見有台灣來稿，香港也就只有韓牧，刊出過〈黃色雙拱門〉等幾首詩。其實每期有八十頁以上，篇幅不小。它有一個特點，是關心到馬來民族的文學，常把巫文作品漢譯過來。

9. 《新華文學》半年刊

新加坡作家協會出版，總編輯：希尼爾。此刊設計、印製，極為精美、現代。厚厚重重的一本。迄今，我每期收到，藉悉一些三十多年前的詩友文友，如周粲、嶺南人、郭永秀、南子、董農政等，仍不停筆，仍與我在該刊常常見面。大家都沒有拋棄舊愛。私下很感安慰。為保持高水準，此刊選稿較嚴，我投稿的詩，都是我得意之作，以至代表作。

10. 《星洲日報·文藝春秋》（馬來西亞）

主編：甄供。在該刊，我發表過兩篇、在我來說是重要的散文，第一篇是〈我的家鄉〉【67】，坦露了我對南洋的感情：「日

日夜夜縈繞我腦際依依不去的，有兩個地方：一個是黑龍江，一個是星馬。……黑龍江，是我的『感情的家鄉』……星馬，是我的『文藝的家鄉』」。第二篇是〈我的賀年卡〉，相反，卻說出南洋文友對我的感情：「近十多年來，從本港、從澳門寄來的，漸漸減少。不必奇怪，將心比心好了。相反來自星馬的卻多了起來。大概南方的朋友比較重禮。禮失求諸野。這是以中土為中心的說法，也不一定貼切。只見過一次面的，只通過一封信的，也有賀卡來。年紀大的，工作忙的，也有賀卡來。去冬出版了《回魂夜》，以前不寄賀卡的，也寄來了，大概知道我寂寞孤單，往往還寫上幾句安慰的話，反而使我感動流淚──我欠別人太多了。……例如愛薇兄給我的一張，是很美的寫實油畫，鳥瞰星洲市區；志慶兄是自製的，手繪紅荷；乃健兄的題了勸勉的詩句：『讓過去的憂鬱與悲傷／像秋後的黃葉／化為腐植土／成為你的營養／讓你更堅強碩壯』；李向兄寄來的一張，足足有一英尺高，面積之大破了紀錄。」[68]

11.《南洋商報・讀者文藝》（馬來西亞）
主編：鍾夏田。我長詩《回魂夜》在該刊首發的。

12.《世界日報・文藝》（菲律賓）
主編：雲鶴。（參看本文第6章第3節〈雲鶴〉）

九、馬來西亞「是詩？非詩」大論爭與我

1975年，金苗出版了詩集《嫩葉集》，評論家陳雪風寫了一篇〈是詩？非詩〉的嚴苛的書評，把全本書說得簡直一無是處。

金苗即時寫了一首長詩〈回答你，以一束「非詩」〉反批評，遂引起了一場大論爭。首先在《南洋商報・讀者文藝》版，後轉到《星洲日報・文藝春秋》版，約有七、八十位作者參加，歷時五個月，文章一百二十多篇，超過三十萬字。其後陳雪風編輯了一本《是詩？非詩論爭輯》，選刊了部份文章，四十餘篇。

忘記是哪一位文友寄贈我這本「論爭輯」，我才知道這事。（後來，在1980年，金苗寄贈我他的《嫩葉集》）。我把「論爭輯」翻了一遍，赫然發現有幾篇有我的名字。陳雪風那篇書評說：「『我的眼睛雖還在惺忪』是用詞不當。」金苗用詩反批評：「『惺忪』在那句詩中／你說用詞不當／（我似乎看到你多麼神氣）／／我看來看去／讀來讀去／總覺得沒有甚麼不妥／（雖然我不是一個詩人）／／韓牧卻是一個詩人／你可聽過他的大名／他有好多詩／刊登在『海洋文藝』上／／他發表過一首『高原秋夜』／其中有一句／『是這麼重　是這麼惺忪』／／詩的語言專家／我的『惺忪』／他的『惺忪』／有甚麼不同」【69】

書中提到韓牧的，有幾處：

「又何必拉出魯迅、韓牧、杏影、鍾祺來開路呢？」【70】

「接著，我要說的是金苗的『惺忪』與韓牧的『惺忪』有甚麼不同。」【71】

「陳雪風說，金苗的『惺忪』作動詞用，韓牧的仍作形容詞用。」【72】

「同意駱它（韓牧按：「駱它」是作家名）所指出的金苗之所以『拉出魯迅、韓牧、杏影、鍾祺來開路』，是為了達到『向對方挑戰這種目的。』」【73】

上述南洋的杏影、鍾祺，在那個時代的現實主義文學中，相當於中國巴金、茅盾那一個層次，韓牧竟有幸與他們並列，沒有

被正反兩方否定，我想，正反兩方都不清楚香港的韓牧是何方神聖。新加坡的駱明、杜誠曾到香港，第一眼看到我時，驚愕地叫了出來：「啊！原來這麼年青！」大概南洋的文友以為韓牧是個老頭。【74】

這「惺忪」之爭，若我當時知道，我也只好沉默。但心底覺得：詩人用語應有極大的自由。形容詞作動詞用，形詞動用，是平常事，有何不可？為自己一個小女兒寫十二首詩，有何不可？韓牧為自己一個乾女兒（女嬰），一連寫了十六首呢。其實，我在另一組詩《昨夜‧風雨鳳凰山》裡，說：「夜在轉側　雷在惺忪／五千歲的鳳凰欲醒」，【75】，正是形詞動用，只是他們雙方都沒注意到，若注意到，又有爭論了，我也難逃被批評了。我猜想，陳雪風不會寫詩，不可能是個詩人。

十、「澳門文學」概念的形成

「台灣文學」、「香港文學」，一早就獲承認了。「不論國外國內，都沒有重視澳門，連正視也沒有。現在國內已開始研究台灣和香港的文學，叫『台灣香港文學』，還成立了研究會，開過一次大型學術會議。……」【76】

「澳門文學」一詞，卻一直沒有人提出過，隱然澳門附屬於香港。【77】包括龐大的中國大陸、貼近的香港、若即若離的台灣，同文同種的南洋，以及澳門自己。何以至此？「因為澳門沒有文藝書籍雜誌出版，別人看不清它的形象。但是澳門一向是有報紙的，報紙是有副刊，甚至文藝副刊，這是中文報紙的特色。……其實就是『馬華文學』（包括新加坡，也可分別稱為「馬華文學」和「新華文學」），自一九一九年開始，直到今天，主要的

園地也不是文藝雜誌、文藝書籍，而是報紙副刊。」【78】

　　我在1984年3月29日，以香港作家身份，受邀赴澳參加「港澳作家座談會」。會上，我借助葡萄牙白蘭地的酒力，作長篇講話，借酒行兇，大聲疾呼「建立『澳門文學』的形象」。第一次出現「澳門文學」這一個新名詞，得到與會者似乎一致的響應。雖然會後，我返港前夕，有兩位澳門作家朋友，一前輩、一平輩，說我「冒失」、「失策」。不久，澳門報紙的文藝版上，有人寫文章質疑我不提澳門屬於中國，好像我在搞「澳獨」。也聽到詩友說，在澳門，有我相熟、要好的澳門詩友，批評我那次的講話。於是我開始有點明白，為甚麼「澳門文學」沒有由居住在澳門的人提出，而由我這個出生於澳門，卻移居香港近三十年的人提出。

　　我把這發言整理，寫成〈建立「澳門文學」的形象〉一文，刊登在1984年4月12日《澳門日報》的文學副刊〈鏡海〉上。【79】「一年後，《澳門文學創作叢書》出版，兩年後，歷時四天的龐大的『澳門文學座談會』（實際上是國際學術研討會）舉行，三年後，『澳門筆會』成立」，其間又有「新詩月會」、青年文學獎、全澳學生朗誦比賽等等。「澳門文學團體相繼成立（如「五月詩社」），書刊大量出版，一片繁榮，海內外刮目相看，都是我始料未及的。」【80】

　　這第一聲，得到大陸、台灣一些學者的肯定。例如劉登翰在《香港文學史》說：「韓牧對澳門文學的獨立發展極為關切。1984年在澳門，率先提出《建立「澳門文學」的形象》，引起澳門文學界的廣泛響應，……」【81】張堂錡說：「韓牧呼籲「建立『澳門文學』的形象」激起了澳門文學界的自覺意識，可以視為澳門文學醒覺的標誌性宣言。」【82】

這一提出，想來，首先源自我的性情、愛好，我愛文學藝術，我愛交友，我愛澳門。「我出生在大三巴牌坊下的『戀愛巷』，一條蒼老的碎石小巷。在這個夾雜著異國情調的小城裡，度過我的童年。童年有最大的可塑性，包含著最深的回想。幾年前，我開始在『籍貫』欄內，填上澳門。【83】」

　　我雖然生活在港澳，其實對當時的港澳是厭惡的：「現在的澳門，像豆蔻的鄉村姑娘穿戴了滿頭滿手的假首飾。校運會我丙組六十公尺的跑道，跑著狗。我們義演民族舞的劇院的舞台上，跳著巴黎的脫衣舞。午夜裡賣雲吞麵的竹板聲，變成輾破聽覺神經的魯莽的電單車。這一個家鄉，我親切而不堪回首的記憶。」

　　「第三家鄉：是香港。……這一個家鄉，是可愛而可憎的現實。我愛藝術，我愛詩，香港供給我源源不絕的養料和詩材，我感謝。但它又不停地扼殺著真正的文學藝術。……你吹我，我捧你，你是提攜後進我是尊師重道，各得其名。還有，漠視前輩、利用同輩、壓制後輩，我都目睹過身受過了。」【84】

　　我曾多次到黑龍江省，我還親手把亡妻的骨灰，雪葬在松花江。我認為，黑龍江，是我「感情的家鄉」。1982年我寫了一首自述性的詩，叫〈華南虎〉，有這樣幾行：「北極圈外／長白山興安嶺／龐然凜然變一頭東北虎」，又說：「游過南中國海登陸赤道的叢林／群虎警戒著／這一頭血統不純的馬來虎」。這裡所謂「血統不純的馬來虎」，我是有根據的。【85】

　　「一個冰天雪地，一個蕉風椰雨，一個零下三十度，一個零上三十度，有甚麼相同之處呢？四個字：純樸熱情。香港文藝界的許多師友，往往誤會我是『星馬的人』，我沒有研究過是甚麼原因。現在想來，道理也簡單。學詩十幾年，我最愛結交星馬的朋友，我常常向南看。據說：夫妻共同生活久了，面貌也會變

得相似的。十幾年的朝夕相對，我也變出了一副『星馬面貌』吧。」【86】

　　從南洋一些詩友處知道，他們有一股風氣，向北看。當然，華文文學源頭在北，不過，看發源，也要看發展。我專心學習文學的時期，是從六十年代開始一直延續。那時期，北方的文化慘遭破壞，顛倒混亂，學無可學。也許因此我視線向南，向同文同種的南洋、台灣。

　　「你們看我們，我卻看你們。意想不到吧。……詩應該來自生活，現實生活，社會現實生活，你們說說吧，我們港澳的社會，和哪一個社會比較上接近（相似）呢？是北方的大陸？台灣？還是南方的星馬？因此我向南看，希望學習到如何在社會現實生活中發現詩，以及如何將它表達。」【87】

　　所謂「看」不是單向的，是有文學交流的。「一句話：忠於現實。『現實』，包括了『現時』和『現地』，再說薑吧，如果是新加坡土生土長，接受新加坡的日照和雨露，薑，總含有新加坡自己的味道吧，你們習慣了，可能不覺得怎樣，但我們外地人卻認為是好東西，因為從中可以嗜到一種特殊的味道（就文藝作品而言，就是民族氣派、地方色彩之類）」再說，這『新加坡薑』，出了口，就不是『本地薑』，就辣了。」【88】

　　「大部份詩作，沒有能夠表現出新加坡的色彩。或者說，色彩不濃。其實，新加坡這個朝氣蓬勃的國家，總有不少她自己的特點吧。……反而，我看到一些五十年代到六十年代港台現代詩的回光反照。……詩中所寫的那些東西，以及那些寫法，踏入七十年代以後，連港台自己都放棄了，都拋棄了，轉而較為現實，較為社會，較為明朗了。……為甚麼不去坦露自己的面貌而去戴別人的面具呢？」【89】

如前幾章所述，我廣交南洋的文友，又盡量閱讀南洋作品。當年，許多南洋作家的書，是在香港出版的。現在我的書架上還保存了不少。詩集如丁家瑞《腳印》（1956）、沙飛《鷹之頌歌》（1960，屬《南洋文藝創作叢書》）、李汝琳《扣門》（1961）、曹莽《流螢》（1962）、吳岸《盾上的詩篇》（1962）、柳北岸《旅心》（1966）、絮絮《呼吁（1969）》等。

　　章星虹在新加坡《聯合早報》說：「上世紀五、六十年代，香港大會堂圖書館的書架上，總見到整整齊齊排列著一套『星馬』文藝書籍，有詩歌、散文和小說，也有文藝理論和評論。這批『星洲』書吸引了到圖書館讀書的年輕人。澳門出生、後移居香港的詩人韓牧就是其中一名。多年後韓牧回憶說：『上世紀五、六十年代，我如饑似渴大量閱讀文學書籍時，也大量閱讀了南洋的。大概因為討厭身處環境的污濁，而嚮往南洋的淳樸。久而久之，竟然意外地形成了我的『星馬面貌』。（香港《城市文藝》總第57期）」【90】

　　文中提到的一套「星馬」文藝書籍，就是方修編的十巨冊《馬華新文學大系》，此外還有文藝叢書。

　　我留意到文藝論爭。香港文壇上雖有派別，但論爭罕見，文藝論爭基本沒有，澳門亦然。反觀馬華文壇上的論爭是常見的。就以我積極學習的時期看，從我自澳移港的1957年起，至1982年的二十五年間，約有過十六場之多。詩方面，六十年代曾有過一場關於馬華詩歌發展問題的論爭（柯戈與鍾祺為主），此外，現實主義與現代主義之間，兩者對立一直相當激烈。依我看，有論爭比沒有好，有機會聽到與自己不同的意見，會促使深入而全面的思考，有望互相提高。

　　如前文所述，《新加坡文藝》、《赤道風》、《爝火》，

以及《文學》半年刊、《五月詩刊》、《新華文學》，文學觀不同，甚至對立、勢成水火。我是幸運的，他們全都接受我的詩文。原因當然是各刊的編者的心胸廣闊，不但容納外稿，也容納異己。

我想到另一個原因。也許我的詩是一個「混種」，難以歸類於「現實主義」或「現代主義」，仿如蝙蝠，亦鳥亦獸。有學者評論我詩：「……由此可見，他的理想，他的追求，是接受現代的雨露陽光的現實主義。縱觀他少年一直到老年的詩作，他所追求的這個方向，一直沒有變過。……韓牧努力學習現代的藝術技巧、手段，豐滿自己具現實精神、現實意義的詩。……對論者來說，韓牧的詩，總的觀感就和這些詩相似，相信這就是後來他常被歸入『現代主義』的原因。看來他的詩，是『現實』的心靈配上『現代』的身體。……也許正是他所說的『現代現實主義』。」【91】

學者吳天才說得好：「文學是現實的反映，馬華文學（指馬來亞地區，包括新加坡、婆羅洲）雖然淵源於中國新文學，並且以同樣的語文來寫作，但亦有其本質上的不同，因為馬華新文學是以馬來亞地方為主體，其作品內容多是反映當地華人的人情風俗，地方色彩及社會背景，表達人民的共同願望與心聲。因此在後來發展的過程中，便與中國新文學分道揚鑣自立門戶。」【92】

在與南洋文友交往，以及閱讀南洋文學作品，尤其是文學評論、論爭、理論建設，讓我認識到馬華文學艱苦的歷史，從「南洋色彩」、「本土化」討論，到「馬華文藝獨特性」與「僑民文藝」的論爭，前者主張馬華文藝獨立，脫離中國文藝。這些，讓我深深感到本土性、獨立性的重要，自然就聯想到我所愛的澳門，它的文學的本土性和獨立性何在呢？

南洋華文文學的歷史和現況，對我的思想的影響，我在〈建立「澳門文學」的形象〉一文中，也有具體敘述：「整理史料，星馬方面……新加坡的方修先生是很有成績的。馬來西亞方面，據知也有吳天才教授、李錦忠先生等。去年冬天雪蘭莪中華大會堂舉辦了一個馬來西亞華文文學史料展，規模很大……還在各地巡迴展出。……」[93] 我還具體指出，不要以為澳門地方小、人少，重要的是要有特色。「馬來西亞南部有一個『南馬文藝研究會』，在柔佛州麻坡。去年十一月，搞了一次他們全國性的青少年文藝營，地點在居鑾，竟然召集了一百個文藝青少年參加，……還邀請了鄰國新加坡的文學團體的代表來交流。……麻坡居鑾，只是人口一萬到五萬的城鎮。……小學校也出叢書。」[94]

我感到，我的「澳門文學」名詞、概念的形成，無疑是得益於與南洋文友的情誼，以及南洋的文藝書籍，如果不是香港大會堂圖書館有那麼多南洋書，尤其是文學大系、文藝評論、論爭，「澳門文學」名詞、概念的形成，也不知道由誰提出了。可以肯定的是：提出，一定是推遲一些年月，那麼，澳門文學的發展，也一定隨之推遲了。

細細思量，我雖然不喜歡香港，實在也要感謝它。感謝香港，它讓我得益於「地利」。香港這國際城市，位於澳門與南洋之間。身居香港，我才可以廣泛接觸到南洋的文友和書刊，同時，我這個澳門人又能比較客觀的在局外觀察澳門，比較出澳門和南洋兩者的異同。

南洋把書刊推到香港。於是我感到書刊向外宣傳、推廣的重要。1988年春天，我為台灣一本文學雜誌，《亞洲華文作家》，編了一個《澳門新詩專輯》。[95] 我選了二十五位澳門詩人，合

共二、三千行詩，又附了我的長文〈澳門新詩的前路〉。像這樣，澳門作者大集合向外顯示文學成績，從未有過。《亞洲華文作家》行銷東南亞許多個國家，這是開始把澳門文學作品介紹給亞洲的文學界和讀者了。【96】

　　雖然「澳門文學」一詞，在1984年已經提出，澳門的作家們，都為「建立形象」努力，奮發圖強，急起直追，短短時日，就做出很好的成績。但中國大陸的學術界，在多年後才予認同。大陸學者費勇指出：「本土意識覺醒的最基本標誌是本土命名的提出。『澳門文學』在80年代即已提出，但至1990年，才得到大陸學術界的廣泛認同。那一年的『台港、海外華文文學研討會』被改成『台港澳暨海外華文文學研討會』」【97】

　　三十年後的現在，澳門文學的成就是驚人的。這可從澳門政府文化局局長吳衛鳴在《文學的形象》一書的序文中得見：「一九八四年，韓牧先生呼籲要建立『澳門文學』的形象。近三十年過去了，澳門的文學創作也有了長足的發展。我們可以欣喜地向韓牧先生報告的是：現在澳門不但出版了許多作家作品集、各種文類的選集、年度文學作品選，還辦了多種文學評獎，數次舉辦文學研討會，澳門文學史專著也出版了好幾本，更可喜的是，我們形成了老中青的作家隊伍，……值得關注的是，澳門作者的筆觸大都深深地依戀著這片小城土地，記錄城市變遷，書寫時代情懷。……」「當日『馬交仔』韓牧先生的呼籲，終於在今天得到應有的回響，可喜、可賀！」【98】

十一、南洋華文文學的本土性、獨立性延及加拿大華文文學

　　我從南洋華文文學歷史瞭解到本土性、獨立性的重要，因而醒悟到「澳門文學」的建構。1989年冬我移民加拿大，又注意到加拿大的文學了。加拿大與澳門不同，它是個獨立國，因此其獨立性更形重要。初到新境，覺得加拿大的英文文學，好像附屬於美國文學似的，華文文學，又似乎附屬於中國文學，我感到吃驚。有一種普遍的論調，在中國大陸國內以至國外的一些華裔學者、作家中流行，說加拿大的華裔的華文文學，是中國文學不可分割的一個組成部份，是中國文學的支流。這論調至今仍舊。這些年，我寫了一些小文以至論文來辯正。【99】

　　其實，在南洋的華裔的華文文學，也普遍有被誤解的情況。新加坡評論家忠揚說：「目前國外華文文壇，對新馬華族文學的誤解，普遍的一個觀點，就是認為它是中國在新馬的海外僑民文學。……他們『想當然』地認為，新馬的華族情況，與泰、菲、印尼等東南亞國家的華僑相似……」【100】

　　「有人曾對亞細安區域的華人和美國、加拿大的華人進行比較，他們到今天還是落葉歸根，而我們這兒的人，一般觀念已經改變了，我們把自己的國家，當為自己的祖國，……我們已經變落葉歸根為落地生根了。」【101】

　　馬來西亞作家鍾夏田說：「在三十年代馬華文壇，曾經形成寫作人思想上的激烈矛盾，而且曾產生一場大論爭，這便是有名的『本土文藝』與『僑民文藝』的大論爭。最後矛盾解決了，『本土文藝』的主張，得到了大多數寫作人的認同。」「從此，

馬華文學乃以馬來西亞為服務對象。」【102】

　　星馬之外，泰國也有相似的情況，雖然時間推遲到五十年代中期。論者以1955年作為泰國「華僑文學」與泰國的多元民族文學「華文文學」的分界線。【103】進入五十年代，一些在三十年代在泰國本土出生、長大的青年、文藝寫作者開始成熟，如方思若、白朗、老羊、徐翾、司馬攻、沈逸文、范模士等。「他們在思想感情上和寫作題材上，都傾向當地化，與『華僑文藝』，有著根本性差別。」【104】

　　新加坡詩人郭永秀，在〈廈門的回響〉一文中說：「去年十二月底（韓牧按：指1986年）在福建廈門大學召開的『華文研究會』，主題『東南亞華文文學與現代中國文學』……在會上，有些與會者曾提出東南亞華文文學是中國文學的支流。筆者（郭永秀）則以新加坡人的身份表明：新華文學是華文文學的一環，絕非中國文學的支流，因為新加坡是獨立國，新加坡人的身份亦非華僑。經過一番討論，最後廣州暨南大學副教授潘亞暾提出的『世界華文文學』來取代『中國文學』，這樣就可包容世界各國華文文學了。」【105】

　　郭永秀的論述其實十分清晰。既說「中國文學」，表示區分文學所屬，是以「國」來分，不是以「族」來分，更不是以「文」或其他來分類。他說「因為新加坡是獨立國」。不約而同，韓牧在一篇文章中，也說：「（中國辦的）中國文學獎，新加坡的作家不賣帳，說他們的是新加坡文學。這一點我是同情的，同意的。……他們不承認是『中國文學』，因為新加坡是一個獨立國，但是，加拿大也是一個獨立國呀！」【106】

　　所謂用「世界華文文學」來取代「中國文學」，是有點含糊的。新華文學當然是「世界華文文學」的一部份，同樣，不論何

國、何處、何族、何人的華文文學，包括中國的，全都是「世界華文文學」大家庭的成員。這是不必說的。這討論，似乎沒有澄清新華文學以至東南亞華文文學與中國文學的關係。

馬來西亞老作家駝鈴，在〈盼望協助馬華文學的發展〉一文中說：「在華文文學世界裡，除了歐美的作者始終堅持遵循中國文學的創作模式，以滿足中國讀者的要求之外，其它國家或地區的華文文學，都已經有了不同程度的本土化。尤其是馬來西亞的華文文學可以說是最為顯著。」【107】

若照駝鈴所說，這些歐美作者可說是荒謬的。文學作品的內容主要是反映現實的，形式又是服從於內容的，作家所處環境不同，作品內容就不同，形式就不同。所處的不是中國，是否應該、怎麼可以「遵循中國文學的創作模式」呢？還要「始終堅持」？即使是不入籍的華僑，是真正的中「國」人，在創作上也會產生矛盾，若是已入外籍，服務對象首先就應當是當地人，自己新家園的家人，怎可以「以滿足中國讀者的要求」，吃裡爬外？除非把文學作為純商品，利潤重要，市場首要。駝鈴此文的後半，也就是此文的主旨，是「作為華文文學主力所在的中國，是否有可能在這一方面助以一臂，為馬華文學在中國開闢市場。……」【108】

綜觀上述，南洋華文文學的本土性、獨立性的確立，馬華文學是在二十世紀三十年代，泰華文學是在五十年代，已經是六十年前、甚至八十年前的事了。就我所見，加拿大的華文文學，至今大都還是沒有走出中國文學的籠罩。不論其內容、形式。加拿大，以及美國、歐洲，公認比亞洲先進得多，為何落後至此？那是因為華人人口在加國只佔百分之三左右，市場，在財宏勢大的中國大陸。正如駝鈴所說：「歐美的作者始終堅持遵循中國文

學的創作模式，以滿足中國讀者的要求」，如此一來，就妨礙了海外華文文學的獨立發展，題材、主題、內容、形式都是中國的，等於是中國文學的翻版、A貨，也就無法形成自己的文學的特色。

我常常強調：我們寫的加華文學，是加拿大文學，加拿大文學中的一種少數族裔文學，不是中國文學。（正如在中國的朝鮮族中國公民寫的，是中國文學，而不是朝鮮國文學、韓國文學。）可是，若不是從作者的國籍身份看，而是從作品看，與中國人寫的無分別，就只好算是中國文學了。由此也可證明：那些只是「僑民文學」，作者身份是曖昧的「外國公民身份的僑民」了。問題是：不可兼備時，作家要作品有市場，還是要作品有特色？

十二、兩種華文文學作者：南洋的、加拿大的

我自己身為加拿大華文文學的作者，又對南洋的華文文學作者有感情，有瞭解，試作比對，很有意思。

從歷史看，南洋各國的作者所走的路都十分崎嶇艱辛。華文教育是華文文學作者與讀者的唯一來源。華文文學的生命，繫於華教。當政者對華教的打擊，血淚斑斑。以星馬為例，從余振之〈華教大軍禮贊〉一文，可見一斑：「……想起了登高一呼，創辦南大的陳六使；想起了日寇屠刀下噴湧著熱血的鐵抗及愛國師生；想起了被英殖驅逐出境的胡一聲校長及反殖教師；想起了力挽狂瀾於既倒，拯救華教於危亡的林連玉；想起了年事已高身陷囹圄的沈慕羽和林晃升；想起了復興丹中的功臣郭彩蘭校長；想起了巴生中華獨中的拓荒者與守護神越雅山；想起了『天天做

華教運動』的華教老人張雅山；想起了群眾捐獻南大、獨大及『獨中復興運動』的熱火朝天場面；……從改制風暴前的華文中學到浩劫後的華文獨立中學，從南洋大學被扼殺、獨立大學被拒絕……」【109】

反觀加拿大這民主國家，實行多元文化政策，對於各民族的語文教育，非但不予打擊限制，反而鼓勵，真是天壤之別。不過，下一代對於學習母語母文的熱心程度，南洋與加拿大比，也是天壤之別。這點，同樣使我們加拿大華裔、包括作家，愧對南洋華裔同胞，無地自容。

在馬來西亞，華文文學沒有地位，完全得不到政府的幫助。文學分三等：一、「國家文學」，是馬來族用馬來文寫的。二、「馬來西亞文學」，是非馬來族用馬來文寫的。三、「移民文學」，是非馬來族用非馬來文寫的。【110】這樣，不以是否公民身份界定，也不以作品內容來分，卻以所用語文及作者種族來分，其實是語文歧視和種族歧視了。難怪以前聽馬來西亞文友說：大學裡，教莎士比亞也是用馬來文的。這些，從西方民主國家觀點看，實在是荒天下之大謬，天大的笑話，可悲的笑話。

雖然南洋的華文文學遭當政者冷待、打壓，但身為公民的華裔作家，仍然是熱愛所在國的。這好比加拿大先輩華人，在第二次世界大戰前，被排擠，受盡不公平的待遇，雖無公民權利，卻自願盡公民義務，華裔青年主動爭取參軍，貢獻力量，甚至捐軀。在戰後爭取到公民權，造福後來者。在馬來西亞也有作家說，政府不承認就不承認好了，只要我們華文作家努力，寫出好作品，如果拿到了諾貝爾文學獎，還怕你不承認？追認都來不及了。

新加坡在1965年獨立，在建國十七周年時，曾發出「建國

文學」的號召。《南洋商報》響應，並聯合新加坡寫作人協會，編印了一套《吾土吾民創作選》，反映人民的國家意識的成長，建國的努力，認同感的產生以及人民物質與精神生活的協調與矛盾，不論是正面的抑或是反面的。【111】

加拿大的華裔公民，尤其是新移民，包括作家，缺乏的正是國家意識、認同感、歸屬感，以及社會責任感。新移民、包括作家，與加拿大疏離，有論者說：「不少人對加拿大的忠誠度，都不如對原居國的忠誠度。」【112】以下是新加坡華族詩人的一些詩句、文句，值得讓加拿大的華裔作家深思。

淡秋〈南來的草籽〉：「浪是二胡底哀曲／自艙底孕下第一步的我／是南下的一顆草籽／不帶鄉間的泥土」【113】

曾泓〈看國慶大遊行〉：「我們驕傲於不同的膚色／出現在相同的隊伍中／我們多元的文化／也投入一爐相熔」【114】

長風葛〈根的成長〉：「當九重葛艷艷地長起／歸屬感的根就深深地札下／再一陣豪雨，再一季陽光／那根，就會札得更深／中國，就會離得更遠」【115】

南子〈《讀8人詩集》筆記〉：「在詩觀上，林也（韓牧按：是新加坡詩人名）以為詩作品的內容應屬新加坡的。『一個詩作者可不能沾沾自喜於移植一株果樹的成績』」【116】

十三、結論

本文作者依自身經歷，細述自二十世紀六十年代末開始，身在香港，大量向香港及南洋的文學雜誌、報刊文藝版投稿，從而結識了不少南洋各國的詩友、文友，建立友誼。又盡量閱讀南洋的文學書籍、雜誌，對南洋華文文學及其歷史有所瞭解，從而深

深感到文學的本土性及獨立性的重要。

　　作者出生、成長於澳門，對澳門有感情，據此觀照澳門的文學，有所感悟，於1984年春的一個機會，率先提出一個新名詞：「澳門文學」，並闡述其概念，呼籲「建立『澳門文學』的形象」，獲得澳門文學界廣泛響應，旋即導致澳門文學急起發展。

　　本此，南洋的華文文學，實在對「澳門文學」起了「喚醒」的作用。這是本文最重要的論點。也是循常理難以料到的。

　　作者於二十世紀八十年代末移居加拿大後，再以從南洋文學史瞭解到的本土性及獨立性，對比加拿大文學，尤其是加拿大華文文學，發覺在這方面，以及作家身份認同方面，比南洋落後得多。這些年，我不停為文批評，期望一如南洋的華文文學，努力爭取獨立的身份，以造就出具加拿大本土特色的「加華文學」，使之成為「加拿大文學」中傑出的一環。

【註釋】

1. 我曾接受電影公司邀請，為粵語電影插曲配上國語歌詞，曲譜是顧嘉輝所作。
2. 雙翼：〈輕文藝的《伴侶》〉，《香港文學》月刊，1986.1.
3. 凌鈍編：〈澳門離岸文學拾遺・上冊〉，澳門基金會，1995.5.頁2-3
4. 許定銘：〈以文藝作《伴侶》〉，刊於許氏「香港文化資料庫」，2015.8.
5. 這兩首是〈給一個青年地質學家〉及〈你說你愛山〉，拙著詩集未收，可說是佚詩。
6. 香港《文匯報》，1985.5.11.
7. 韓牧：〈回憶《海洋文藝》〉，《韓牧評論選》，香港，紅出版，2006.11.頁409。初刊於《文藝雜誌》季刊，香港，基督教文藝出版社，1983.9.
8. 同註【7】
9. 同註【7】，頁410-411，在《海洋文藝》成長、成熟的青年，還有凌亦清、瞿明、竹紫君、懷焰、陳浩泉、陳不諱、汪浩瀚、陶然、東瑞、彥火等。
10. 同註【7】，頁415。又馬華文學史家方修說：「試看看香港出版的『海洋文藝』也要宣佈停刊，難道這份雜誌的文藝價值不豐，內容貧乏？」可知是被看重的。見〈作協文庫・總序〉，馬來西亞寫作人（華文）協會出版。
11. 藍平昌：〈自序〉，《山──藍平昌詩集》，新加坡，學習書店出版，1969.1.1.
12. 韓牧：〈遙寄南方的朋友們〉，《南方文藝》創刊號，新加坡，南方文藝出版社，1969.10.20.頁14。又見韓牧：《鉛印的詩稿》，香港，縱橫出版社，1969.8.頁96-98
13. 《南方文藝》創刊號，頁14
14. 《秦林詩抄》，新加坡，萬里書局，1980.2.頁1
15. 《秦林詩選1965-2005》，馬來西亞，大將出版社，2005.6.6.頁139
16. 同註【15】，頁160
17. 沈舒：〈回憶舒巷城──訪問秦林先生〉，《香港作家》，2012年第3期
18. 見何乃健、秦林：〈逆風的向陽花〉，馬來西亞，雨林小站出版，頁166
19. 周粲：《多風的早晨》，新加坡，教育出版社，1971.11.頁101
20. 韓牧：〈作家群像〉，香港，《文學世界》，第2期，香港匯信出版社，1988.4.16.頁269-270。又見韓牧、勞美玉詩集：《新土與前塵》，加拿大華裔作家協會出版，2004.頁273
21. 周粲：〈作家詩人印象記・韓牧〉，《文學世界》，香港，文學世界社、匯信出版社，第2期，1998.4.16.頁263
22. 沈舒：〈回憶舒巷城──與蔡欣先生談舒巷城《石九仔》〉，香港，《城市文藝》第78期，2015.8.20.頁40-43
23. 韓牧、勞美玉詩集：《新土與前塵》，加拿大華裔作家協會出版，2004.頁86
24. 何乃健、秦林、韓牧：《裁風剪雨》，新加坡，文學書屋，1984.頁1
25. 同註【24】，頁67

26. 《啁啾集》，新加坡，風雲出版社，1983.頁10-11
27. 韓牧：〈詩散文〉，《韓牧散文選》，香港，藍天圖書出版，2008.6.頁116-117
28. 何乃健致韓牧函，2006年6月10日
29. 韓牧、勞美玉詩集：《新土與前塵》，頁298=300
30. 伍良之：〈與港九文藝界朋友的會晤〉，《長路花雨》，馬來西亞寫作人（華文）協會出版，1981.4.頁51-52
31. 伍良之：《長路花雨》，頁60-62
32. 馬崙：〈典範作家韋暈〉《新馬華文作家群像》，新加坡，風雲出版社，1984.1.頁28
33. 趙戎：〈論韋暈作品與思想〉
34. 孟沙：《山靈》，馬來西亞，摸象出版社，1985.頁154
35. 同註【34】，頁143-151
36. 韓牧：〈新土高瞻遠，前塵舊夢濃〉（自跋），韓牧、勞美玉詩集《新土與前塵》，頁326-327
37. 何乃健、秦林、韓牧：《裁風剪雨》，頁68-85。初刊於馬來西亞《星洲日報·文藝春秋》
38. 韓牧：〈南馬文情〉，《韓牧評論選》，香港，紅出版，2006.11.頁280-281
39. 韓牧：〈打廣告〉《韓牧評論選》，頁275
40. 見〈風箋〉，《蕉風》第367期，馬來西亞，蕉風出版社，1983.12.頁26
41. 韓牧、勞美玉詩集：《新土與前塵》，頁273
42. 〈《海外詩叢》出版序言〉，見嶺南人詩集：《結》，香港，詩雙月刊出版社，1991.12.
43. 同註【41】，頁274-275
44. 同註【41】，頁276
45. 同註【41】，頁277
46. 同註【41】，頁276=277
47. 韓牧：〈香港來鴻〉，《新加坡文藝》總第27期，1982年第4期，1982.12.頁3-4。又見《韓牧評論選》，頁272-273
48. 《新加坡文藝》第2期，1983.7.　　總第30期，頁13.。又見韓牧詩集《伶仃洋》，澳門東亞大學中文學會出版，1985.1.頁26=30
49. 《新加坡文藝》總第30期，1987.頁43=49。又見《韓牧評論選》，頁44。又見台北，《亞洲華文作家》第18期，亞洲華文作家協會，1988.9.頁52-65，又見《澳門文學論集》，澳門文化學會、澳門日報出版社，1988.
50. 《新加坡文藝》總第39期，1988，頁42-44。又見韓牧、勞美玉詩集《新土與前塵》，頁249-252
51. 《新加坡文藝》總第40期，1988.9.頁12
52. 《文學》半年刊，新加坡寫作人協會出版，第9期，1982.6.頁24-30。又見韓牧詩集《伶仃洋》，澳門，東亞大學中文學會，頁109-116
53. 《文學》半年刊，第18期，1986.12.頁55。又見韓牧詩集《待放的古蓮花》，澳

門，五月詩社出版，1997.11.頁39-41

54. 《五月詩刊》，新加坡，五月詩社出版，第6期，1986.10.30.頁46

55. 《五月詩刊》第7期，1987.5.30.頁13-15。又見韓牧、勞美玉詩集《新土與前塵》，頁198

56. 《五月詩刊》第5期，1986.5.30.頁9。又見韓牧、勞美玉詩集《新土與前塵》，頁251

57. 《五月詩刊》第9期，1988.5.30.頁36-37，又見韓牧、勞美玉詩集《新土與前塵》，頁131

58. 《赤道風》季刊，新加坡，赤道風出版社，第4期，1987.2.頁1-13

59. 史英：〈三十年新華詩壇的回顧〉，史英《詩文合璧》，新加坡，羅林出版，1988.5.頁45

60. 《五月詩刊》第7期，1987.5.30.頁1

61. 同註【60】，頁60

62. 同註【58】，頁13

63. 馬來西亞《燔火》文學季刊，創刊號，1999.7.頁1

64. 同註【63】

65. 同註【58】頁13

66. 同註【63】

67. 馬來西亞《星洲日報‧文藝春秋》，1983.3.13.。又見《韓牧散文選》，頁53-55

68. 《韓牧散文選》，頁58

69. 陳雪風編：《是詩？非詩論爭輯》，吉隆坡，野草出版社，1976.10.15.頁14

70. 同註【69】頁26

71. 同註【69】頁34

72. 同註【69】頁48

73. 同註【69】頁73

74. 同註【47】

75. 韓牧：《伶仃洋》，1985.1.頁5

76. 韓牧：〈建立「澳門文學」的形象〉，《韓牧評論選》，香港，紅出版，2006.11.頁22。又見李觀鼎主編：《澳門人文社會科學研究文選‧文學卷》，北京社會科學文獻出版社，2009.12.，頁001-005。.又見《澳門文學論集》，澳門文化學會、澳門日報出版社，1988。初刊於《澳門日報‧鏡海》，1984.4.12

77. 韓牧：〈澳門文學〉，《剪虹集：韓牧藝評小品》，香港，紅出版：2006.11.頁312

78. 同註【76】頁22-23

79. 同註【76】

80. 同註【77】，，參看〈為建立「澳門文學」的形象再發言〉，《韓牧評論選》，頁65=74

81. 劉登翰：《香港文學史》，香港作家出版社，1997.8.頁459。另參看劉登翰：《澳門文學概觀》，廈門，鷺江出版社，1998.10.頁110

82. 張堂錡：〈新世紀澳門現代文學發展的新趨勢〉，《2010海峽兩岸華文文學學術研討會論文選集》，中國現代文學學會、中原大學出版，台北，2010.9.頁404

83. 《韓牧散文選》，頁53

84. 同註【83】，頁54

85. 同註【83】，頁55。參看韓牧：〈個人資料‧相貌〉，《待放心古蓮花》，澳五月詩社出版，1997.11.頁25-26。又見何乃健、秦林、韓牧詩集《栽風剪雨》，頁72=73

86. 同註【85】

87. 同註【85】

88. 同註【85】

89. 同註【85】

90. 章星虹：〈香港圖書架上的新馬作品——記世界書局創辦人周星衢二三事〉，新加坡《聯合早報》，2014.12.7.

91. 吳宗熙：〈韓牧詩文藝術特點初探〉，溫哥華《環球華報》，2012.8.17.頁C7

92. 吳天才：〈刊首語〉，《馬來西亞華文文學資料展覽紀念特輯》，雪蘭莪中華大會堂出版，1983，頁6

93. 《韓牧評論選》，頁21

94. 《韓牧評論選》，頁24-25

95. 韓牧：〈第二屆澳門青年文學獎頒獎禮上發言〉，《韓牧評論選》，頁75

96. 〈澳門詩人的謙讓——寄台灣林煥彰，1988〉，《韓牧評論選》，頁125。參看〈澳門新詩專輯〉，《亞洲華文作家》第18期，1988.9.頁3-64

97. 費勇：〈當代澳門漢語詩歌的本土性與當代性〉，《文化雜誌》，澳門文化局，1995年第4期。

98. 吳衛鳴：《文學的形象——澳門寫作人攝影肖像展2013》序文〈文學的形象〉，澳門文化局，2013。

99. 韓牧：〈用「國」、「族」、「文」分類海外華裔文學〉，在加拿大華裔作家協會主辦的「第8屆華人文學研討會」上的發言，2007.8.12.。又見《楓華正茂——加華文學評論集》，加拿大華裔作家協會出版，2009，頁118-121
    韓牧：〈在與劉俊座談會上的發言〉，2011.7.4.
    韓牧：〈僑民‧居民‧公民——從加拿大華文新詩窺探加華詩人的自我身份定位〉，是加拿大華裔作家協會主辦的「第9屆華人文學研討會」論文，2012。
    韓牧：〈從人類遷移史論移民作家的身份與立場〉，是韓國外國語大學校主辦的「第三屆韓國世界華文文學國際學術研討會」論文，2016.9.5.
    韓牧：〈加拿大華文詩中描寫的本國社會現實〉，是加拿大華裔作家協會主辦的「第10屆華人文學研討會」論文，2017.7.16.

100. 忠揚：〈從作家的籍貫談起〉，《新馬文學論評》，三聯書店香港分店、新加坡文學書屋出版，1986.4.香港第一版，頁150

101. 黃孟文、徐迺翔主編：《新加坡華文文學初稿》，新加坡國立大學中文系／八方文化企業公司，2002.10.頁427

102. 鍾夏田：〈馬華寫作人所面對的難題〉，《市居草》，馬來西亞，鐵山泥出版有限公司，1985.10.頁135-142
103. 犁青：〈泰華文學的歷史文化背景〉《泰華文學》，香港，匯信出版社，1991.5.頁31
104. 方思若：〈泰國華文文藝回顧與前瞻〉，是在「第二屆亞細安華文文學營」的講詞。見註【103】，《泰華文學》，頁44
105. 《五月詩刊》第7期，1987.5.4.頁51
106. 同註【99】
107. 此文是駝鈴在北京中國社會科學研究院主辦的「馬華作家作品研討會」上的發言，《燼火》第4期，2000.11.頁27
108. 同註【107】，頁28
109. 《燼火》第5期，2001.3.頁-44
110. 據鍾夏田：〈馬華文學的現況和未來的可能發展、馬華文學在國家體制內的地位問題〉，《市居草》，頁131
111. 黃孟文、鍾文苓：《吾土吾民創作選‧總序》，新加坡《南洋商報》出版，1982.8.頁3-4
112. 韓牧：〈僑民‧居民‧公民──從加拿大華文新詩窺探加華詩人的自我身份定位〉。
113. 《吾土吾民創作選》（詩歌），頁179
114. 同註【113】，頁190
115. 同註【113】，頁33
116. 《五月詩刊》第11期，1989.5.30.頁70

2017年10月，加拿大，卑詩省，烈治文市。

國家圖書館出版品預行編目

韓牧文集 / 何思捣(韓牧)作. -- 臺北市：獵海
人, 2022.04
　　冊；　公分
　　ISBN 978-626-95657-3-3(上冊：平裝). --
　　ISBN 978-626-95657-4-0(下冊：平裝)

848.7　　　　　　　　　111004611

韓牧文集（上）

作　　者／何思捣（韓牧）

出版策劃／獵海人

製作銷售／秀威資訊科技股份有限公司

　　　　　114 台北市內湖區瑞光路76巷69號2樓

　　　　　電話：+886-2-2796-3638

　　　　　傳真：+886-2-2796-1377

網路訂購／秀威書店：https://store.showwe.tw

　　　　　博客來網路書店：https://www.books.com.tw

　　　　　三民網路書店：https://www.m.sanmin.com.tw

　　　　　讀冊生活：https://www.taaze.tw

出版日期／2022年4月

定　　價／450元